Rudolf Löw

Häuser über dem Rhein

Ein Künstlerroman
aus der Basler Gesellschaft

Dieter Basilius Deifel

Teil 1

GS-Verlag Basel

CIP-Titelaufnahme der Deutschen Bibliothek

Löw, Rudolf:
Häuser über dem Rhein: e. Künstlerroman aus d. Basler
Gesellschaft / Rudolf Löw. - Basel: GS-Verl., 1988
(GS-Reihe; 559)
Teilausg.
ISBN 3-7185-0089-2
NE: GT

Umschlag: Beat Trachsler
Schneider-Fotosatz Grenzach
ISBN 3-7185-0089-2

Vorwort

Mit dem vorliegenden Band wird der Versuch unternommen, das schriftstellerische Werk von Rudolf Löw wieder zugänglich zu machen. Vorerst wird das erste Drittel des Musikerromans 'Dieter Basilius Deifel' vorgelegt, der 1938 die Trilogie 'Häuser über dem Rhein' eröffnete. Der 'Deifel' und die folgenden Bände 'Marie Louise Burckhardt' (1938) und 'Achilles Kern' (1943) wurden seinerzeit viel beachtet und gelesen, nicht zuletzt wegen ihres Charakters als verschlüsselte Chronik der Basler Oberschicht. Auf sensationelle Weise ist dieses Thema mit dem Erscheinen von Diane d'Henris (Pseudonym) 'Die Frau des Geliebten der Mutter' wieder aktuell geworden.

Die drei Romane von Löw sind weniger durch ihre Handlung als durch das Generalthema Basel miteinander verbunden. Darin liegt auch die Bedeutung dieses literarischen Aussenseiters. Basel und seine Gesellschaft als Schauplatz der Literatur: Das hat Seltenheitswert, wie denn Basel überhaupt lange als literarischer Holzboden galt. Es ist immerhin bemerkenswert, dass aus der Basler Bildungs- und Machtelite eine grosse Zahl von Naturwissenschaftlern, Theologen, Historikern und Ärzten stammen, die internationale Geltung erlangt haben, aber kaum Schriftsteller oder bildende Künstler. Ausnahmen wie Carl Albrecht Bernoulli oder Carl Burckhardt bestätigen die Regel. In Basel muss so etwas wie ein Bildnisverbot gewirkt haben. Die einzig wirklich respektierte Kunstgattung war die Musik, mit Vorliebe die geistliche. Felix Moeschlin mokierte sich in seinem Roman 'Hermann Hitz' (1910) über die mangelnde optisch-ästhetische Begabung der 'Altenburger' (= Basler): «Die meisten schauen durch Brillengläser in die Welt. Das ist ein Symptom und ein Symbol zugleich. Es fehlt die robuste, weitsichtige Kraft. Sie sind musikalisch. Auch das ist ein Symptom. Die Vorliebe für Musik macht leicht zufrieden, träumerisch und inaktiv. Und auch die reichsten, die im Millionärquartier wohnen, in den grauen, einfachen Häusern mit den grossen Gärten dahinter . . . .»

Es ist somit auf ironische Weise beziehungsvoll, wenn Löw seinen Dieter Basilius Deifel als genialen Musiker anlegt. Denn trotz ihrer Liebe zur Musik hat die Basler Gesellschaft kaum bedeutende Musiker hervorgebracht. Das Dämonische in Deifel entsteht aus Fehltritt und Blutauffrischung.

Löw schildert eine Gesellschaft, die ihren Zenith überschritten hat, aber noch mit einigem Geschick die Fassade wahrt. Unterhalb der Häuser-Machtfassaden fliesst der Rhein, letzte Zuflucht für diejenigen, welche die Melancholie nicht mehr ertragen. Löws Helden überwinden dank ihres Künstlertums die Gefahren der Enge – wenn sie nicht, wie Deifel, doch noch von den Dämonen der Vergangenheit eingeholt werden. Die Kunst als triumphaler Ausweg und Retterin: Das war allerdings 1938 bereits eine romantisch-illusionäre Vorstellung. Letztlich war auch Löw ein Gefangener seiner bildungsbürgerlich-konservativen Umgebung, obwohl er sie durchschaut hat.

Christof Wamister

Dieter, das Kind

I.

Anfangs der achtziger Jahre des letzten Jahrhunderts, da bei viel bescheidenerer Lebensführung weniger verdriessliche Gesichter zu sehen waren als heute, schritten auf der Diagonale des Münsterplatzrechtecks zwei Menschen einander entgegen: vom Schlüsselberg her der stadtbekannte Bandfabrikant Theodor Duchastel – von der Rittergasse her Christian Deifel, der Kutscher aus dem Markgrafenhof. Wie unfehlbar zu erwarten war, zog Deifel mit demütiger Ehrerbietung die Mütze, während der vornehme Herr kühl dankend nickte. Beachtenswerte Abweichung von diesem Zeremoniell: der vornehme Herr berührte diesmal lässig mit zwei Fingern den Hutrand. War dies gedankenlose Verträumtheit oder steckte in diesem leichten 'Mehr' an Gruss ein besonderer Sinn? Beim Weitergehen riss der Kutscher nochmals hastig die Mütze herunter, da er wider Erwarten sich beim Namen rufen hörte.

«Loset emol, Deifel...» Mit diesen Worten hatte sich der Herr umgewendet und ein Gespräch eingeleitet, in verlegenem, breitbaseldeutschem Tonfall weitergeredet, ein paar Fragen gestellt und am Ende den Mann mit der Aufmunterung entlassen, er solle sich die Sache überlegen und bald mit einem Bescheid bei ihm vorsprechen.

Wäre Christian Deifel nicht Christian Deifel, sondern ein handfester Bursche mit den schon gärenden Ideen jener Zeit gewesen, dann hätte er vielleicht grob geantwortet, oder gar gefragt, ob Herr Duchastel nicht ganz bei Verstand sei. Aber Deifel, der milde, gottergebene Sohn frommer Sektierer, war in seinem Leben nie auf den Gedanken verfallen, dass es möglich sein dürfte, einem vornehmen Herrn auch nur zu widersprechen. Das wäre ihm schon als Offiziersbursche in Ludwigsburg verleidet worden.

Bei mühsamen Verrichtungen, beim Waschen oder Anschirren der Pferde zum Beispiel, sah Christian gar nicht übel aus. Da biss er sich auf die zu grosse Unterlippe und überschattete die blauen Augen mit buschigen Brauen. Gab es aber Denkarbeit, dann liess er die Lippe hängen wie ein kleines Wandtröglein, schloss einen Augendeckel ganz und den anderen halb und hatte dann mit seinen hervorspringenden Jochbögen und der gebogenen Nase das Aussehen eines angetrunkenen Indianers.

Bis auf diesen Tag hatte es nur Befehle anzuhören und Befehle auszuführen gegeben. Nach den Eröffnungen des Herrn Duchastel war der einfältige Christian zum erstenmal und urplötzlich in ein Problem verwikkelt.

Die Begegnung am Vormittag hatte durchaus nicht so zufällig stattgefunden, und die rührselige Geschichte des Bandfabrikanten war halbwegs erlogen: ein sonst braves Fabrikmädchen (das bereits mit einem winzigen werdenden Wesen herumging) sei von seinem Schatz treulos verlassen worden. Diese einfache Tatsache wurde von Herrn Duchastel, der es offenbar an väterlicher Fürsorge für seine Arbeiterinnen nicht fehlen liess, salbungsvoll zur Tragödie einer unschuldig Verführten aufgeputzt, so dass es beinahe nach einer Ehre aussah, sich der Sünderin anzunehmen.

Wäre ihm nicht ausdrücklich empfohlen worden, keine Drittpersonen von dem Vorfall wissen zu lassen, so hätte Christian am liebsten seine Herrschaft zu Rate gezogen. Er selber fühlte sich unfähig, den heiklen Gegenstand zu verarbeiten, und beurteilte diesen von einem so abseitig religiösen Standpunkt aus, dass rein praktische Erwägungen nicht aufkommen konnten. Mit diesem Unerwarteten wurde er aus seiner nichtssagenden Alltäglichkeit zu einiger Bedeutung erhoben, wobei sogar eine bescheidene Wohlhabenheit winkte; denn bei einer Zusage war ihm nicht bloss für das Wohlergehen des Kindes ein Jahrgeld zugesagt, es sollte auch sofort mit der Riesensumme von zehntausend Franken in bar ein Fundament für den kommenden Ehestand gelegt werden.

Eine Aussprache mit dem Gemeindehirten seiner Sekte erschien Christian nicht als Preisgabe des Geheimnisses. Dieser riet ihm, nach inbrünstigem Gebet auf die Stimme des Herrn zu hören.

Da es sich um ein 'Gott wohlgefälliges Werk' handelt, wie sich Herr Duchastel so liebevoll ausgedrückt hatte, blieb kaum mehr viel zu überlegen. Christian war von der Idee zu helfen, völlig besessen, sah nur seine Mission als Erretter einer Seele und fand es ganz selbstverständlich, dass sein zukünftiges Weib ebenfalls ein demütiges Glied seiner Gemeinde würde, die Haarzöpfe nach Vorschrift aufgebunden und in solid genähtem Gewande einhergehend. Bei aller Demut war es eine Wonne, sich auszudenken, wie er als Stifter für den Kapellenbau die Brüder und Schwestern im Herrn in Verwunderung setzen musste, denn ein Teil des Sündengeldes sollte in diesem Sinne abwandern.

So vergingen zwei Tage in verträumter Arbeitsleistung und zwei Nächte in Schnarchen und flüchtigem Gebet, denn Christians Herz war keinen Moment vom ersten Entschluss abgewichen, so dass kaum noch etwas übrig blieb, als Herrn Duchastel sein Einverständnis kundzutun.

Mag sein, dass der bekümmerte Herr Fabrikant qualvollere Nächte durchwachte. Jedenfalls wartete er in grösster Beklemmung auf Deifels Entscheid. Als es zu einer redlichen, bedingungslosen Zusage kam, liess er sich sogar aus dem holden Gefühl der Befreiung dazu hinreissen, noch weitere zweitausend Franken zuzusagen, da Deifel mehr als vom übrigen davon redete, wie er einen Teil der Schenksumme zu Gunsten der Irvingianer Kapelle verwenden wolle.

Gefragt, ob er vor dem endgültigen Ja nicht wenigstens die künftige Ehefrau sehen wolle, fand er selbst das nicht vonnöten, da er mit sich durchaus im reinen sei.

Voreilige Vorstellungen und Wohlgesinntheit genügten nun allerdings nicht, einen Ehepakt zu verwirklichen. Man musste sich wohl oder übel von Mensch zu Mensch gegenüberstehen und das Nötigste bereden. An das und viel anderes Umständliches hatte Christian in seiner gottseligen Trunkenheit gar nicht gedacht, begriff indessen und war gesonnen, sich in allem zu fügen, was von allen Seiten über seine Person angeordnet wurde.

Im Vorzimmer wartend, vernahm er noch, wie Herr Duchastel eine Marie Geelhaar in sein Bureau beorderte. Um sechs Uhr hörte man Arbeiterinnen die Treppe herunterpoltern, dann nach vereinzelten Schritten jemanden das Bureau betreten, unterdrücktes Flüstern und Kichern, ermahnende pst, pst, bis sich die Türe wieder öffnete und ein strahlend bleiches Mädchengesicht mit Grübchen in den Wangen und glänzend schwarzbraunen Augen alle übrigen Eindrücke verwischte. Der demütig lächelnde Deifel liess seine Unterlippe hängen und wartete mit halbgeschlossenen Augen, was nun geschehen werde. Und was geschieht? Das haltlose Geschöpf krümmt und biegt sich vor Lachen, hält den gestrengen Herrn am Ärmel mit einem Blick, der etwa sagt: «Was, der da?» Und fest überzeugt, dass es sich um einen schlechten Witz handle, kommt sie nicht aus atemlosem Lachen heraus.

Der Herr Fabrikant wurde endlich unwirsch und ermahnte zu Ordnung und Achtung. Christian Deifel stand ewig lächelnd und gottergeben, ohne zu zürnen oder zu staunen, auf seinem Warteposten. Ein Blick auf dieses bleiche Mädchengesicht und die rundlich weissen Handgelenke hatte ihm sofort klargelegt, dass nie im Leben daran zu denken war, ein solches Frauenzimmer zum Weibe zu bekommen. Doch Marie Geelhaar, diese Gutmütigkeit erkennend, gab dem Manne gerührt die Hand und fragte versöhnlich, ob er sich im Ernst vorstellen könne, dass sie beide je zusammen passen würden? Christian lächelte hilflos: selbstverständlich nicht, das war wohl einleuchtend. Und er liess auch das noch über sich ergehen, dass das unbändige Geschöpf ins Herrenzimmer flüchtete, um nicht nochmals einem Lachkrampf zu verfallen. Die beiden Männer schauten verlegen drein; aber schliesslich musste der Ernst der Lage obsiegen, und trotz albernem Gelächter und demütiger Dummheit des armen Deifel einigte man sich, dass dies alles keine Entscheidung bedeuten dürfe und dass nochmals in Ruhe und Besonnenheit über alles zu reden wäre.

Deifel wurde einstweilen entlassen, worauf sich Marie mit einem eleganten Ruck dem väterlichen Beschützer auf die Knie schwang. Der gestrenge Herr liess sich aber auf keine Verhandlungen ein, stellte das Mädchen vor das Entweder-Oder. So rasch finde sich keine Gelegenheit mehr, und dieser Deifel sei ja der rührendste Mensch der Welt, mit dem sich gewiss in irgendeiner Weise leben liesse.

Hätte für Marie Geelhaar nicht ein verflucht strenger Vater im Hintergrund gestanden, ein düsterer Wüterich, wenn es galt, Moralisches zu ahnden, dann hätte sie sich niemals mit einer übelzeitigen Verheiratung abfinden wollen. So blieb ihr jedoch nur der Auszug in die unbekannte Fremde, vor der ihr graute, oder aber Christian, der Herrschaftskutscher.

Unterhalb der überaus hässlichen Wettsteinbrücke (ein Werk übler Ingenieurkunst und baslerischer 'Knorzigkeit'), dort, wo die Wucht der Rheinströmung schon heftig an den nun folgenden Uferbogen drängt, erhebt sich ein altes, gründurchschossenes Gemäuer, zum Teil hohe Terrassen mit dürftigen Gärten stützend, zum Teil den Aufbau kleiner Kapellen tragend. Der Fremde, der von der Rheinbrücke aus auch nur die geringste Romantik in diese über der Böschungsmauer aufstrebenden

'Kapellen' hineindichten möchte, befände sich auf dem Holzweg. Es sind Rumpelkammern, im Sommer zur Not Gartenhäuschen mit verschlissenen pensionierten Möbeln. Über der grössten Terrasse aber ragt das Hauptgebäude des Markgrafenhofes auf, ein gelblicher, dreistökkiger Langbau, mit mächtigem dunklem Dach. So sehr die malerische Erscheinung des Baues dazu verlockt, ist auch in diesem Hauptgebäude nichts von Romantik zu erwarten, viel eher strenggläubige Zahlenpolitik, die den Bewohnern von jeher ihre Bedeutung gab. Selten, dass einmal ein Stiller sich in Büchern verkroch und es als Privatgelehrter zu örtlichem Ansehen brachte.

Das einzig Aussergewöhnliche des Anwesens ist ein Tulpenbaum, der, in den Vorgarten verbannt, nicht recht weiss, wie er sich von seinen nordamerikanischen Brüdern weg in diese Gegend verirrt hat. Von eigenem Reiz aber, links neben dem Haus, bleibt eine breite Steintreppe, die längs der oberen Stützmauer nochmals in ein Gärtlein führt, von dem endlich durch eine Lücke das schiefe Hofviereck sichtbar wird. Nur ungern trennt man sich von dieser Treppe, die, unverputzt wie die Stützwand, um und um vielerlei Mauergewächsen zum feuchtfruchtbaren Boden wird. Wenn irgendwo, dann ist es hier, dass man im Geiste Krinolinendamen auf und ab schreiten sieht, die vielleicht doch gelegentlich an anderes dachten als nur an Tugend und sparsame Häuslichkeit. Über all dieses Mauerwerk mag sich etwa im Winter eine Möwe vom Rhein her in den Hof verirren. Will sich aber unsereiner in dem Haus zu schaffen machen, indem er etwa eine Dachrinne zu flicken oder einen Strohsessel fürs Blindenheim abzuholen hat, dann muss er schon hinter dem Münster von der Rittergasse in eine düstere Sackgasse abbiegen, wo er dann am Ende des Sackes durch ein Hofgitter wieder in denselben Hof sieht: Hinterfassade des Herrenhauses, davor zwei Kastanienbäume, rings Stallungen, Remisen, ein hohl plätschernder Brunnen und rechts vom Eingang eine Art Hauswartswohnung. Es empfiehlt sich, schon von aussen zu schellen, da ein Hund unwirsch aufhorcht; früher waren es zwei gefleckte Riesendoggen, die unbeweglich die Hälse reckten, wenn jemand durch das Torgitter äugte.

Durch dieses Gässlein wurde auch Marie Geelhaar zum erstenmal in den Markgrafenhof geführt, da Christian in der Wohnstube sein künftiges Weib der Hausfrau vorstellen musste.

Der herrschaftliche Kutscher wurde dabei als Vorbild an Dienstwilligkeit belobt, vor der Braut wohl mit Absicht, da die strenge Frau aus den weltlich blickenden Schalksaugen der Marie Geelhaar wenig Talent herauslas, dem guten Christian ein treues und hilfreiches Weib zu werden.

Vor der Trauung stellte sich heraus, dass die fragwürdige Braut Maria Perpetua Geelhaar hiess, am 8. Dezember, an Mariä Empfängnis geboren und katholisch war. So wenig ihr wunderbar kastanienbraunes Haar zu ihrem Namen passte, so widerspruchsvoll nahmen sich 'das Perpetua' und 'der Tag der unbefleckten Empfängnis' aus. 'Das Katholisch' machte weniger Schwierigkeiten, als befürchtet wurde, – der Vater hatte schliesslich sechs Töchter unterzubringen – und mit dem Irvingianerbekenntnis des Mannes liess es sich durch einen unauffälligen, protestantischen Kirchgang in eine benachbarte Münsterkapelle ins Gleichgewicht bringen. Was glücklicherweise beim Standesamt zu den Personalien nicht auch noch gefordert wurde, war ein Zeugnis über die moralische Vergangenheit der Braut.

Denn schon bevor Maria Geelhaar das Perpetua preisgegeben hatte, indem sie ihren Liebhabern gegenüber wenig Beständigkeit zeigte, war sie ein wenig vom Teufel besessen. Zum wahren Höllenbraten gedieh sie aber erst nach dem Besuch einer älteren Kusine, die nach längerem Abenteuerleben in Südfrankreich vorübergehend Basel streifte und ein bei einem Marquis und dessen Sohn erschlichenes Vermögen sicherstellte, worauf sie wieder, weiss der Herr wohin, verschwand, um neue Felder urbar zu machen und dann auszusaugen.

Diese Weibsperson, eine Mimi Geelhaar, berichtete etwas überschwenglich von der freundlichen Kunst, reiche, nervenzerrüttete Herren auszurauben, wahrscheinlich grossenteils erlogene Kinoabenteuer, denen aber die junge Marie mit aufgerissenen Augen lauschte, selber mit allen Fibern bereit, eine gelehrige Schülerin zu werden. Die frevelhafte Technik wurde dem jungen Blut in einer Art Anschauungsunterricht übermittelt, indem man einen Chemiestudenten ins Garn lockte, dem unbarmherzig in kurzer Zeit die Nervenbahnen derart erschüttert wurden, dass er es später nur noch mit Müh und Not zum Versicherungsagenten brachte.

Marie Perpetua hatte sich mit sicherem Instinkt die wesentlichen Handgriffe gemerkt und eröffnete bald in aller Heimlichkeit eine eigene Praxis, wobei ihr die hinteren Räumlichkeiten eines Papeterie- und Zigarrenladens, in dem sie Verkäuferin war, zustatten kamen. Ein kurzgeschürztes Kostüm verschaffte ihr an den Fastnachtsbällen über zwei Juristen, einen Maler und verschiedene Bankangestellte hinweg Zugang zu Fabrikantensöhnen, bis sie endlich Herrn Duchastel, den väterlichen Freund, der sich von jeher liebevoll der Witwen und Waisen angenommen hatte, fand.

Die traulichen 'Plauderstündchen' bei einem Gläschen Süsswein und Kuchen hatten nun zum grossen Schreck des vornehmen Gastgebers etwas voreilig einen Zustand gezeitigt, der früher mitunter ein junges Geschöpf zu einem Sprung in ein Wasser trieb. Damals war aber bereits die Zeit angebrochen, da neben dem Rückgang der Alpengletscher auch die Moral und die Unterröcke kürzer wurden und man unerwünschte Folgen eines 'sündenhaften' Umgangs milder, weniger pedantisch, rein biologisch beurteilte. Es war seltener mehr der Pfarrer als der Standesbeamte, der das 'Versehen' begutachtete, und die betroffene Familie hätte eher eine lebenslängliche Pfründe an der Seite eines braven Brotbeschaffers der einmaligen Abfindung vorgezogen. Dabei war die Welt trotz dem Wehgeschrei der Alten nicht schlechter geworden. An Roheiten aller Art hat die gute alte Zeit das Ärgste längst vorweggenommen. Zu ihrem Glück trug die übermütige Marie Perpetua an ihrer Last nicht schwer. Wäre nur Christian Deifel statt ein dummer eher ein böser 'Deifel' gewesen, vor dessen Muskeln und Fäusten man hätte zittern dürfen.

Das zaghafte Ja vor dem Altar galt deshalb nur zeitlich bedingt, nicht für die Ewigkeit. War sie nicht noch jung genug, um Versäumtes nachzuholen? Sollte sie, die Maria Perpetua Geelhaar, mit den funkelnden Zahnreihen und den luderhaft sprühenden Augen als Kutschersfrau im Schatten eines Heubodens verblühen?

Bald nach ihrem Einzug im Markgrafenhof erniedrigte sie in boshafter Verachtung ihren Mann zum Haushaltungskuli, fand ihn tagsüber für jegliche Art Mägdeverrichtung gut genug, währenddem sie sich nachts den entsetzlichen Esel vom Leibe hielt. In tiefer Ehrfurcht vor ihrem Zustand verzichtete er auf alle Rechte, wollte erst einmal in Geduld abwarten, bis das Kind da sei, und stellte sich unterdessen jeden Morgen im Herrschaftshaus ein.

In steter Gereiztheit passte dem Weibe aber auch die strenge Zurückhaltung seiner Johannesnatur nicht, bis ihr in schwülen Nächten einfiel, den wehrlosen Deifel mit ihren Salometänzen zu verwirren und in den Bereich ihrer Lasterhaftigkeit zu ziehen, wobei er ihr nicht mehr galt als ein Kinderspielzeug, das man aufzieht und abschnurren lässt. Schliesslich wurde dies grausame Spiel zu einem unentbehrlichen Zeitvertreib, bis dem ahnungslosen Christian, der nicht wusste, was sich nach allgemeinem Brauch schickt und was einem Manne zugemutet werden darf, die geröteten Backenknochen aus dem Gesicht standen und die spottende Dienerschaft feststellte, dass die Kutschersfrau (etwas verfrüht zwar) um so rundlicher würde, je mehr der Mann zum Skelett abmagere.

Die Pferde wurden nervös, da er sie mit dem Tränkekessel wund stiess, die Doggen verkrochen sich ängstlich schnuppernd, da sie überall im Wege zu stehen schienen. Als auch der Gärtner über des Kutschers Gebaren verwundert dreinschaute, kam es einmal zu Rede und Gegenrede, wobei Christian trübselig jammerte, dass er sich für den Beruf des Ehemannes wenig eigne, den Anforderungen einer Frau nicht gewachsen sei. Dem alten Gärtner, der Einzelheiten verlangte, sträubte sich das Haar, und da er sich nicht bei der Herrschaft ins Mittel legen wollte, wandte er sich an den Pfarrer, und dieser wieder an die Sünderin, worauf diese erst recht alle Teufel aufmarschieren liess, um den armen Menschen verächtlich zu machen und zu plagen.

Bei verheirateten Brüdern seiner frommen Gemeinde hatte er über das Eheleben durchaus andere Begriffe gewonnen. Meistens waren es stille, arbeitsame Leute, die sich in ihrem häuslichen Beisammensein liebevoll, aber doch in strenger Zucht zusammenfanden. Er kam zu keinem Ergebnis, was von seiner Frau zu denken sei, und schob in höchster Not ihr absonderliches Wesen ihrer anderen religiösen Einstellung zu.

Nach sechsmonatiger Ehe kam es endlich zu einer Art Waffenstillstand, da es Maria Perpetua im stillen mit der Angst zu tun bekam. «Herr Jesus, wenn alle Frauen mit Zwillingen an der Geburt sterben müssten, dann wär's bös», beschwichtigte Frau Rensch, die Waschfrau. Die Kutscherin verblieb aber in banger Unruhe und fragte andere Frauen, ob es nicht besser wäre, in die Gebäranstalt überzusiedeln, sie traue sich nicht in der abseitigen Schlafstube des einsamen Hofes mit sich selber fertig zu werden. Doch die allweise Waschfrau wusste sie zu überreden; vor lauter Müdigkeit und Zwiespalt gab Frau Marie Deifel nach und nistete sich zu Hause ein, um die schlimme Stunde zu erwarten.

Um drei Uhr in der Früh schien die Geburt schon beinahe vollzogen. Da fing es an zu hapern. Der beigezogene Frauenarzt war erst ungehalten, da die nächtliche Störung nur der Kutscherswohnung des Markgrafenhofes galt, wurde aber sofort anderer Meinung, als auch er vor einem unbezwinglichen Hindernis stand. Die nun unvermeidliche Überführung ins Spital war grauenhaft. Maria Perpetua wehrte sich und verlangte, dass man sie in ihren vier Wänden sterben lasse. Die Frauenabteilung schien am Ende der Welt zu liegen. Was dort geschah, war mörderische Metzgerarbeit und dennoch das Beste und einzig Gebotene, um wenigstens einem zweiten, noch verborgenen Wesen das Leben zu retten. Zum Glück ahnte die erschöpfte Mutter von allen diesen Vorgängen so gut wie nichts; sie war viel zu stark damit beschäftigt, noch ein letztes Mal an ihr sündhaftes Leben zu denken. Im ersten, lichten Momente, da sie zu ihrem grossen Erstaunen immer noch nicht gestorben war, seufzte sie nur: «nie mehr – nie mehr», wie das viele Kindbetterinnen tun bis zum nächsten Mal.

Schliesslich war das Schlimmste vorbei, und neben der blassen Frau lag ein Knäblein mit schwarzem Haar und verschwommenen Merkmalen, die auf eine spätere Ähnlichkeit mit der Mutter wiesen. Auch das schlummernde Wesen war in holder Ahnungslosigkeit, dass es schon beim Eintritt in die Welt einen Brudermord veranlasst hatte.

Die Waschfrauen und das Gesinde meinten, nachdem sie die Monate an den Fingern abgezählt hatten, man hätte es dem frömmelnden Christian nicht zugetraut, dass er lange vor der amtlichen Bewilligung seiner Frau zu nahe gekommen sei. Was wohl die Herrschaft dazu sagen werde? Im Herrenhause war aber zwei Tage zuvor der vierte Sprössling zur Welt gekommen, so brachte man dort kein Interesse auf, die Brutzeiten der Dienerschaft nachzurechnen. Der zwar angemeldete Bub wurde erst später beachtet, da er gemeinsam mit dem vornehmen Schreihals das Brunnenplätschern im Hof überkreischte.

Wie zu erwarten, vollzog sich auch die Taufe der beiden Säuglinge mit ungleichem Aufwand, obwohl auch der kleine Dietrich Basilius Deifel nicht leer ausging. Sein Götti, Herr Duchastel, der sich durch seinen Fergmeister Thommen vertreten liess, stiftete neben ein paar Kleinigkeiten zwei Sparbüchlein mit je fünftausend

Franken. Vermutlich hätte sich der vornehme Pate zu persönlichem Erscheinen herabgelassen, wäre es ihm bekannt geworden, dass als Patin eine hochelegante Dame zugegen war, die, eigens von Mailand hergereist, das Tauffest in eine Wolke von niederträchtigen Wohlgerüchen und gewagten Reden hüllte, so dass dem Pfarrer in verschiedener Weise übel zu Mut wurde. Diese Patin, Mimi Geelhaar, hatte mancherlei Grund, sich um das Kind zu bemühen, da sie auf ihre Art auch ein wenig zu der Entwicklungsgeschichte des kleinen Dieter beigetragen hatte.

Rein äusserlich bewertet, musste das Erscheinen der Kusine Mimi als ein Gewinn gebucht werden, da sie sofort unermüdlich und auf eigene Faust für das Kind und den Haushalt Pakete herbeischleppte. In einem Ausstattungsgeschäft kaufte sie übertrieben viel und Kostbares, so dass die Inhaber, die alles in den Markgrafenhof abliefern mussten, nicht mehr klug wurden, ob dort Zwillinge zur Welt gekommen, oder ob sonst die Welt auf den Kopf gestellt sei.

Zum Ausgleich musste man sich allerdings auch ihr vergewaltigendes Urteil und ihre schmutzig rasche Redeweise, wobei sie beinahe die Zunge verschluckte, gefallen lassen. Vom Hotel 'Schiff', wo sie abgestiegen war, kam sie jeden Tag und kümmerte sich um das Kind mit einer Inbrunst, als wäre es ihr eigenes, jedenfalls viel erregter und fanatischer als die eigene Mutter. Diese lag in vornehmer Blässe und mit einer Engelsunschuld im Bett, als ob sie im Leben nichts anderes getan hätte, als des Gatten treubesorgtes Weib zu sein. Solange es dem Kinde galt, freute sich auch der milde, gottergebene Vater über die Geschäftigkeit der Kusine, er empfand diese Zeit als Wandlung zum Besseren, zu Tugendhaftigkeit, bis sich eines Abends, da er wie ein treuer Hund beim Bett sass, wieder etwas unerhört Sinnverwirrendes ereignete. Mimi, ohne Oberkleid, in einem seidenrauschenden, orangefarbenen Unterrock, entblössten Armen und Schultern, hatte eben den Kleinen gewickelt und schien sich, gleichsam etwas erschöpft, niederlassen zu wollen, als sie sich unvermutet dem erschreckten Christian auf die Knie schwang und sich zärtlich an ihn schmiegte, bis seine Nase in ihrem Busen ertrank. Dabei überschüttete sie ihn im Scherz mit Kosenamen, nannte ihn ihren Einzigen, ihren Herzensschatz, so dass der Ärmste entsetzt zu seiner Frau stierte, ihr Einschreiten erwartend. Statt dessen lachte diese über den herrlichen Einfall der Kusine, was die Verlegenheit des braven Mannes ins Unerträgliche steigerte. Mimi, die gerne vor der Kusine die Originelle spielte und selbst mit blöden Spässen deren Bewunderung entfachte, versuchte, durch den Beifall ermuntert, das ruchlose Spiel noch schamloser zu gestalten, bis der arme Deifel plötzlich wider alles Erwarten das gemeine Weib von sich schüttelte und in einem Jähzornsanfall Mimis Kleider, Hut und Mantel durch die Tür in den schmalen Hausgang schleuderte. Die Beschimpfte riss hastig die Kleider an sich und wollte eben über Undankbarkeit und gemeines Volk loswettern, als der zitternde und schäumende Christian die Hundepeitsche vom Nagel löste und mit unzweideutigem Klimpern des Schlüsselbundes den Weg über den Hof wies, an den knurrenden Doggen vorbei, zum Gittertor, das erst wortlos geöffnet und dann hinter der abziehenden Patin zugeschmettert wurde. Im Schlafraum legte er die Peitsche auf die Kommode, rollte Decken und Laken seines Bettes zusmmen, immer noch keuchend und schweissbedeckt. Als sich die Frau endlich herauswagte, den Fassungslosen zur Rede zu stellen, fasste er die Peitsche, so dass man die Faust auf der Holzplatte zittern hörte, worauf die Frau kein Wort mehr hervorbrachte, auch nicht, als sich der Mann mit dem Bettzeug davonmachte und sein Nachtlager auf dem Heuboden aufschlug.

Von diesem Tag an besorgte der Mann schweigsam alles das, was bisher von der Kusine getan wurde, selber, schob der Frau das Nötigste zu und meldete sich jeden Morgen nach alter Gepflogenheit im Herrenhaus mit der ewig gleichen Frage: «Frau Falckeysen, was git's z'fahre?»

2.

Maria Perpetua suchte allen Kram aus der Mädchenzeit zusammen, putzte sich, so gut es ging, auf, begann erneut ein Luderleben, blieb nächtelang aus und kehrte nur etwa in die Wohnung zurück, um sich bis tief in den Tag hinein auszuschlafen.

Ende Mai aber, da ferne Frühlingspracht, vielleicht auch ein Brief der verluderten Kusine lockten, war von einem Tag zum andern die liederliche Kutschersfrau über alle Berge verschwunden, nachdem sie noch in aller Heimlichkeit die Hälfte des Familiensparheftes eingezogen, also das eigene Kind bestohlen hatte.

Beim Heranwachsen seines Söhnleins, als sich einmal das Kind, schon zweijährig, zu nahe an die Hufe der nervösen Pferde gewagt hatte, legte sich der erschreckte Christian zurecht, dass dem einzigen Kinde etwas Arges zustossen könnte, besonders in Stunden, da das lebhafte Geschöpf nur der Obhut des Küchenpersonals anvertraut blieb. Zwar wachten treue Freunde und Beschützer, die beiden Doggen, ebenfalls mit scharfem Auge über ihren Spielkameraden; jedoch mit Schutzengelflügen waren auch sie nicht versehen.

Beängstigend war auch die frühzeitig ausbrechende Sucht des Kleinen, sich mit Kinderkunststückchen bemerkbar zu machen, die sich später in einen verhängnisvollen Ehrgeiz auswuchs und ewig zu waghalsiger Akrobatik verleitete. Besonders als er sich mit Adrian, dem unzertrennlichen Spielkameraden aus dem Herrenhaus, in die verbotenen unteren Gärten wagte, musste ihm gelegentlich mit einer Tracht Prügel das Gehen und Turnen über der hohen Böschungsmauer verleidet werden. Ja, als einmal die Hausfrau des Markgrafenhofes im Garten spazierte, musste sie es erleben, dass der damals vierjährige Dieter den Herrenkindern eine Vorstellung gab, indem er auf der Gartenmauer über dem Rhein auf dem Kopfe stand. Da rief die zu Tode erschreckte Frau

Falckeysen, indem sie, sich abwendend, in den Hof flüchtete: «Um Himmels willen, Christian, jetz muess mer dä Bueb ins Waisehuus!»

Dieter war sich ein paar Minuten später nicht recht klar, warum er für sein Heldenstück den Hintern verklopft bekam, da er eitel Bewunderung und Lobpreisung erwartet hatte. Die Kinder hatten doch kreischend Beifall gejubelt. Die Erwachsenen schienen indessen keinen Sinn für höhere Dinge zu haben.

Das war sein erstes Missverstandenwerden unter Menschen.

Ein Kutscherbüblein soll überhaupt rechtzeitig zu schmecken bekommen, dass es gar kein so grosses Vergnügen ist, auf der Welt zu sein. «Du sollst dein Joch in der Jugend tragen», wird dereinst der Konfirmationsspruch lauten.

So gab es zum Beispiel nicht endenwollende Sonntagnachmittage, da die Dienerschaft ausgeflogen, der Vater zum Ausfahren beordert war, und er, Dieter, hinter den Fenstern auf den verlassenen Hof sehen und warten, warten, warten musste.

Unterdessen wanderte alle Welt vors Tor, über Land, wo andere Buben in Gartenwirtschaften Kegel aufstellen durften. Das Kind hatte einmal eine Redensart aufgeschnappt: «über alle Berge». Nun waren an solchen Sonntagen die Menschen über alle Berge, und die Stadt lag verödet. Die wenigen Weiblein, die mit Gesangbüchlein und Sauerrübengesichtern dem Glockengebimmel nachliefen, zählten nicht. Ringsum gab es solche Berge und sie waren voller Geheimnisse. Da sie für das kindliche Erleben nur blaue, kulissenartige Abschlusswände der Welt bedeuteten, quälte schon die Frage, wie man es überhaupt anstellt, 'darüber weg' zu kommen. Waren es gar nur luftige Mauern, über die zu gelangen lockende Gefahr in sich birgt, wie das Kopfstehen auf der Brüstung? Oh, wie hätte er der ganzen Menschheit zeigen wollen, wie man auf dem Kopf steht. Statt dessen musste er in namenloser Sehnsucht warten und warten, bis es abends höchstens noch zu einem kleinen Gang vors St. Albantor langte. Gewöhnlich war nach Stunden voller Pein die kleine Seele schon zermürbt. Menschen mit heissen Gesichtern und staubigen Schuhen kehrten heim, manchmal sogar singend, die Sonne stand schon tief, man kam zu spät, das Fest war vorbei, das Leben halb verpasst.

Was auf eigenem Boden verboten, ist vielleicht im Nachbarsgarten erlaubt. In Dieters Sehnsucht nach einem bestimmten Baum dicht an der Wettsteinbrücke stellten sich solche Rechts- und Gesetzesmöglichkeiten dar. Seit Tagen sah man den Gärtner wie auf Jakobs Himmelsleiter auf- und absteigen, und jene Ulme wurde dem Knaben der verbotene Baum in Paradiesesmitte. So schwang er sich eines Morgens über den Nachbarshag und schlich ungesehen die Böschung entlang bis zu jenem Baum, dessen Besteigung doppelt lockte, da eine Riesenleiter bis zum dünnen Astwerk angestellt war. Auf dem Flussgeröll in der Tiefe lagen schon abgesägte Äste. Der Knirps hielt beide Holme fest, schaute erschauernd hinauf, zögerte, ob ja oder nein, bis sich die Entscheidung zwangsmässig einstellte, da der Nachbarshund bereits keuchend und zähnefletschend die geeignete Durchbruchsstelle suchte, um zur schattigen Halde zu gelangen. Da gab es kein Besinnen mehr, denn Dieter gehörte zu den Doggen des Markgrafenhofes, war also, wie diese, grimmig verhasst.

Aus hohem Geäst lachte der Junge das in der Tiefe kläffende Tier triumphierend aus, wiegte sich wohlig zwischen zwei Ästen, lachte auch mit Siegermiene den Brückenpassanten zu, die in Todesangst den sicheren Sturz und das Zerschmettern am Rheinbord kommen sahen. Mitten in dieser schwankenden Seligkeit zeigte sich aber in der Tiefe ein zweiter Feind, der fluchende Gärtner. Allmählich hatte sich am Brückengeländer eine erregte Zuschauermenge angesammelt. Statt das Kind seinem sicheren Instinkt und Gefühl zu überlassen, wurden ihm von beiden Seiten gedankenlose Ratschläge zugeschrien, wie der Rückweg zu bewerkstelligen sei. In starrer Angst vor den Feinden in der Tiefe blieb aber der Junge unbeweglich, bis der Gärtner selber anstieg und jedermann auf den Moment gefasst war, da das Unglück geschehen musste. In grösster Not kletterte der Flüchtling höher und höher, bis er sich von den äussersten Zweigen auf eine Steinmulde des Brückenwiderlagers schwingen konnte, von wo aus nur das Geländer zu erklettern war, um aller Gefahr entronnen zu sein. Aus der Tiefe hörte man noch: «Verdammter Lausbub!» Die Geländergaffer gingen grinsend ihres Weges. Nur ein älterer Herr hob warnend seinen Zeigefinger; aus seinen Mienen war aber eher eine Art Beifallskundgebung zu lesen, so dass Dieter geschmeichelt in höchstem Siegesbewusstsein davonrannte. In die Rittergasse abgeschwenkt, wurde sich der Abenteurer einer neuen, nie erlebten Lage bewusst: er war zum erstenmal allein auf der Strasse.

Im Übermut bog er nicht ins Gässlein zum Hof ab, sondern strolchte noch welterobernd zum Münster, stand hinter dem steinernen Ökolampad unter dem gotischen Torbogen des Kreuzganges, wo es etwas nie Erlebtes, Unfassbares, Unbenennbares zu bestaunen gab. Das Büblein starrte selig versonnen in die Richtung, von wo das Mysterium auf ihn eindrang, ohne einen Menschen zu haben, der ihm des Rätsels Lösung zuflüstern konnte. Dass er schon bei der Keimvererbung mit einem übermässigen Musiksinn bedacht war und dass ihm diese Gottesgabe dereinst den Lebensweg versüssen und verdüstern sollte, was konnte der Knirps davon wissen. Aber hier im gotischen Sandsteingewirr fand die erste Begegnung mit seinem unsichtbaren Genius statt.

Im Münster wurde Orgel gespielt.

Die neuzeitliche Weisheit würde hier von einer Verwundung der Kindesseele reden. Wunderliches Bild: ein musikalischer Seelenriss, der ungeheilt vernarbt, um erst nach Jahren, gewaltsam wieder aufgebrochen, zu heilen.

Auf welchem Gestirn wohnen jene Väter und Mütter,

die – vorahnend, begreifend – solch jugendliche Verwundung, verbunden mit seligem Überschwang, als Schicksalswillen zu würdigen verständen?

Nach menschlichem Ermessen wird der kleine Abenteurer einer Tracht Prügel entgegenziehen. Denn wie soll das Kind, selber ahnungslos, mit seinem Vater reden und ihm die Tiefe des Erlebten verständlich machen? Als Kutscher wusste Christian gut genug, wie selbst bei wohldressierten Herrenpferden zeitweise ein Peitschenhieb vonnöten ist. Nachdem er abends auf Umwegen über Dieters neues Wagestück unterrichtet war, schonte er zwar dessen jugendliches Fell, überlegte aber ernstlich, wo den Knaben unterbringen, denn während seiner Ausfahrten standen nun hundert Möglichkeiten in Sicht, bei denen dem Jungen etwas zustossen konnte.

Für Dieter blieb es aber – gefühlsmässig wenigstens – eine ausgemachte Sache, dass das tiefe Unbekannte nur auf eigenen, vielleicht verbotenen Wegen aufzufinden ist.

Christians früherer Dienstkamerad, der Bäckermeister Fischer auf dem unteren Heuberg, auch ein Schwabe, war nicht abgeneigt, gegen ein Entgelt den kleinen Dieter aufzunehmen, wenigstens probeweise bis ins Frühjahr, wo dann vom Zwang der Schule eine straffe Faust zu erhoffen sei. Vorher wurde der Entschluss noch dem Paten, Herrn Duchastel, mitgeteilt, nicht ohne Hintergedanken, der reiche Fabrikherr möchte ein kleines Monatsgeld beisteuern.

Jawohl: wie sollte es ohne eine Mutter weitergehen? Verstandesmässig steht ausser Zweifel, dass ein schwer dahinschreitendes, leibgeblähtes Weib die Voraussetzung unseres Daseins war; gefühlsmässig aber liegt unsere Kindes- und Vorkindestufe im undurchdringlichen Dunkel. Versuchen wir später, unser erstes Erleben aus dem Erinnerungs-Nichts herauszuklauben, dann stossen wir unfehlbar auf die Muttergestalt. Sie war 'ewig' da, und nun man mit einmal selber da ist, ist das nicht denkbar ohne sie: Ihre Umwelt ist das Weltgebäude.

Durch sie blieb unser erstes Dasein wohlgebettet, selbstverständlich, fraglos, ein vollkommenes Ganzes. Gewiss gehören auch das Bett, der Vater, der Stall, Pferde, Hunde, Bäume, der Kies im Hof, die Abflussrinne in die geschlossene, mit dem Ich verschmolzene Mutter-Einheit. Noch gibt es in diesem Paradies weder Gefahr noch Schuld. Hunde beissen nicht, unter den Pferden – lebende Torbogen – kann man durchspazieren, mit den Tauben teilt man das Futter.

Doch wehe, wenn dieser Zusammenhang zerreisst, wenn ohne Mutter das Dunkel noch dunkler, rätselhafter wird. Und doppelt wehe – erste gefühlsmässige Erkenntnis –, wenn sich weitere, unzugängliche Welten auftun: Drüben zum Beispiel die Fassade des Herrenhauses als Scheidewand, mit ihren Haustor als Einschlupf in eine zweite, dem Kind verwehrte Welt, da andere (auch der Spielkamerad Adrian) ein- und ausgehen oder an hohen Maueröffnungen sichtbar werden. Wehe, wenn jedem fröhlichen Tollen im Hof und Garten eine Art Weltgericht folgt: da die 'Gerechten', wohlgekleidet, gepflegt, durch die Pforte des Herrenhauses in paradiesische Höhen entschwinden, wo bei hellem Licht tausend Kinderherrlichkeiten in der Spielstube herumliegen, während der arme kleine Sünder – sündhaft durch seine niedrige Geburt – im kalten Hof stehen bleibt und offenen Mundes zur Tür hinüberstaunt, wo die Gespielen eben verschwunden sind, für die Erwachsenen weiter nichts als ein kleiner Stumpen Mensch, der da steht und gafft. Doch innen: welch ein erschrecktes und trauriges Seelchen, das sehnsüchtig seine Gefühle schweifen lässt, hinter der Hauswand himmlische Schätze zusammendichtet, ohne eines einzigen teilhaft zu werden. Er begreift diese Scheidung von Kind zu Kind noch nicht, gewöhnt sich bloss, durch die Unerbittlichkeit erzogen, dass dies so und nie anders ist. Das Büblein macht reflexartig seinen letzten Sprung ins Leere, setzt sich darauf ergeben auf die Steinschwelle der Kutscherbehausung und lässt seinen Erstlings-Gedankenbildungen den Lauf, staunt, friert und wartet – wartet – wartet, bis vom Tische des Herrn wieder etwas abfällt.

Der unbeholfene Vater hat dem Kind zum hundertstenmal zerrissene Bilderbücher von 'drüben' zugeschoben, alte Bände 'Gartenlaube' mit dem 'Übergang der Franzosen über die Beresina' und andern unverständlichen Ansichten, die schliesslich das Gemüt veröden und abstumpfen. Bleibt immer wieder als letzte Übung das Warten. An vereinsamten Sonntagsnachmittagen, da der Vater 'fahren' musste, hat das Büblein etwas trotzig verzweifelt mit den Fäustchen an die verschlossene Tür gehämmert; doch mit der Zeit hat sich solches Rebellieren gemildert, und das Wartenmüssen, das Wartenkönnen ist zur Vollendung gediehen.

Dennoch geht auch das Kind in dieser Welt nicht leer aus: da kann man auf den Grund des wassergefüllten Tränkekübels schauen, in die grüne schauerliche Tiefe, in die man versinken, in der man ertrinken könnte, wie zuunterst der schwarze Käfer. Auch oben zappelt noch ein winziges Wesen, zum Erbarmen. Der kleine Dieter legt ein Rosenblatt auf die feuchtklare Fläche, und wie das Tierlein auf der Rettungsinsel geborgen ist, jubelt das Kind selig. Allerdings: das Kübelabenteuer gebiert fürs Leben den Respekt vor dem Wasser.

Den letzten Sonntagnachmittag sollte Dieter nicht mit Warten in der Wohnung vertrauern. Der schweigsame Vater nahm das Büblein bei der Hand zu einer Wanderung vors Tor und weiter bis Birsfelden, wo sich zu Käse und Brot ein Glas Bier trinken liess. Dieter durfte auch zweimal an der bitteren Brühe nippen, heuchelte sogar Wohlbehagen, nur weil es ein Männertrank und nicht für Kinder war. Er, der Kopfsteher und Baumerkletterer, wollte kein Kind mehr sein.

Gegen Abend steuerten Vater und Sohn die Birs entlang dem Rheinufer zu, wo überfröhliches Volk eben drei Weidlinge bestieg. Aus dem hintersten krakeelte eine Männerstimme, die den Christian einlud, sich anzuschliessen, sie möchten auch einmal mit dem Teufel fahren, was schallendes Gelächter auslöste. Derart billige Anspielungen auf seinen Namen hatten den Mann von jeher angewidert; er wehrte lächelnd ab. So solle der Bub wenigstens mitfahren, wenn der Vater wasserscheu und ein Angstmeier sei. Mit dieser Einladung war nun des Kindes heftiger Wunsch ins Reich der Möglichkeit erhoben. Er bettelte ungestüm, setzte sich fragend auf das Bootsende, bis man unter Hallo den Vater so weit hatte, dass er sich täppisch in das Fahrzeug wagte, das er um des Kindes willen mit sichtlichem Misstrauen betastete. Draussen in der Strömung erwies sich das Unternehmen viel harmloser und mitten auf dem Rhein wunderte sich Christian, wie ganz anders und überraschend sich die Uferbilder ausnahmen. In den vorderen Booten jauchzten die leicht angetrunkenen Sonntagsfahrer im Takt des Handorgelers; von Schiff zu Schiff und von den Ufern her gab's fröhliches Tüchleinschwenken, so dass der versonnene Christian kaum mehr bereute, seinem glückseligen Jungen das aussergewöhnliche Fest bereitet zu haben. Hinten und vorne regelten stämmige Burschen mit langen Rudern die Fahrrichtung. Besonders der vordere, ein barfüssiger Gewaltmensch, nur in Hose und Hemd, erschien dem Dieter als der Inbegriff alles Heldenhaften. Wie wuchtig der muskulöse Mann, die Stadtsilhouette überragend, gegen die sinkende Sonne stand. Dabei blinzelte er bisweilen dem kleinen Bewunderer verständnisvoll zu. Bravo, bravo, lächelte sein Auge, bravo, junger Held. Wir verstehen uns: Wagemut, Tapferkeit, auf das allein kommt es an im Leben.

Unter der Wettsteinbrücke echote das Rauschen am Gewölbebogen. Plötzlich ragte links der Markgrafenhof in den Abendhimmel. Da war es dem Vater Christian, der das Haus immer nur von der Hofseite erlebte, als sähe er das Anwesen, überhaupt die Stadt, zum erstenmal. Fast schien es, als ob sich auf dieser Welt auch ohne ewigen Griesgram leben lasse. Rascher als erwünscht, war man schon vorbei, auch an der Münsterpfalz und der Universität. Da mit einemmal schrie der hintere

Führer: «Rechts halten!» Der vordere zwängte eigensinnig nach links. Im Weidling erhob sich Geschrei. Die Strömung war aber viel rascher als alle Überlegungen. Wütend gab der Hintermann nach; aber selbst der übermenschliche Kraftverbrauch der Ruderer half nichts mehr. Das Boot geriet in Querstellung, und ehe man an die äusserste Gefahr glauben wollte, war das Fahrzeug mit kurzem Krach am Brückenpfeiler entzweigeschnitten. Oben rannte die Menschenmenge über die Brücke und sah entsetzt auf die schreienden, kämpfenden Menschen in der Tiefe. Von der ganzen Besatzung wurde der kleine Dieter durch seinen neuen Freund an die Birsigmündung gerettet; alle übrigen kamen in der reissenden Strömung um.

Dieter war damals nicht imstande, das grässliche Ereignis zu deuten, wusste auch nicht, dass er endlich einmal als Tagesheld vorübergehend in aller Leute Mund war. Er empfand das Unglück nur insofern als beklagenswert, als die Lustbarkeit so unvermittelt rasch zu Ende war, und ohne zu bedenken, dass diese mit dem nie wiederkehrenden Vater zu teuer erkauft war.

In diesen Tagen fragte er in der Herrschaftsküche zum erstenmal, warum er keine Mutter habe, wie Adrian zum Beispiel; die befragte Köchin heulte ratlos. Das Kind erbarmte sie.

3.

So stand der Pate ehrenamtlich vor der Frage, was mit dem fünfjährigen Dieter Deifel anzustellen sei. Doktor Oeri, der Frauenarzt, den Duchastel während Maria Perpetuas Schwangerschaft schon einmal – aber mit einem strafbaren Ansinnen und deshalb vergeblich – zu Rate gezogen hatte, redete dem Freunde zu, er möchte den

Jungen im eigenen Haus aufnehmen, nicht adoptieren, da man nie wissen könne, was für ein Pflänzlein man grossziehe, sondern abwarten, des Pfleglings Eigenart beobachten, bis die Reifejahre die Entscheidung brächten. Vielleicht finde sich später in dem Sprössling – Duchastel hatte ein einziges Kind, eine Tochter Annemarie – ein vorzüglicher Nachfolger und Leiter der Bandfabrik. Doktor Oeri bewegte sich mit dem Vorschlag auf dem Weg, sein Gewissen zu entlasten, denn streng genommen war er Hehler bei dem Heiratshandel, in den sich Duchastel wegen unerlaubter 'Kindesunterschiebung' strafbar gemacht hatte.

Der sonst übergewissenhafte Herr Duchastel ging ernstlich mit sich zu Gericht, suchte grübelnd die Lösung aus dem blauen Himmel abzulesen, brütete nachts Gedankeneier aus. Oeri hatte von 'flottem Zugreifen', von 'mutigem Zursachestehen' geredet. Indessen fragte er sich: Bin ich flott, bin ich mutig, bin ich nicht eher ein Feigling, ja sogar ein überzeugter Feigling? Hätte er nicht erst seinen eigenen Menschen umkrempeln müssen? Als letzter männlicher Spross einer französischen Hugenotten-und Bandfabrikantenfamilie, die nebenbei seit Jahrhunderten dem Staat und der Universität bedeutende Männer geliefert hatte, war in ihm das Blut erschöpft. Die Natur braucht – wie er sich freimütig selber bespöttelte – von Zeit zu Zeit ein Familienglied, in dem sie sich wieder einmal 'verschnaufen' kann. Nun war mit dem Zigeunerblut der Maria Perpetua eine Wiederbelebung des alten Saftes und in Dieter ein nochmaliges Aufschäumen des Edelblutes nicht ausgeschlossen.

Ein überflüssiger Familienrat mit dem hochnäsigen Blaustrumpf Annemarie und mit seiner Schwester Emilie, einer überschwenglich frommen Jungfer, brachte, wie zu erwarten, seinen Vorsatz zu Fall.

Damit wird das wertvolle Keimgut verschleudert; das Korn, das ausnahmsweise mächtig hätte aufschiessen können, fällt auf steinigen Boden, um sich viel zu spät zu entfalten.

Der noch vom Vater Christian gehegte Wunsch, den kleinen Dieter bei dem befreundeten Bäckermeister Fischer am 'Untern Heuberg' in Kost zu geben, war nun als Ausweg willkommen. Doch damit wurde eine gebotene 'Vater'-Pflichterfüllung mit Geld und guten Worten erneut beiseitegeschoben und das Kind einer verwilderten Zukunft preisgegeben.

Nach dem Strassenverzeichnis gibt es in der Stadt Basel achtzehn Berge. (Rom hat bloss sieben Berge.) Der Münsterberg, der Steinenberg, der Gemsberg und so fort bis achtzehn. Das hört sich an, als ob der Fremde beim Überschreiten der Dreiländerecke bereits die Nagelschuhe anzuziehen hätte. In Wirklichkeit sieht alles anders aus, sehr zu Gunsten Roms. Von Südwesten schiebt sich eine flache, höchstens zwanzig Meter hohe Kiesbank gegen den Rheinbogen. Dieses Gelände wurde einst durch ein Flussbett durchwühlt, an dessen Sohle heute noch, grösstenteils überbaut, der ärmliche Birsig fliesst. In seiner Mündungsmulde und beiderseits zur Ebene ansteigend liegt Basel, also in einem Tal, und die 'Berge' sind weiter nichts als mehr oder weniger steil abfallende Strassen und Gässlein.

Die Alten hatten für diese Topographie ein schärferes Auge. Rückte man vor Jahrhunderten von Süden her durchs Leimental, eben den Birsig entlang, gegen die befestigte Stadt, dann stiess man beim Stadtgraben zuerst auf die links aufstrebende Burg, die damals sehr bezeichnend Schloss Wildeck im Leimental hiess. Das Tal erstreckt sich eben bis zum Rhein, und die Basler, welche ein wenig abfällig von den Leimentalern reden, sind eigentlich selbst Leimentaler, haben sich, im Gegensatz zu Zürich und Bern, auch als Innen- und Aussenpolitiker als solche erwiesen, knorzig und eng, ohne grosse Linie.

Das mit den achtzehn Bergen ist also ein Krähwinkler

Bluff, von den beiden Heubergen, die so flach liegen wie der Ozean, gar nicht zu reden. Allerdings stehen die Hinterhäuser des Untern Heubergs über dem Absturz in die untere Stadt, und der Ausblick von den obersten Stockwerken ist märchenhaft, besonders bei sinkender Sonne.

Dort, wo die Strasse im rechten Winkel umknickt, befand sich schon in den Achtzigerjahren ein Bäckerladen.

«Schnell, schnell, zu Frau Fischer, drei Brötchen, aber flink!» Auf dem Untern Heuberg holte man das Brot bei Frau Fischer, den Mann sah man nie, er zählte nicht.

Das Zählen war Sache der Frau. Sie zählte in jeder Hinsicht: als Familienvorstand beinahe im Sinne des uralten Matriarchats, sie zählte beim Einkauf der Heuberg-Kinder als Spenderin von Süssigkeiten. Vor allem aber zählte sie andächtig alles einlaufende Geld. Ihr Lebensideal verdichtete sich in dem klar umrissenen Programm: Später einmal ohne Arbeit sorglos leben können! Wer dieser Programm zu ergründen vermochte, hatte Frau Fischers Wesen erfasst.

Ihr verwirrend reizvolles Lächeln, das die Kunden zum Verweilen einlud, bedeutete nichts anderes als: «Danke schön, ein andersmal wieder; Ihr Batzen, selbst kleinste Kupfermünzen, sind uns jederzeit willkommen. Also in diesem Sinne: auf Wiedersehen.» Die roten Lippen, die diese Gedanken verschwiegen, waren von jenem bezaubernden Schwung, wie Cupidos Pfeilbogen auf alten Stichen, und verbargen prachtvolle Zahnreihen. Die Madonnenstirn, die etwas starken Backenknochen und das Kinn mit dem Grübchen formten ein Oval, wie das Rokoko es forderte. Grosse Brauenbogen, nur durch eine Haarlinie gezeichnet, wirkten fast zu nackt; umso glühender funkelten darunter die schwarzen Kirschenaugen, die den Kunden das Aufmucksen verboten, wenn der Brotpreis um zwei Centimes aufgeschlagen war. Als Typus der altfranzösischen Hofdame wäre die Frau eine Spur zu derb und gesund, der Arm zu voll, der Busen zu stark gewesen. Der Rest – ? Da wusste niemand Bescheid, kaum ihr Mann.

Die schlampigen Nachbarsfrauen meinten zwar, irgendeiner würde schon Bescheid wissen, fanden es unwahrscheinlich, dass die schöne Frau nur dem unscheinbaren Bäckermeister gehören sollte. Zwangsmässig, ohne das geringste zu wissen, schrieb man ihr eine Vergangenheit, ja sogar eine Gegenwart zu. Die Diagnose war indessen verfehlt, da ihr der schmächtige Mann genügte und nicht die geringste Abenteuerlust in ihr schlummerte.

Den beiden Kindern, Leo und Hermine, war die Schönheit ihrer Mutter nie aufgegangen. Als sich später ihre Augen für solche Dinge öffneten, war Frau Fischer bereits eine Matrone, zwar immer noch mit den Anzeichen vergangenen Schönseins, aber doch Matrone mit zeitig grauem Haar.

Er, der Fischer, galt als ein Esel, als einer, der das Maul zu halten, Ja zu sagen, in der Backstube zu hantieren hatte, Tag und Nacht. Gewiss hielt er das Maul, war auch nicht übertrieben gescheit, als Bäcker mittelmässig, für den Untern Heuberg gerade gut genug, daneben auf seine Weise gottbegnadet: Warum sich mit der Frau zanken, warum recht haben wollen, warum dieses und jenes ertrotzen? Viel klüger, sich in sein Los zu schikken, unter dem Regiment der Frau zu seufzen; denn bei aller Duldsamkeit geschahen wesentliche Dinge doch nach seinem Willen, da man in letzter Stunde ihn fragte, ihn entscheiden liess. Die Trunkenbolde des Heubergs, die in der Sonntagsnacht heimkrakeelten, sich wichtig machten, die Familie vergewaltigten, taten viel mehr das, was ihre Frauen wollten; sie wussten es bloss nicht.

Wäre seinerzeit Christian Deifel, als er Dieters wegen anfragte, in die Backstube hinuntergestiegen, dann hätte Karl Fischer ehrlich bedauert, den Knaben nicht unterbringen zu können, da das Haus kaum für die Eigenen Platz biete. Die Beredung war aber in der Wohnstube angeknüpft worden, da hatte die Frau von sich aus zugestimmt, es werde sich schon Platz finden.

Nun der arme Christian an der Schiffsbrücke bei Hüningen aus dem Rhein gefischt war, schuldete man es seinem Andenken, sein Söhnlein in der Familie aufzunehmen, schon weil das treue Andenken in einem wohl abgestuften Verhältnis zu dem vom Paten angebotenen Kostgeld stand. Herr Duchastel hatte diesmal in eigener Person die Verhandlungen geführt, ja hatte sich vielleicht bei der Aufrundung der Summe ein wenig zu stark von den eingesogenen Mundwinkeln der Hausfrau bestimmen lassen. Auf alle Fälle war durch das Dasein dieser seltsamen Bäckersfrau Anlass geschaffen, sich öfters nach dem Patenkind umzusehen. Des weiteren war auch die Liegenschaft nicht uninteressant.

Bis Ende der Sechzigerjahre hatte sie der jüdischen Gemeinde als Synagoge gedient. Im Hinterhaus hatten an Sonntagnachmittagen in der 'Schule' die Judenkinder gesungen, und in nächster Nähe, im Hof, war auch geschächtet worden, weshalb Frau Fischers Zimmerherr behauptete, es rieche heute noch nach Hühnerblut. Karl Fischer hatte dann die 'Judenschule' von Lazarus Dreyfus käuflich erworben, seinen Backofen in den Keller gestellt und seither redlich Brot, Kleingebäck und Kuchen, vor Weihnacht auch die Änisbrötli und Mailänderli seinen Kunden gebacken. Die Zeitgenossen behielten aber die Hausbezeichnung 'Judenschul' bei.

Nun war vor kurzem, nach Lazarus Dreyfus' Tod, von dessen Sohn Ernst die Hypothek gekündigt worden. Frau Fischer fragte darum zaghaft, ob Herr Duchastel wohl das nötige Vertrauen aufbringen könnte, in die Bresche zu springen, was rasch bejaht wurde, denn Herr Duchastel war immer noch der Mann, der gerne in die Breschen sprang.

Im ersten Stock hinten gegen den Hof schien eine heimelige Stube wie geschaffen für Dieter. Vorerst war sie noch von dem Zimmerherrn besetzt, sollte aber sofort gekündigt, neu geweisselt und tapeziert werden.

Es soll bloss keiner fragen, was da für Bäume im Hof standen und wieviel Rosenbüsche der Garten zählte. Ein Garten war nicht da, und der Hof war gerade gross genug, zwei Stösse Backofenscheite, einen Ascheneimer und ein Kistchen mit Sägemehl für die Katzen zu fassen. Und würde sich mal bei Föhn ein Fetzen Glut aus dem Ofen ins Freie verirren, dann könnte aus dem Hinterhaus kaum einer mit dem Leben davonkommen.

Als nun Dietrich Basilius Deifel vom Markgrafenhof her seinen Einzug in die Judenschule hielt, gab das beim ersten Schritt in das Haus einen furchtbaren Ruck in seiner Kinderseele.

Des Vaters Drohungen: «Wenn du nicht parieren kannst, musst du zu Bäcker Fischer», hatten seinerzeit geklungen wie: «Du musst ins Lebkuchenhäuschen.» Das brauchte jedoch keine Furcht auszulösen; denn die Hexe abgerechnet, blieben nur Lebkuchen.

Nun schien aber dieses Haus nicht bloss aus Lebkuchen aufgebaut.

Frau Fischer führte den Knaben zuerst in sein künftiges Zimmer, spendete aber sofort unten in der Wohnstube einen herrlichen Kaffee mit Türmen von Backwerk und Kuchen, wobei sich die heikle Frage der einstweiligen Unterkunft am besten überzuckern liess. Dieter sollte noch einige Tage im Kinderzimmer schlafen, er in Herminens Bett, Hermine mit Leo im anderen. Der Mutter Tochter war etwas über sechs Jahre alt, Leo, des Vaters Sohn, zwei Jahre älter. Dieser fügte sich nur mit Ingrimm, besonders da er vorausahnend herausfühlte, dass er dem 'Herrenbüblein' noch anderweitig werde Platz machen müssen. Schon der grosse Reisekorb enthielt herausfordernd viel Kleider, Wäsche, Schuhe, ja beim Zubettegehen stellte sich heraus, dass der kleine Stutzer weisse Unterhöslein trug, Leo gar keine, nie solche getragen hatte. Er stichelte daher sein Schwesterchen auf, über diese lächerliche Ausstattung höhnisch zu grinsen. Überhaupt gab es schon am ersten Abend allerlei auszusetzen, und da die Geschwister gesonnen waren, gegen den Eindringling zusammenzuhalten, wurde sogar das gemeinsame Lager erträglich gefunden.

Dieter zeigte aber ungewohnt gute, einfache Umgangsformen, mit denen er sich sofort Frau Fischers Wohlwollen eroberte. Allerdings forderten sie zu Vergleichen heraus, und Leo bekam nun öfters Ermahnungen über Anstand zu hören, von denen bis jetzt nie die Rede gewesen war. Dank seinem 'Reichsein', flüsterte Leo seiner Schwester zu, mag er gewisse Vorzüge haben; aber wenn es dann gilt, nicht auszureissen, wenn der 'Jud' kommt, werde man den Knirps schon kleinkriegen. So wurde der Kutscherbub aus dem Markgrafenhof auf dem Heuberg als Herrenbüblein bewertet, dem erst einmal volkstümliche Bubenmanieren beigebracht werden mussten. Dieter, für Derartiges unbegabt, suchte eher flotte Kameradschaft, einträchtigen Zusammenschluss. Der Bäckerssohn verhielt sich aber ablehnend und ging seine eigenen Wege, Hermine fürchtete des überlegenen Bruders Spott und hielt sich in befangener Feigheit zu ihm.

Auch auf der Gasse stiess der 'Aristokrat' auf Verschwörung und Klassenhass. Die Kindermeute, in zerrissenen Hosen mit klappernden Holzschuhen, kahlgeschorenen Schädeln oder verwahrlosten fetten Haarsträhnen, stand gemeinsam unter der Parole: 'Proletarier aller Länder, vereinigt euch!' Sie zeigten kaum Lust, mit dem Daumen im Maul den Glanz der Reichen zu bewundern, sondern verhielten sich neidisch verachtend seitab und gaben dem Herrenbüblein mit dem gepflegten Lockenhaar bald zu verstehen, dass er sich hüten möge, sich in ihre Spiele und Umtriebe zu mischen.

Von oben gesehen, besteht das Quartier um die Judenschule aus einem unglaublichen Gewirr von Dächern, Schornsteinen, unzähligen Mauern und Mäuerlein, vielen Höfen und Gärtlein, deren Höhenlagen derart schwanken, dass man einmal von einem Gartenbänklein dem Nachbar aufs Dach spucken kann, während in nächster Nähe abgrundtiefe Hofschächte einen zu verschlingen drohen. Albrecht Dürer hätte an einem Stich von dieser Gegend drei Jahre zeichnen müssen.

Nicht selten standen die hochthronenden Anwesen mit den Häusern der unteren Stadt im Verbande, so beispielsweise die Judenschule mit dem Haus des Tapezierers Krebs vom unteren Gerbergässlein derart, dass dessen Dachkammer direkt in ein langes Höflein, nicht breiter als eine Kegelbahn, führt, das in seiner Fortsetzung als schmutzigschwarzer Gang die Judenschule frech durchsticht und am unteren Heuberg ausmündet. Seit seinem Hiersein hatte es auf Grund eines Servituts Fischer dulden müssen, dass Krebs Rohmaterial und Matratzen durch diesen Seitengang schleppte und bei schlechter Laune das Tor zuschmetterte, bis im Bäckerladen der Schlagrahm schwappelte. Der lange Riemen, Gang und Hof, von der Jugend Güggelallee benannt, hatte von jeher die Heuberg-Kinder zu allem denkbaren Spektakel verlockt, bis es einmal dem schlafbedürftigen Bäckermeister zu bunt wurde und er das junge Gesindel mit Fluch und Kelle zum Teufel jagte.

Die Güggelallee sollte nun, wie dereinst das Hügelgelände der latinischen Ebene, zum Schauplatz eines Ringens um die Vorherrschaft werden.

Seit Tagen beobachtete Dieter selber tatenlustig das Treiben und Balgen der Jugend, lehnte jeweilen, die Hände hinter dem Kreuz verschränkt, an einer Hauswand und schien ein wenig überlegen die Sprünge und Dummheiten der anderen Buben zu benörgeln. Schon hatte sich herumgeredet, der Bub sei reich, vielleicht sogar ein Vornehmer. Drei Jahrzehnte später hätte man ihn als Kapitalisten verschrien. Allem Anschein nach hatte Leo bereits die ganze Meute gegen ihn aufgewiegelt. Wie auf Verabredung hin stellten sich sämtliche Jungen, auch Mädchen, genau wie Dieter, an die Wand gegenüber, äfften alle seine Bewegungen nach, wechselten das Standbein wie er, kratzten sich an der Stirn wie er, deutliche Kundgebung, dass er preisgegeben, ausgestossen war.

Mit einem Ruck wandte er sich ab, streckte allen die

Zunge heraus und flüchtete zur Güggelallee. Als die Verfolger mit Indianergeheul nachgestürzt kamen, sass Dieter wie die von Hunden gehetzte Katze, schon auf der Nachbarmauer. Verdutzt schauten die Buben herum, wie auf die Mauer zu kommen sei, versuchten ihrerseits vergeblich das Kunststück. Dieter grinste höhnend und spöttelte unermüdlich: «Macht's nach, macht's nach!» Endlich gelang es Leo, mühsam gestützt und geschoben, sich ebenfalls auf die Mauer zu setzen, doch war seiner Ängstlichkeit zu entnehmen, dass er mit Bedenken auf der anderen Seite in die abstürzende Tiefe starrte. Dieter, die Schwäche seines Feindes erkennend, stellte sich behend auf die Beine: «Mach's nach!» Trotz dem schreienden Zureden von unten versagte Leo, der Anführer, was ihm bereits eine schlechte Note eintrug. Da geschah das Unerhörte. Dieter, vom Markgrafenhof an Gefahrvolleres gewöhnt, stellte sich spielend auf den Kopf, so dass Leo, der allein das Frevelhafte überblicken konnte, kreideweiss und schlotternd seinen Posten räumte. Dieter, wieder sitzend, strahlte im Siegergefühl: «Macht's nach, macht's nach!» Die Bande tobte begeistert und wandte sich feige gegen den Besiegten, schreiend und spottend: «Jeh, jeh, Leo, mach's nach! Oho, oho! – Mach's nach!»

Wutentbrannt jagte der Verhöhnte den Tobenden nach, erwischte gerade noch den kleinsten Stumpen beim Schopf, der schon das Weltgericht über sich sah und nur durch die warnend ans Fenster klopfende Frau Fischer erlöst wurde. Heulend vor Erbitterung, dass er nicht einmal seinen Zorn ausleben durfte, verzog sich der Besiegte ins Hinterhaus. Er war gerichtet, hatte die Führerstellung eingebüsst, war reif fürs Kloster.

Nach Art edler Geister suchte er seine Rache auf einem höheren, vornehmeren Gebiet, klaubte seine sieben Sachen aus dem Wandschrank heraus und grollte der Welt, indem er Kunstwerke schuf. Er zeichnete: Dächer, Tiere, Fastnachtslaternen, vor allem aber unendlich verschnörkelte Buchstaben des grossen ABC.

Glückseliges Kindesalter, das so rasch den Markgrafenhof, den Rhein, den Vater, die einsamen Sonntagnachmittage, sogar die Münsterorgel vergessen konnte. Wie eine Katze verstand sich Dieter auf eine geruhsam betrachtende Einstellung zur Umwelt, gab sich mit bescheidenen Streifzügen zufrieden, wunderte sich vor Schuhmacher Keils Fenster, dass der Mann wie ein Wüterich auf das Leder klopfte, statt gleich runde Scheiben zu schneiden und winzige Holznägel in vorgebohrte Löcher zu hämmern. Auch die düstere, stinkende Malerwerkstatt des Malers de Crusaz, in der sich ein verwirrendes Durcheinander von Farbentöpfchen und unmöglichen Gerätschaften fand, fesselte ihn stundenlang, bis er des Gaffens müde immer wieder beim Gemsbergbrunnen landete, wo er auf das Nebentröglein kletterte, über den Brunnenrand lehnte, um wieder stundenlang den schaukelnden Tanz der blauen Lichtringe über dem grünen Boden zu betrachten, denn zwischen den Hausgiebeln blieb noch ein Stück blauesten Himmels übrig, das sich mitspiegeln durfte. Dass früher ein anderer Brunnen hier gestanden, an dem sich abends so viel Kühe zum Saufen gedrängt hatten, dass die Mädchen mit dem Wasserschöpfen warten und schwatzen mussten, das hatte ihm eben der alte Herr de Crusaz erzählt und noch eine Geschichte vom neuen Brunnen dazu, wie man anfangs der Sechzigerjahre aus dem fernen Jura einen riesigen Steinblock hatte kommen lassen, so mächtig, dass zu seinem Durchlass kein Stadttor breit genug war, weshalb man beim Aeschentor ein Stück Stadtmauer ausbrechen und den Graben ausfüllen musste, um das Ungeheuer in die innere Stadt zu verfrachten. Das alles war für das Kinderhirn zu verzwickt; denn der Brunnen war doch ein zierliches Gebilde, ein Lebewesen, ein Freund, nicht einfach ein Block.

Glückliche Jugend. Ihr gilt kein Gebot, als nur da zu sein, wie die Tiere im Zoologischen oder gar die Geranien und Fuchsien vor den Fenstern.

Glückselige Geschöpfe; sie säen nicht und ernten nicht . . . bis es eines Tages den Erwachsenen einfällt, in aller Heimlichkeit mit dem Schulinspektor zu verhandeln und das kindliche Schlaraffenleben mit einem Ruck zu zerstören, um die natürliche Seelenentfaltung im ABC-Schraubstock zu knebeln, um alle – auch die überwiegenden Dummköpfe – auf das Lesenkönnen von Sport- und Hetzblättern zu dressieren.

Der Eintritt in die St. Leonhardsschule erweiterte Dieters Erlebenshorizont nur räumlich. Neue Strassen und Quartiere wurden erschlossen. Über die geistigen Anforderungen war er höchst enttäuscht. Nach seinem Empfinden verstrichen Ewigkeiten, bis wieder ein neuer Buchstabe an die Reihe kam. So wurde er bald eines jener vielen Opfer des demokratischen Systems, da den Begabten ein Mühlstein angehängt wird, damit die Idioten einigermassen Schritt halten können und die ohnehin träge fliessenden Kinderjahre zu Jahrzehnten gestreckt werden.

Ein Vorzug des Schulbetriebs: Es gab öfters Gelegenheit, zwischen Gähnen und Buchstabenmalen durchs Fenster zu dem hochanstrebenden 'Schloss Wildeck' zu blinzeln. Über mächtigem Mauerwerk, dessen Fundamente in der unteren Stadt liegen, bauen sich klotzige Längsbauten und Türme auf, alles grau und alt, vielleicht zu derb und breitspurig, um dem Ideal des Bilderbuchschlosses zu entsprechen. Aber immerhin, die Phantasie wurde doch feurig belebt, da man bereits wusste, dass hinter den vergitterten Zellenfenstern keine Mönche mehr, sondern flüchtiges Gesindel und spät in der Nacht zusammengelesene Häftlinge verstaut waren. Dieter ahnte damals noch nichts von dem späteren Glück, da ihm diese Festung bis in die letzten Winkel durch die Bekanntschaft mit den Abwartskindern erschlossen werden sollte.

Bei jedem Heimweg bog man um das Pfarrhaus neben der Kirche und hatte die Wahl zwischen Heuberg und dem reizvollsten Plätzlein der Stadt, dem 'Kirchhöfli', das einerseits von Polizeiposten, Kirche, Kreuzgang und Pfarrhaus umrahmt, anderseits auf eine bastionartige Terrasse, rings mit Buschwerk und Ruhebänken, vorspringt. Dieser runde Platz mit der Kastanie in der Mitte war von jeher das Revier der schreienden Heubergkinder und abends Sitz der pfeifenrauchenden Kleinbürger, die noch einen Blick über das Dächergewoge der Stadt bis hinüber zu den Münstertürmen werfen wollten.

Von ergreifender Romantik waren die beklemmenden Momente, da an Handschellen irgend ein wohlgekleideter Bursche dem 'Lohnhof' zugeführt, oder wenn verlauste arme Teufel zur nahen Grenze abgeschoben wurden, damit sie ihr Diebeshandwerk im eigenen Heimatland ausüben möchten. Dieter lief etwa hinter einer solchen tristen Menschengruppe her, bis beim Spalentor die Sensationslust befriedigt war. Der mächtige Goldzeiger der Turmuhr tat vielleicht gerade den Ruck zum Stundenschlag, und die verlaufenen Buben stürmten mit schlechtem Gewissen heim, dem Futtertrog entgegen.

Dieters ungehemmte Bewegungsfreiheit verletzte natürlich das Gerechtigkeitsgefühl des ohnehin schon gedemütigten Leo. Man lebte damals noch nicht im Jahrhundert des Kindes und überlegte kaum, dass man dem kleinen Leo zu viel aufbürdete, wenn man ihn nur lausiger fünf Batzen willen täglich um halb fünf Uhr in der Früh aufstehen liess, die Eselinnen einer Nachbarsfrau vor die Haustüren vornehmer Kunden zu führen und zu melken. Noch Ende der Achtzigerjahre galt Eselsmilch als Erhaltungsmittel für Auszehrende. Die Mühsal wäre noch zu ertragen gewesen, hätten nicht noch Kummer und Argwohn an seiner Seele genagt. Seit Dieters Sieg auf der Hofmauer war nämlich Leos Schwesterlein, für das er von Kind auf besorgt gewesen war, schnöde von ihm abgefallen, bewunderte nun seinen Feind, ja vergass sich bis zu der schamvergessenen Aussage, dass Dieter 'ein Feiner' sei. Während sich die beiden andern noch stundenlang in dem warmen Bett wohlig dehnen und strecken durften, musste er, Leo, schlaftrunken und in heimlicher Angst vor dem Juden, dem Hausgespenst, mit der Öllaterne durch die nächtlich tote Strasse zum Eselsstall. Hätte er gar gewusst, dass Hermine, tiefen Schlaf heuchelnd, jedesmal nur das Zuschnappen der Haustüre abwartete, um zu Dieter ins Bett zu schlüpfen, dann hätte der brave Junge vor Scham in den Boden versinken müssen.

In einer dunklen Morgenstunde, da es draussen stürmte und regnete, forderte Hermine gebieterisch, dass Dieter ihr Schatz sein müsse. Rosy Siebenhaar, Elsy Meier und Trudy Binswanger hätten auch einen, ja selbst Hans Stänz und Georg Allenspach. Sie müsse nun auch einen haben, sonst stehe sie gar einfältig da. Dieter liess sich, zur Decke starrend, diese Vergewaltigung schmunzelnd gefallen, ohne sich dabei etwas Besonderes zu denken oder auch nur die geringste Pulsveränderung zu erleiden. Das Ganze bedeutete ihm kaum mehr als eine Art Geheimbund zu gemeinschaftlichen Strolchereien im Quartier.

Der kleinen Hermine war aber auf die Dauer mit dem 'Braut'-Zustand nicht gedient. Man durfte ernstlich ans Heiraten denken.

Da man nie weiss, was nachher kommt, sichern sich Bräute gern einen Tag der Pompentfaltung. Hermine liess sich nach dem Muster einer von Duchastel geschenkten Prachtpuppe bei der benachbarten Weissnäherin aus rosa Seidenpapier ein Hemdchen, Höschen und einen spitzenüberladenen Unterrock besorgen, darüber wurde ein Nachthemd mit Schleifen aufgetakelt und ein grüner Schleier mit einer Papierkrone im Haar befestigt. In dieser unpraktischen Aufmachung gab es aber in der Kinderküche noch Apfelschnitze zu kochen und aus weichem Brot Pfannkuchen zu walzen, worauf man gravitätisch Arm in Arm dreimal um den Tisch einherschritt, um dann vor einem Stuhl mit zwei Kerzen als Altar feierlich niederzuknien und das 'Ja' zu seufzen. Dieter erschauerte vor so viel Pracht und fühlte sich fast zu schwach in den Knien, als Frau Deifel zur Hochzeitsreise drängte, die zum grossen Ergötzen der Frau Fischer durch den Bäckerladen führte und zurück ins 'Hotel'. Wieder in der Kinderkammer – endlich allein –, presste die jugendliche Gattin ihren Mann überschwenglich an ihren mädchenduftenden Leib, womit sie den hilflosen Knaben aus der Fassung brachte. Das spröde Knistern der Papierhülle über der weichen Haut beraubte ihn der Sinne. Er ahnt zum erstenmal, dass die Liebe zu einem Weib ein Verhängnis, ein Abgrund sein kann. Die Vorgänge am eigenen Körper weiss er nicht zu deuten und rennt entsetzt davon. Das Hochzeitspielen sei ihm verleidet.

Hermine, beleidigt fürs Leben, reisst den Hochzeitsplunder vom Leib und verbrennt die papierne Herrlichkeit im Hof.

Noch stand Dieter unter dem Schutz eines warnenden inneren Geistes. Als 'Hotelpensionär' durfte er aber ohne Aufsicht und Begleitung die weitere Umgebung erobern, wobei sein Sinn für Recht und Unrecht, Gut und Böse mehr und mehr verkümmerte. Es liesse sich ein Buch füllen mit allen jenen Begegnungen und Erlebnissen, die man Kindern ersparen möchte und die nun Dieter in einer bunten und grausen Mannigfaltigkeit vor Augen kamen, so mannigfaltig, dass sie, auf zwanzig Kinderseelchen verteilt, schon reichlich genug Schaden angerichtet hätten.

Bei seiner Gier nach allem, was die Welt an Wunderbarem enthält, nahm er wahllos mit allem vorlieb: und da es keine Götter zu bestaunen gab, entflammte er sich für die Teufel, die das Quartier mit ihren Untaten in Atem hielten.

Ob die neue Lebensführung, gegründet auf den Sieg in der Güggelallee, zu Dieters Segen ausschlug!? Verdächtig war einstweilen der Umstand, dass es mit den Mauerkunststücken vorbei war. Was er früher nie kannte: er lebte nun öfters in Angst, insbesondere Angst vor dem 'Jud', der sich in diesem Hause erhängt hatte, nachdem er eine Christin geheiratet, verkrüppelte Kinder bekommen, von seiner Frau betrogen worden war und nun als Gespenst durch das nächtliche Dunkel schwirrte.

4.

Dieter war nun so alt, wie Leo bei seinem Einzug in die Judenschule gewesen war, demnach schon sehr alt. Es wurde höchste Zeit, den Erlebensradius über den Gemsbrunnen und die Schule hinaus zu verlängern. Der Weg dazu führte wieder neben dem 'Kirchhöfli' vorbei und mündete in einen grossen Torbogen, über dem in gotischen Lettern zu lesen war 'Polizei'. Linkerhand klebte die Abwartswohnung über dem Gässleinabsturz mit etlichen Söhnen darin und einer Tochter, die schon frühzeitig einen Tross Nachläufer um sich zu scharen verstand, halbwüchsige Burschen, bei denen, nach Dieters Meinung, seine Mannwerdung könnte gefördert werden. War man mit diesen Anwohnern verkameradschaftet, so stand einem das ganze Polizeiparadies offen. Da durfte man an Sonntagnachmittagen auf den Landjägerbetten Purzelbäume schlagen, durfte alle leeren Zellen und die Kellerräume durchstöbern; durfte im Gefangenengarten spazieren, von wo aus die Nachbarsdächer des tiefliegenden Barfüsserplatzes zu erklettern waren bis vorne über der alten Wirtschaft zum 'braunen Mutz'. Diese abgelegene Dachromantik verleitete auch den begeisterten Dieter, der Abwartstochter Herz und Hand anzubieten. Julie Schelling, die bereits besser versorgt war, winkte spöttisch ab, er sei ja noch 'nass hinter den Ohren', eine Anspielung, die ihn um so tiefer beschämte, als er sie nicht begriff. Doch die schnöde Abfertigung wurde weiter verübelt; denn in Julies Händen lag die Entscheidung über Verweilen oder Ausgeschiedensein in dem bestrickenden Bezirk.

Zur 'Lohnhofclique' gehörten auch zwei düstere Jungverbrecher, die sich künftig mit Dieters weiterer Seelenausbildung befassen sollten.

Zwischen diese beiden Gesellen wurde eines Abends Dieter von der raufenden Bande zu einer Bank gedrängt, von Kummerer festgehalten und scherzhaft mit einer Tracht Prügel bedroht. Wie er sich zeternd losreissen wollte, meinte Emil, der Düstere, er müsse erst sagen, wie er heisse, dann werde er losgelassen. Dieter nannte seinen Vornamen.

«Und sonst noch?»

«Deifel».

«Deifel? Ist auch recht. Aber Dieter ist noch besser, einen Dietrich können wir just brauchen.»

Der Gefangene begriff nicht, was gemeint war, wurde aber doch neugierig, wieso man ihn brauchen könnte. Als bei einbrechender Nacht die Kameraden ausgetobt und allmählich den Heimweg gefunden hatten, kehrte Dieter mit einer Unschuldsmiene zu den Männern zurück, hatte nicht genug Schuhe zu binden, um sein Verweilen zu rechtfertigen. Er wollte bloss etwas von dem aufschnappen, was Erwachsene zu reden hatten, und wissen, ob man ihn wirklich brauchen könnte. Endlich wurde er heimgeschickt. Es sei Zeit für kleine Kinder, sonst hole ihn noch der Nachtheuel. Dieter wehrte sich, er sei kein Kind mehr.

«Was bist du denn sonst?»

«Kein Kind mehr», trotzte Dieter.

«Aber ein Lausbub.»

«Auch das nicht.»

«Hast du Läuse?»

«Nein.»

«Wer keine Läuse hat, ist nicht gesund, also auch nicht mannsstark», lachte Leonhard mit den Voltairelippen.

Als der Kleine absolut wissen wollte, was das sei: mannsstark, vertröstete man ihn auf ein andermal und jagte ihn mit hopp, hopp und Händeklatschen heim ins Bett. Unterwegs kam es ihm in den Sinn, dass er den beiden du gesagt, dabei waren es doch Männer.

Beim nächsten Stelldichein der neuen 'Spielgenossen' schienen diese den kleinen Dieter kaum zu beachten, erzählten sich aber aufschneiderisch die absurdesten Galgenstücke, nur um die Wirkung auf den erstaunten Neuling zu beobachten. Vonarx zog die Augenbrauen hoch und machte Anspielungen auf einen Ort, da sicher grosse Schätze aus uralter Zeit zu finden wären, wenn man nur noch einen Dritten im Bunde hätte, einen Kleinen, der auch dort noch durchschlüpfen könnte, wo für Erwachsene alles vergebliche Liebesmühe sei. Natürlich müsste der Betreffende mannsstark sein, eine heutzutage seltene Tugend.

Derartige Aufreizungen mussten dem Fass den Boden ausschlagen. Dieter bettelte inständig, man solle ihn doch mannsstark machen, er sei ja der kräftigste von allen Heubergbuben und könne sogar auf höchsten Mauern kopfstehen.

Kopfstehen, selbst auf den Münsterturmkreuzen, sei ein Kinderspiel gegen das Mannsstarkexamen. Dieses bestände eben in Forderungen, denen die heutige Jugend nicht mehr gewachsen sei. Erstens müsse man, ohne das geringste Gruseln zu verraten, einen Regenwurm verschlucken. Zweite Stufe: sich ohne einen Schmerzenslaut mit einem Lederriemen den nackten Hintern versohlen lassen. Das Drittens sei so abscheulich, dass es gar nicht auszusprechen wäre.

Dieter fieberte vor Erregung, drang darauf, am selben Abend seinen Mut zu bekunden und bestand wirklich die Aufnahmeprüfung summa cum laude, ohne zwar den Sinn der Torturen zu begreifen. In Ermangelung eines Regenwurms war ihm zwar das Propädeuticum erlassen worden. Über die dritte Leistung wurde er sich erst viel später im reiferen Alter bewusst, wo ihm dann die Augen aufgingen, dass er nur von verruchten Lüstlingen missbraucht worden war.

Nach bestandener Prüfung musste er noch beim grünen Mondkalb und dessen Grossmutter schwören, nie einem Menschen ein Sterbenswörtlein von allen Unternehmungen mitzuteilen, da er sonst auf die grausamste Weise umgebracht würde, und dass dies etwas Entsetzliches sein werde, könne er aus den bisher harmlosen Erfahrungen ableiten.

Es erging dem Jungen wie manchen Alten, die einer Scheinloge beigetreten sind: enttäuscht, ja angeekelt suchte er nach einem Ausschlupfloch, blieb aber an diesen Kumpanen und an der übrigen Kirchhofräuberbande hängen, da er ernstlich daran glaubte, dass er, verachtet und verfemt, eines Tages auf geheimnisvolle Weise aus dem Leben verschwinden werde.

Während er mit den neuen Gefährten in Angst und Besorgnis seine kostbare Zeit vertrödelte, übte sein Klassenkamerad und späterer Rivale, Heinrich Freisinger, ehrgeizig am Klavier. Wie sehr der Pfarrerssohn von St. Leonhard bereits einen Nimbus um sich verbreitete, musste Dieter am ersten Tag des neuen Zur-Schule-Laufens erleben, da der Lehrer in der Gesangsstunde das Wunderkind Freisinger beim Geigenstimmen fragte, ob das Instrument auch rein klinge. Dieses Ereignis schraubte den Unternehmungsgeist wieder herab. In tiefem Kummer fühlte Dieter, dass mit Kunststücken auf hoher Mauer und mit losen Schelmenstücken noch nicht der Weg zur Unsterblichkeit gebahnt sei. An hoher Gesinnung fehlte es zwar nicht, eher an Menschen, die ihn belehrt hätten, dass jedes Grosswerden im unentwegten Durchhalten auf ein bestimmt Gewolltes hin bestehe, worin ihm Leo, der Eselstreiber und Buchstabenzeichner, schon heute hundertmal überlegen sei.

Verdriesslich und träge schlich er sich zur Schule, hängte die Mütze an den Haken wie alle anderen, setzte sich in die Bankreihe, las, sang, schrieb mit der Feder – wie alle anderen.

5.

Bächle, der Wirt, bezog aus unbekannten Gründen sein Brot nicht mehr bei Fischer. Rückwirkung: man holte bei Bächle kein Bier mehr, sondern im 'Löwenzorn' am Gemsberg. Verlangte man dort Flaschenbier, dann holte die Schenkdame im hinteren Hausflur das Gewünschte, fand es aber bald bequemer zu sagen: «Hol dir die Flaschen selber, Bübli, du weisst, wo's steht.» Dieter wusste das – auch bei Dunkelheit – so genau, dass er es nun öfters bequemer fand, das Bier in Empfang zu nehmen, ohne sich zuerst am Buffet mit überflüssigen Geldausgaben aufzuhalten. Denn Gusti Gertsch, der Bandenführer und Tyrann, fragte nicht mehr erst, ob es wo etwas 'abzustauben' gäbe, sondern erteilte nur noch barsche Hauptmannsbefehle: «Dieter, drei Flaschen, Laufschritt – Marsch!» Am Pfarrhausbrunnen schraubte unterdessen Georges Frei den Trinkbecher ab, worauf beim 'Kirchhöfli' nach alter Väter Sitte der Trunk die Runde machte. Da Dieter eines Abends vom Raubzug nicht zurückkehrte – er musste 'unter eine Lawine' geraten sein –, machte sich eine Rettungsmannschaft auf den Weg. Auf Indianersohlen schlichen die Auserwählten durch den Hausgang des 'Löwenzorn' und fanden den pflichtvergessenen Spiessgesellen hinten im Biergarten in heimlicher Verzückung. Auf einem Podium liess ein Künstler in grünem Trikot und funkelndem Silberflitter eine Eisenkugel von einer Hand über das Genick weg zur andern rollen, warf die Kugel hoch, fing sie mit der Brust auf. Das mit rotem Plüsch bezogene Tischchen barg noch eine Fülle von glänzenden Gegenständen, besonders Kugeln, die zu zweit, zu dritt, zu viert durch die Luft blitzten, ohne je zu Boden zu fallen. Beim Anblick dieses Wunders war für Dieter augenblicklich, ein für allemal, unerschütterlich seine Berufswahl entschieden. Schon das Wort Jongleur klang so vornehm; wie gemein daneben: Schlosser, Bäcker, Tapezierer oder gar Metzger! – Jongleur!! –

Mit diesem Abend war des Lebens Ernst an Dieter

herangetreten. Gleich anderntags versuchte er die hehre Kunst mit drei Äpfeln. Da sich aber Früchte mit ihrem Nebenreiz zu wenig widerstandsfähig erwiesen, erstand sich Dieter aus dem Flaschenbiererlös vier farbige Strumpfkugeln, und über dem Bett, wo man nicht ewig den Kugeln nachzulaufen hatte, begann nun systematisch das Üben, das täglich mit einer Andacht durchgeführt wurde wie kaum mehr später eine ernste Tätigkeit.

Die Schlafkammer wurde für den kühneren Schwung von Dieters Kunst zu niedrig, die scharfen Pflastersteine der Güggelallee für die Holzkugeln zu hart; dank dem mächtigen Einfluss der Julie Schelling durfte er fortan im Abwartsgärtlein der Polizei eine Art Freilichtstudio eröffnen, wo sich überdies Erstlingserfolge einstellten, da der Künstler der Passanten Lächeln als Beifallsgesten auffasste. Das 'fürs Leben' entscheidende Erlebnis im 'Löwenzorn' verblasste aber im Herbst, zur Messezeit, neben einem weiteren Ereignis. Auf dem Säuplatz war ein hölzernes Pantheon errichtet worden; das Ganze nannte sich Zirkus: Zirkus Wulff. Buben und Erwachsene erzählten furchtbare Dinge, wie den Zirkuskindern die Glieder gebrochen würden, um sie als Schlangenmenschen gelenkig zu machen. Ferner spielte die Peitsche als Erziehungsmittel eine heillose Rolle, besonders für jugendliche Kunstreiter und Reiterinnen, die mehr Prügel als zu essen bekämen. Gerade solche Qualen reizten.

Da redete sich unter der Schuljugend herum, dass – zu Reklamezwecken – die 'Wulffbuben', geführt von einem Zirkusmann, allabendlich in knallroten Jockeifräkken auf Ponys durch die Strassen ritten, gefolgt von einer kreischenden Horde Kinder. Beim Zirkuseingang rauften sich die Jungen fast blutig, wer die Auserwählten sein durften, denn die Wulffknaben ergötzten sich jedesmal damit, Gassenkinder aufsitzen zu lassen und mit Peitschenknall durch die Bahn zu jagen, bis alle im Sand lagen und die Ponys über die Rampe weg ihrem Stall zu rannten. Dieter fragte den Zirkusmenschen, ob er auch einmal aufsteigen dürfe, was er mit so prachtvollen Bettelaugen zu tun verstand, dass er wenigstens auf den anderen Tag vertröstet wurde. Auch dies hätte zwar kaum zu einem Erfolg geführt, wäre er nicht gleichzeitig dreist genug gewesen grosszutun: er könne nämlich jonglieren, bald so gut wie ein Jongleur, und ob er einmal zeigen dürfe, wie gut. Vielleicht könnte man ihn gar zu einer Vorstellung brauchen. Damit war er – wie der andere Tag erweisen sollte – gerade an den rechten Mann geraten. Natürlich hatte er vor seinen Schulkameraden das Maul nicht halten können, was er ernstlich bereute; denn die ungläubige Meute rannte mit, und siehe, am Zirkuseingang machte selbst nach einer Stunde kein Mensch Miene, mit Dieter in geheimer Beziehung zu stehen. Johlend und hohnpfeifend zog einer nach dem anderen ab. Auch Dieter blieb nichts übrig, als beschämt und verdrossen den Heimweg anzutreten, bis er plötzlich eine Hand am Genick spürte und den sehnlichst erwarteten Mann erkannte. Dieser führte ihn jedoch nicht in den Märchentempel, sondern gegenüber in eine Dachkammer des Gasthofes zum 'Braunen Mutz', wo auf dem Waschtisch vier metallglänzende Kugeln lagen, mit denen nun Dieter seine Kunst zeigen sollte. Aus Furcht, sich lächerlich zu machen, wagte er nicht, seine Strumpfkugeln aus den Taschen zu ziehen; mit den Metallkugeln ging's auch viel, viel leichter. Erst versuchte er es mit zweien, mit dreien. Mit vieren traute er sich über dem Boden nicht recht und fragte, ob er nicht die Bettdecke zurückstreifen dürfe, er hätte meistens über der Matratze geübt. Der Herr Jongleur lachte belustigt, überliess aber dem Jungen sein Nachtlager als Übungsfeld. Dieter schaute zögernd zu dem Examinator, halb bittend, ob ihm diese Prüfung nicht könnte erlassen werden. Doch mit den im Gewicht eigens für diese Kunst ausgeglichenen Kugeln gerieten vier, fünf, sechs Runden noch ordentlich. Darauf fiel aber die Figur zusammen, und Dieter lächelte hilflos beschämt.

«Hör' mal, Junge, wie heisst du eigentlich?» fragte der Zirkusmann unvermittelt, presste den Knaben an den Armen haltend zwischen die Knie, «und was hast du im

Sinn: willst du Artist werden?»

«Artist?» Dieter wusste nicht, was Artist sei. Nun, einer, der eben solche Kunststücke könne – oder auch nicht könne. Und was seine Eltern dazu sagen, und ob er in der Schule brauchbar sei.

Das war viel gefragt und das meiste schwer zu beantworten. Die 'jetzigen' Eltern seien Fischers. Und Jongleur werden möchte er allerdings, obschon ihm in dieser Kammer sein Vorhaben weniger lockend erschien. Dem Mann behagte der Bub augenscheinlich besser als dessen Kunst. Seine eigenen Kinder waren ihm von seiner verärgerten Gattin in eine unbekannte Gegend verschleppt worden, und fast hätte es heimliche Tränen der Rührung gegeben. Da irgend etwas geschehen musste, führte er den Knaben an der Hand bis zum Zirkusportal, liess sich dort für Dieter und Fischers fünf Freikarten geben und schickte den jungen Freund nach Hause. Abends sollen alle zur Vorstellung kommen, wo Dieter in der zweiten Nummer den Amadeo Gianino aufmerksam beachten müsse, um sich einen Begriff von dem künftigen Beruf zu machen.

Hermine zerbrach sich den Kopf, auf welchen dunklen Wegen Dieter zu den Einlasskarten gekommen sei. Frau Fischer fand sich in dem Gedanken, kostenlos ein Schauspiel zu erleben, rasch zurecht. Der Bäcker bedauerte, backen zu müssen, doch Leo wies die Karte, da die Annahme für Dieter einen Triumph bedeutet hätte, hochmütig zurück, für solches Flitterzeug habe er nichts übrig, biss sich zwar abends im Bett aus Reue fast die Finger durch, denn die beiden unbenützten Karten erlaubten nun dem verhassten Glücksvogel weitere Zirkusbesuche. So verstand es Leo, sich beständig selbstgeschaffenen Leiden auszusetzen, die ihm neben seiner Mühsal das Leben nur noch düsterer färbten.

Dantes Phantasie geriet bekanntlich bei der Schilderung des Paradiso, im Gegensatz zum Inferno, in merkliche Verlegenheit. Warum ist er nicht darauf verfallen, die leuchtenden Kinderaugen jugendlicher Zirkusbesucher zu schildern?

Ohne die seichten Weisen der rotbefrackten Kapelle wäre Dieters Stimmung geradezu kirchlich feierlich gewesen. Ewigkeiten verflossen, bis es anging, Ewigkeiten, bis die erste, durchaus überflüssige Nummer vorbei war. Als zweite Nummer: Amadeo Gianino, der berühmteste Jongleur der Welt. Ein wunderbar aufgeschirrtes Pferd wurde in den Sandkreis geknallt; nach zwei, drei Sekunden qualvoller Enttäuschung: wieder nicht der Jongleur. Doch kaum war der dumme August über die Rampe in den Sand gestolpert, folgte auch Gianino tänzelnd in fabelhafter Aufmachung. An das hatte doch kein Mensch denken können, dass Jongleurkünste stehend zu Pferde möglich wären.

Doch Dieters Freund machte alle Gesetze der Trägheit zuschanden, schwebte wie ein Merkur dahin, und mit einer an die Stirn gegürteten Spitze fing er einen rot metallglänzenden Ball auf, der sich rasend um sich selber drehte, ohne zu fallen. Pferd, Mensch und Kugel bewegten sich als Sonnensystem im Weltenkreis, über dem Ganzen wölbte sich der Dachhimmel, und die sonst menschlichen Sinnen verschlossene Sphärenmusik wurde vernehmbar, rhythmisch im Zaum gehalten von dem Dirigenten, der begreiflicherweise seiner Kapelle den Rücken drehte, um selber zuschauen zu können. War es zu fassen, dass man den schwebenden Gott auf dem Plüschsattel persönlich kannte, dass man diese Silberkugel selber in den Händen gehalten hatte, die jetzt in verwirrend sicheren Figuren durch den Raum blitzten? War es menschenmöglich, dass das hochgeworfene, mit dem Teller aufgefangene Ei nicht zerbrach oder wenigstens erst, als es dem dummen August klatschend auf der wächsernen Stirn zerplatzte? Geradezu beängstigend blendeten die drei brennenden Fackeln, die nun russend und fauchend durch die Luft wirbelten, wobei Gianino nicht mit der Wimper zuckte. Da, mit einemmal sass der begnadete Mann lächelnd auf dem Sattelbrett, liess sich kopfnickend den Beifallsturm gefallen, sprang ab, flüchtete, kam tänzelnd wieder, flüchtete endlich mit Handkuss, unter Händeklatschen und gesteigertem Jubel der Musik. Dieter wäre nun am liebsten heimgerannt, sich in Seligkeit auszuweinen, doch musste er vor Hermine und Mama Fischer seine Bewegung unterdrücken und das Programm absitzen, obwohl kein weiterer Höhepunkt mehr möglich schien. Indessen, wer kann voraussehen, ob uns von den Göttern noch höherer Glanz beschieden ist. In der Pause, da sich alle Welt in den Erfrischungsraum begab, schob sich ein Mann durch die Bankreihen und brachte Dieter und den Seinen Lebkuchen, nicht ahnend, dass mit dieser Gabe Eulen nach Athen getragen wurden, denn wie sollte er wissen, dass Dieter selber in einem Lebkuchenhaus wohnte? Gianino verlangte keine Beweihräucherung, plauderte drauf los, hielt den kleinen Dieter im Arm, liess ihn an seine Knie lehnen, redete mit Frau Fischer wie mit einer Altbekannten, schob der Hermine Lebkuchen in den aufgesperrten Schnabel und klemmte sie lächelnd in die Wangen. Dieters Blicke sagten: Seht, das alles dankt ihr mir! Als erneut Musik einsetzte, fragte Gianino nach Frau Fischers Bäckerladen und versprach, o neues Glück, demnächst zu einer Tasse Kaffee zu kommen.

Ein Glück für Dieter, dass er am anderen Tag noch nicht dabei war, als Herr Aimé Jann, denn so hiess Gianino, ein biederer Unterwaldner mit geblümeltem Umlegekragen, der Frau Fischer seine Lebensschicksale berichtete. Über seiner glänzenden Scheiteldecke klebten noch wenige Haarsträhnen, die schwarze Perücke war offenbar bei den Silberkugeln liegen geblieben, der spitz auslaufende, schwarzgefärbte Schnurrbart stand mit dem rötlichblonden Haar in unzweideutigem Widerspruch. Hellblaue Augen gemahnten noch an die innerschweizerische Hirtenzeit, kurz, von schwebender Götterfigur blieb an dem Mann im braunen Lodenkleid mit der silbernen Uhrkette nicht viel übrig.

Mit Wollust beschnupperte Jann-Gianino die Düfte

aus der Backstube, wandte sich aber von dem wortkargen Vater Fischer bald wieder ab, um sich 'oben' in Frau Fischers Augenbogen zu vertiefen. Freund Aimé-Amadeo riet, wie alle grossen Künstler, vom eigenen Beruf ab; man solle dem Jungen sein harmloses Spiel lassen, eines Tages würden die Holzkugeln von selber in einem Kastenwinkel begraben bleiben. Frau Fischer lächelte belustigt, dass sich der gute Mann überhaupt zu so viel Erklärungen herbeiliess, da über solche brotlosen Narrheiten von Seiten Dieters überhaupt kein Wort zu verlieren sei. Wie dieser nach der Schule aufgeregt heimgestürzt kam, fand er etwas Ungewiss-Unausgesprochenes in der Luft, das er aber zu seinen Gunsten auslegte. Auch Aimé-Amadeo legte ein Unausgesprochenes zu seinen Gunsten aus, fühlte sich durch den seltsam lächelnden Pfeilbogenmund der Bäckersfrau zum Wiederkommen aufgefordert, kam ein zweites, ein drittes und etwas plötzlich ein letztes Mal; Dieter sah seinen Helden unversehens vor der Ladentür und grusslos grollend abziehen. Er ahnte, dass eben etwas Furchtbares, Unbegreifliches passiert sein musste, rannte unbemerkt dem Manne nach und gab ihm zu verstehen, dass er für ewig zu ihm halten und sich nie mehr von ihm trennen wolle.

Frau Fischers sicheres Lächeln über Dieters Berufsromantik war verfrüht, denn am Tage, da das Zirkusvolk den baselstädtischen Boden verlassen hatte, fand sie am frühen Morgen erst die Ladenkasse und oben das Bett des Pflegebefohlenen leer. Sie konnte sich nicht sofort entschliessen, diese beiden Tatbestände in einen Zusammenhang zu bringen. Erst als die ohnehin gereizte Hermine feig und schamlos Dieters frühere Schelmereien preisgab, musste sich die Frau eingestehen, dass sie mit Unrecht den Jungen so närrisch verhätschelt, ja womöglich dem eigenen Leo vorgezogen hatte.

Nun durfte Vater Fischer, den man in solchen Fällen gerne als Haushaltungsvorstand gelten liess, in jenem, dem Verschollenen längst vertrauten Revier Zuflucht suchen und den Lohnhofabwart vertraulich um Rat fragen, was in dieser Verlegenheit zu tun wäre, ohne dass der Bubenstreich gleich stadtbekannt würde.

Über eines wusste Schelling sofort Bescheid, dass jeglicher Verheimlichungsversuch vergebene Liebesmühe sei. Das weitere Verfahren wäre Sache der Fahndungsabteilung, zu der der unbeholfene, wortkarge Fischer geführt wurde, als ob er selber der Schuldige wäre. Da der Beamte die Zeitung noch nicht zu Ende gelesen hatte und ihm zugemutet wurde, schon um halb zehn Uhr für das Publikum auf der Welt zu sein, war er höchst unwirsch und bemängelte erst einmal unsanft die heutige Erziehungsmethode. Fischer fand es in der Ordnung, angeschnauzt zu werden und räumte kleinlaut ein, dass die Polizei genug anderes zu tun habe, als Kindsmagddienste zu leisten. Immerhin, meinte der Beamte, werde man das möglichste tun und der Familie Fischer das Ergebnis der Untersuchung mitteilen, worauf er die Zigarre anzündete und sich entfernte, um das bereits gelesene Zeitungspapier anderweitig zu verwerten.

Während man in Basel ein wenig verspätet darüber nachgrübelte, ob es beim Pflegesöhnlein nicht doch an strenger Zucht gefehlt hätte, erlebte Dieter an der Salzgasse in Freiburg im Breisgau seine ruhmreichsten Tage.

Zwei Buben, die er dank seinem Einfluss jeden Abend als blinde Passagiere auf die Zirkusgalerie schmuggelte, teilten mit ihm als Entgelt ihr Nachtlager, wo Dieter zwischen beiden Betten über der vollgestopften Rinne liegen durfte. Die Mutter der Kinder, Franziska Holzach, die mit Kartenschlagen weit mehr verdiente als ihr Gemahl selig, ein diplomierter Ingenieur, es je getan hatte, fühlte mit dem Artistenzögling eine Art Geistesverwandschaft und sah es gerne, dass er sich auch zu den Mahlzeiten einfand. In öden Nachmittagsstunden des Alleinseins, ermüdet von dem gleichförmigen Kugelkreisen, ohne merklichen Fortschritt, brach Dieter bisweilen unter einer Art Katzenjammer fast zusammen, starrte dann ohne Zeitgefühl auf das Hin und Her der nahen Kaiserstrasse, lebte aber wieder auf, wenn nach der Schule seine Bewunderer anrückten. Aufschneiderisch erzählte er den beiden von seinen Erlebnissen aus der Zeit, da er 'noch jung gewesen', wie er jahrlang mit einem Mädchen geschlafen, wie er bei einer Hauerfahrt als einziger mit dem Leben davongekommen, erfand noch weitere Abenteuer und schwindelte, wie der Zirkusdirektor grosse Erwartungen auf ihn setzte und ihn gerne als Ersatzmann für Gianino gegenwärtig halte. Es sei zwar ein Unsinn, sich jetzt schon zu binden, da er noch nicht im reinen sei, ob er nicht doch besser das Jonglieren aufgebe, denn Amadeo Gianino rate ihm eher zum Kunstreiter, die mehr verdienten als ein Universitätsprofessor und unter den schönsten Frauen nur zu wählen hätten. Vielleicht entspringe zwar Gianinos Ratschlag nur seinem Neid, da er bereits in Dieter den Rivalen wittere.

An Vormittagen durfte Gianinos kleiner Freund allerdings nach des Jongleurs Proberitt ein paar Runden auf dem lässig trabenden Pferd sitzen, was er bei Tisch mit neuaufgeschnappten Fachausdrücken vorbrachte und auch wohl mit einigen Seufzern über die Beschwerden des Berufs. Ein kränkliches Töchterchen der Frau Holzach starrte dabei den Jungen an, als ob es direkt Einblicke in eine andere Welt erlebte. Die Gegenwart des staunenden Mädchens verleitete ihn sogar zu Aussagen, die niemand recht glaubte. Doch was war bei Zirkuskindern nicht alles möglich?

Der andere Tag brachte dem Phantasten die nötige Abkühlung. Als Dieter in der Zirkusbahn eben auf dem sich erholenden Gaul kniete, erschien unerwartet früh der Herr Direktor im Reitkleid in Begleitung eines Polizisten, der dickbäuchig hinter der Rampe wartete, bis es sich bestätigte, dass Dieter der von Basel aus gesuchte Junge sei. Zu seiner Bestürzung starrte der Reitlehrling von dem langsam schreitenden Pferde auf die wilde Szene in Sandesmitte, die während der Vorstellung sicher den grössten Lacherfolg erzielt hätte. Das Gewitter entlud sich über Gianino, der elend angebrüllt wurde und die Endbemerkung schlucken musste, dass er ein Hundsfott sei und sich zum Teufel scheren solle. Niederschmetternd war dabei, dass der erhabene Held sich so schmählich behandeln liess von einem Manne, der doch bloss der Direktor war. Nach diesem Strafgericht wurde Dieter mit wuchtigem Griff vom Pferde geschlenkert: «Und dir, elender Lausbub, hab ich noch ein paar Empfehlungen an deine Eltern mitzugeben», worauf die Reitpeitsche auf den Höschen und den beschützenden Händchen tanzte, dass der Kleine vor Schreck das Heulen vergass. Erst als er, losgelassen, das Weite suchen wollte, schrie er jämmerlich auf, wurde aber von dem Polizisten in Empfang genommen und ohne Abschied von Familie Holzach zum Freiburger 'Lohnhof' befördert, wo er auf hartem Pfühl noch eine dunkle Nacht verbringen musste, bis ihn ein Basler Polizist in Zivil erlöste und ihn an der Hand zum Bahnhof führte.

Damit war seine ruhmreiche Laufbahn schmerzlich abgebrochen, und die längst ersehnte Zirkuspeitsche hatte er auch zu schmecken bekommen.

Während der Fahrt zeigte sich gelegentlich der Schaffner, fuhr dem Buben zärtlich durchs Haar und wies zum wasserarmen Strom, der träge durch das neblige Gelände schlich: «Des dort isch der Rhein, Büble, der kommt auch von Basel.»

Da dachte Dieter vielleicht zum erstenmal seit Jahren daran, dass er einmal einen wirklichen Papa gehabt hatte, bei dem vieles so ganz anders gewesen war als alles Spätere.

In der Judenschule war es vor Dieters Eintreffen beschlossene Sache, dass das junge Früchtlein nach Sommerau, in die Besserungsanstalt müsse. Pate Duchastel befasste sich betrübten Herzens mit der Angelegenheit, wollte aber das Kind nicht sehen und erbat die Überführung vom Pflegevater, allerdings in der Hoffnung, dass damit dem Knaben die Bäckerei nicht ewig verschlossen bleibe und ihm nach Jahren strenger Zucht verziehen werde, was seitens der Frau Fischer lächelnd zugestanden wurde.

Dieter schlich sich die paar Tage noch herum wie ein geschlagener Hund. Leo und Hermine hatten sich in Eintracht wiedergefunden, um nun den Sünder mit verächtlichen Blicken und Anspielungen zu demütigen. Dieter fühlte sich grausam allein und einsam auf dieser feindseligen Welt, obschon ihn Mama Fischer, die es im stillen mit den Zöllnern und Sündern hielt, nicht so scharf verurteilte und ihm heimlich eine süsse Schnitte zuschob.

6.

Auf der alten Hauensteinlinie, hundert Schritte hinter der vereinsamten Station Sommerau, wo ein enges Juratal mit dichtwaldigen Hängen vom Haupttal abbiegt, steht ein einzelner Steinbau, ein Bastard zwischen Schulhaus und Bauernhof, die eigentliche 'Sommerau', bei deren Namensnennung damals die Bauernkinder der Nachbardörfer gleich eine Haselgerte durch die Luft sausen hörten, denn Sommerau bedeutete schon halbwegs Zuchthaus, in dem verwahrlosten Kindern und Tunichtguten eingebleut wurde, was sich im Leben schickt und was nicht. In dieses 'Kurhaus' abgeschoben zu werden, bedeutete mindestens eine Schande, und einer, der nach strengen Lehrjahren von dorther kam, hatte es nicht leicht, als Knecht unterzukommen. Von all dem wusste Dieter nichts und Vater Fischer nicht die Hälfte, als sie von der Bäckerei Abschied nahmen.

Es schnitt dem 'Sträfling' bloss arg in die Seele, als er unter dem St. Leonhards-Pfarrhaus Klavier üben hörte: Stille Ahnung, dass der Kamerad Freisinger auf bequemerer Strasse seiner späteren Bestimmung entgegenzog als er, der Heubergstrolch, zu dem er nun im zehnten

Lebensjahr gediehen war.

Emanuel Grieder, der Hausvater, rechnete damit, dass Dieter selbstverständlich auch in der Basler Schule ein Tunichtgut gewesen sei, und nahm ihn nun vor der Klasse aufs Korn, um ihm gleich einmal zu belegen, dass hier andere Saiten aufgezogen würden. Dieter seinerseits merkte nichts von des Gestrengen Absichten, da ihn das Gefragte kinderleicht dünkte und sich alles sicher und natürlich beantworten liess. Grieders vorgefasster Groll gegen den Lausbuben aus der Stadt musste nach anderen Angriffsflächen ausschauen. Es war ihm nicht beizukommen. Scheinheiliges Wesen vermutend, beobachtete er den Jungen durch Fensterlein und Gucklöcher; ohne Ergebnis. Dieter unterschied sich mit einer auf dem Lande ungewohnten Gewandtheit, mit feiner natürlicher Höflichkeit so sehr von allen übrigen, dass man sich von Woche zu Woche mehr wunderte, was das 'Herrenbüblein' eigentlich auf Sommerau zu tun hatte. Als er gar nach dem Religionsunterricht den Pfarrer Preiswerk ein Stück Wegs begleiten durfte, wurde er, wieder zurück, von dem verzweifelten Grieder angefahren: «Bueb, warum bist du eigentlich hier?» Dieter wollte eben freimütig auf Grund seiner Strolchereien belegen, wie berechtigt wohl die Übersiedelung gewesen sei, wurde aber unterbrochen: «Schon gut, ich brauch nicht alles zu wissen. Aber – hm – gefällt es dir bei uns? Möchtest du nicht lieber wieder heim?» Dieter zuckte die Achseln: «Jetzt noch nicht.»

«Warum jetzt noch nicht?»

«Ich weiss nicht. Ich bin gern da.»

Das war für Grieder zum Davonlaufen. Der Bub zerstörte ihm seine Methode, machte alle Tyrannengepflogenheiten zuschanden, ja im stillen musste sich der im Grunde gutmütige Rauhbart eingestehen, dass von dem Knaben womöglich noch zu lernen sei.

Pfarrer und Lehrer waren bald einig, dass man – entgegen dem demokratischen Prinzip – den Buben geistig nicht mit den anderen dürfe verwildern lassen. Der Pfarrer sollte ihm Latein beibringen, während es der Lehrer, am Sonntag in der Rümlinger Kirche Organist, mit Klavierstunden versuchen sollte. Mit dem Latein ging es so rasch voran, dass Herr Preiswerk heimlich seine Kenntnisse auffrischen musste. Wahrhaft versessen wurde aber Dieter auf das Klavierüben, wobei sich sein Lehrer in der Privatstube als ein leutseliger, herzensguter Mensch entpuppte, der sich selber beglückt fühlte, dem Knaben sein besseres Gesicht zeigen zu dürfen. Am liebsten wäre Dieter den ganzen Tag am Kasten gesessen, denn nun gab es Gelegenheit, es dem Heinrich Freisinger gleichzutun. Grieder überliess ihn auch oft seinem Eifer, da im Schulunterricht nicht viel zu versäumen war.

Der Mann war kein übler Klavierspieler, auch kein schlechter Organist, fühlte aber seine Gaben verkümmert, da seine Kunst nie ein Echo fand. In dem Schüler zeigte sich nun, besonders sonntags in der Rümlinger Kirche, wo Dieter wie ein Lehrbub am Webstuhl beim Orgelspiel auf des Lehrers Hand- und Fussgriffe achtete, ein Bewunderer, einer wenigstens, und das bedeutete für den seelisch einsamen Mann, dem sonst seine Zöglinge nur Angst und Hass entgegenbrachten, eine Auffrischung seines wundgelaufenen, verhärteten Wesens. Man denke sich den hässlichen, stets auf der Lauer stehenden Gewaltmenschen, der sich einer Kindermeute nur mit den schärfsten Massnahmen erwehren kann, der nur mit späterem Groll und Undank rechnet und der sich unerwartet von einem willigen, musikbegabten und -begeisterten Menschenkind, dessen Augen bei den ersten Orgeltönen aufleuchteten, verstanden weiss. Wie befreiend für den Profosen, wenn er zarteste, ewig unterdrückte Regungen vor einem so feinen Hörer in Akkorden preisgeben darf.

Und umgekehrt wie Dieter, strafversetzt, endlich sein wahres Ich findet und auskostet, dass er, der kaum an die Erfüllung seines Musikerwunsches zu denken wagte, tagelang über die Tasten fingern darf. Er will etwas Höheres; und da es kaum Musik sein darf, sucht er zum Ersatz seine Zuflucht bei Pfarrer Preiswerk. Wie zu erwarten, kam man nach Monaten zur Einsicht, dass der Bub nicht in die Anstalt gehörte.

Eines Tages bemühte sich der Pate zu einem Besuch nach Sommerau, wo das Triumvirat Pfarrer – Lehrer – Duchastel bald einig war, den Dieter schon zu Beginn des neuen Schuljahres heimzunehmen und zu versuchen, ihn in der zweiten Klasse des Gymnasiums folgen zu lassen.

7.

So wurde Dieter durch des Paten Vermittlung Gymnasiast.

Dank seiner Begabung ging es mit dem Rechnen gut. Die meisten übrigen Fächer verlangten weiter nichts als die nötige Aufmerksamkeit und gewissenhaftes Lernen zu Hause. Da er nur probeweise in der zweiten Klasse mitmachen durfte, galt es, sich zu behaupten, sogar Besonderes zu leisten; das stachelte seinen Ehrgeiz an und hiess bei Dieter soviel wie gewonnenes Feld. Bei jedem besonnenen, wohlwollenden Lehrer hätte er sich rasch in die Reihe der Rangobersten hinaufgearbeitet. Sein Klassenlehrer aber, ein giftiger, noch junger Mann, der sich bei seinem Schulhalten so gebärdete, als ob er mit Geist und Witz auf den Beifall erwachsener Studenten ausginge, machte jegliche Anstrengung des hereingeschneiten Neulings zuschanden. Er hielt es für angebracht, dem Schüler 'vom Lande', dessen fortgeschrittene Kenntnisse im Latein belobt worden waren, mit einer zugespitzten Prüfung ein Bein zu stellen, ohne zu bedenken, dass er mit diesem schnöden Manöver eine kindliche, strebsame Seele rücksichtslos zerquetschte.

Für Knaben sieht ein Lehrer anders aus als ein Metzger, anders als ein Briefträger oder ein Polizist oder ein Zirkusdirektor; ein Allgemeinbild von der Erscheinung Lehrer besteht, dem nun der Klassenlehrer keineswegs entsprechen wollte. Da stand ein käsebleicher, kleiner bissiger Staatsanwalt in Kampfstellung am Katheder, schoss spöttische Blicke durch glitzernde Klemmergläser, schnauzte mit gellender Stimme kurzabgerissene Sätze in den Saal, vor denen der begabteste Schüler erzitterte. Dabei gab es viel Spass, da beständig ein Opfer vernichtend lächerlich gemacht wurde, ein für Dieter nie erlebtes, unbegreifliches Verhältnis von Lehrer zu Schüler. Die anderen hatten sich ein Jahr lang an den Tonfall gewöhnt, empfanden ihn sogar neben der gähnenden Langeweile anderer Lehrer als belebend, besonders da er sich nun gegen den fremden 'Bauernlümmel' richten musste, was viel heiteres Gelächter versprach.

Zwar gab es vorderhand nur Wörter zu lernen, was bis jetzt niemals Mühe verursacht hatte, und hätte in der zweiten Stunde Herr Pfarrer Preiswerk abgefragt, wäre auch jede Antwort tadellos an ihrem Platz gesessen. Statt dessen hielt aber der käsebleiche Staatsanwalt das Buch zwischen den weissen Mädchenhänden und schien weniger Interesse an guten Antworten zu haben, als an der Gelegenheit, den Befragten blosszustellen.

Unvermittelt zischte wie eine Rakete das Wort Deifel in die Luft (bis jetzt hatte der Aufgerufene nie anderes als Dieter gehört), und eine übelwollende Stimme höhnte zum voraus: «Wie steht's nun mit dem Rümlinger Latein? Hopp, aufstehen! Das Pferd – der Beamte – der Vogel –» Schlag auf Schlag mussten acht Lateinwörter zurückknallen. Beim neunten verschluckte sich Dieter und kam mit der Antwort zwei Sekunden zu spät: «Aha, also nichts – die Lerche?» Der Erschrockene würgte erst die Antwort auf Vogel heraus, was für Lerche nicht mehr passte. Für «alauda», das Letztbefragte, war ihm schon die Rede abgeschnitten, und vor Bestürzung brachte er keinen Laut mehr heraus.

Das genügte: «Mhm, jaja, schon gut. Da haben wir ja die Baselbieter Weisheit – hock ab!»

Dieter blickte zerschmettert. Auf solches Trommelfeuer war er nicht vorbereitet und glaubte nun selber, dass es nur darauf ankomme, die Antworten in dem fast unmöglichen Tempo bereit zu halten. Damit lag ein für allemal der Schreck vor diesem Akrobatenstück in seinen Gliedern, und mit bestem Willen und Wissen und trotz geradezu lächerlichem Üben in diesem Sinne zu Hause war dem Mann mit dem Käsegesicht nichts mehr recht zu machen.

In Rümlingen, da man in verschiedener Hinsicht etwas von ihm erwartet und gewollt hatte, war es mit dem Latein und dem Musizieren flott vorangegangen. In Basels schwüler Luft geriet sogar das Klavier ins Hintertreffen.

Am ersten Freinachmittag, da Dieter nicht als 'Lump' Arrest sitzen musste, pfiff er im Pfarrhof den Heinrich Freisinger herunter. Statt des Gespielen stellte sich der Pfarrer mit der tischhohen Tabakspfeife unter die Tür, fragte mild ermahnend, ob Dieter seine Aufgaben schon gemacht hätte? «Erst die Arbeit, dann das Vergnügen», nach der Pflichterfüllung sei Dieter wieder willkommen. Mit dem schönen Spruch wusste der arme Sünder nicht viel zu beginnen, schlenderte, die Hände in den Hosentaschen, eine Station weiter, hockte mit angezogenen Beinen auf dem Randstein des alten Friedhofs, umfasste seine Unterschenkel und legte das eine Ohr so aufs Knie, dass ihm die bildhauerisch wertvolle Stellung erlaubte, behaglich die Umwelt zu beblinzeln.

Was es da an unerschöpflicher 'Spitzweg'-Romantik zu sehen gab, verstand er kaum. Es waren einfach bunt durcheinander geschachtelte krummrückige Giebel, Dächer, Mäuerlein und bucklige Fassaden, an denen der Aquarellmaler seine Lust hat. Die Freisingersche Hofmauer warf ihren Nachmittagsschatten über die Heubergbiegung, teilte die Strasse in einen Schatten- und einen Sonnenbezirk, dahinter türmten sich wieder hohe, schwarzgrüne Dächer und lustige Giebel auf. Damit war die Aussicht zu Ende. Ausser einem Schwarm Tauben, der von Zeit zu Zeit flatternd aufstob und in prachtvollem Gleitflug zurückfand, gab's keine Lebewesen. Im Brändlin-Pfarrhaus bei verschlossenen Läden Klosterstille, im Preiswerkschen Pfarrhaus, hinter den knallroten Geranien, schanzten unfehlbar die Söhne Latein, aus dem Freisingerschen Fenster drang Klavierüben, bereits eine schwierige Etude. Das mahnte zur Einkehr und Heimkehr. «Solange dort auf dem Kamin das Vöglein sitzt», sagte sich Dieter, «darf ich noch bleiben. Oder wenn der erste Landjäger aus der Polizei kommt.» Aber es kam keiner, und das Vöglein war längst weg. Und Dieter blieb sitzen. Es half alles nichts, er mochte nicht heim. Schliesslich brannte ein Sonnenstrahl im Genick und vertrieb den Faulenzer zur schattigen Bank unter der Kirchhöfli-Kastanie, die ihre Äste wie ein Gewölbe über den ganzen Rundplatz ausbreitet.

Da sass das Bürschlein, die Hände in den Taschen, den Nacken an die Banklehne gestützt und furchte mit den Hacken Kreise in den Kies, halb mit bösem Gewissen, dass er nichts tat, wohl wissend, dass der Schulweg am Montag früh nicht ausreichen werde, die Vokabeln zu lernen. So sehr er sich langweilte, er konnte sich nicht aufraffen zu lernen. In allen diesen Bemühungen sah er keinen Zweck, kein Ziel, die Schule schien bloss eine List der Eltern, um die Kinder tagsüber vom Halse zu haben. Das wahre Leben konnte erst später beginnen, da man wie Leo, regelrecht in eine Lehre ging. Dennoch liess ihn die beunruhigende Szene im Pfarrhof in den Haaren kratzen, denn irgendwie schien die Gegenpartei recht zu behalten. Bis jetzt hatte er es nicht erlebt, dass man ihn nach seinem Tun befragt oder gar ermahnt hätte, seine Aufgaben zu machen. Die untermittelmässigen Zensuren trugen auch nie einen Tadel ein. Man liess den Jungen treiben, ohne sich Gedanken über seine Zukunft zu machen. So kam es, dass Dieter, ewig beschäftigt, doch nie gearbeitet hatte. Ohne Disziplin, ohne Führung, steuerte er ins Ungewisse; ohne Ziel oder mit zu vielen Zielen, zersplitterte sich seine Begabung in knabenhafte Spielereien. Dieses Schicksal teilte er zwar mit den meisten Heubergkameraden, nur wurden diese, als künftige Arbeiter, wenigstens praktisch eingespannt: als Zeitungsfalzer, Zeitungsverträger, Litzenknüpfer, Ausläufer oder wie seinerzeit Leo als Eseltreiber, während Dieter samt seiner Umgebung an eine noch ungeklärte, aber gewiss höhere Bestimmung glaubte. Aber gerade diese forderte doch sicher mehr als Käsperlispielen und Clownsprünge. Solchen Bedenken war Dieter noch nicht zugänglich, obwohl er gepeinigt spürte, dass Heinrichs Werdegang zweifellos der richtigere war und dass bei seiner eigenen Lebensweise etwas nicht stimmen konnte. In solcher Lage suchte Dieter mit grossem Talent in besänftigendem Selbstbetrug Zuflucht. Tausend fremde Mächte waren schuld an seiner Verkommenheit. Er war ja bloss Kutscherssohn, der mit bedeutungslosen Bäckersleuten aufwuchs. Da hatten die Pfarrersleute gut, schöne Ratschläge auszuteilen. Überhaupt: hatte es nicht bereits Pfarrer Preiswerk ausgesprochen, dass der Freisinger kein rechter Pfarrer sei? Damit war nun die Fährte zur Beschönigung des Tatbestandes gefunden. Gewiss wollte sich Heinrich mit einer Art Streberei nur wichtig machen. Alle anderen Schulkameraden, befragt, ob sie ihre Aufgabe schon gemacht hätten, wiesen diese Zumutung jedesmal höhnisch zurück, galt es doch als besonders flott, ein Liederjan zu sein. Nur blieb Dieter in holder Ahnungslosigkeit, dass jene Prahler eine Pflichtvergessenheit nur vorlogen, in der Stunde mit den rechten Antworten bereit waren und schadenfroh den wirklich liederlichen Partner in Nöten sahen.

Nun waren zu irgendeinem Zeitvertreib alle Wege versperrt. Die Heuberg-Theater AG war verkracht, das Verhältnis zu Hermine wurde täglich hoffnungsloser, die Schule brachte nur Verdruss, ringsum stiess man auf Dornenhecken. In ödester Verlassenheit blieb nichts übrig, als heimzuspazieren und sich ein Vesperbrot streichen zu lassen. Unterwegs, angesichts der leeren, sonnbeschienenen Strasse, stellte sich noch flüchtig der Drang ein, zu Hause, in heimlichem Wettkampf mit Heinrich, viel Klavier zu üben. Doch auch dieser Vorsatz brach in sich zusammen, da er am Heuberg dem Sohn des Stadtuhrmachers begegnete, den er zum Spalentor begleiten durfte, wo täglich die Uhr aufzuziehen war. Hoch oben in einem Turmzimmerchen hingen neben einem knacksenden Räderwerk mächtige Gewichte herunter: diese galt es mit einer Kurbel hochzudrehen, wobei, weil plötzlich das Schlagwerk abrasselte, Dieter von einem heillosen Schreck befallen wurde. Der Uhrmacherssohn erklärte aber, dass nichts passieren und dass Dieter täglich fünf Centimes verdienen könnte, wenn er das ehrenvolle Amt übernehmen wolle. Dabei konnte bei anständigem Verdienst das Leben wieder Inhalt und Sinn gewinnen, ganz abgesehen von der Gelegenheit, täglich vor den Torpassanten mit eigenem Schlüssel das geheimnisvolle Seitentürlein aufzuschliessen und oben von hoher Warte über die Dächer der Spalenvorstadt weg auf die Juraberge und den Schwarzwald zu schauen.

Der Herr verlässt die Seinen nicht: aus tiefster Seelennot fand sich immer wieder ein Weg zu Lebenslust und Glück. Wenn ein ganzes Stadtviertel sich Tag und Nacht nach dem Glockenschlag richten und Tausende im Vorbeigehen von den vergoldeten Riesenzeigern die Zeit ablesen wollten, dann lag das jetzt in Dieters Hand. Eine einmalige Fahrlässigkeit, und die meckernden alten Nörgler hätten ihr Wehgeschrei den Lokalblättern eingesandt. Der tägliche Gang zum Spalentor war mit dem Reiz des Absonderlichen verbunden, bei einem sommerlichen Gewitter vielleicht allzusehr, und nur selten vollzog sich die Amtsausübung ohne Zeitvertreib. Zum mindesten wurden die im Tor nistenden Tauben aufgescheucht oder Steinchen aus dem Besenwurf ausgebrochen und den Passanten auf den Hutrand geworfen.

Eines Tages, es war im Herbst, am Dies academicus, bot sich in der Tiefe ein herrlich atemberaubendes Schauspiel dar. Krakeelende Studenten im Wichs führten in ihrer Mitte ein kleines, bärtiges Männlein, das trotz verzweifelter Abwehr in die Eckwirtschaft zum 'Salmen' geschleppt wurde, aus der dann bald Bierlieder mit Klavierbegleitung dröhnten, so dass die Schuljugend auf den Fenstersims kletterte, um auch etwas von dem Spektakel zu erhaschen. Dieter wartete erregt, denn während des Stundenschlags durfte nicht gekurbelt werden, tobte aber nach seiner Arbeit die Wendeltreppe hinunter, um ja nichts von dem Studententheater zu verfehlen. Schon waren die weissbehosten Burschen mit ihrem Opfer wieder im Freien, das Männlein war in besserer Verfassung, denn nun sang es, eine Burschenmütze auf dem grauen Haar, als der einzig Stimmbegabte die Fassaden an, von missbilligendem Kopfschütteln der Kleinbürger verfolgt. Das Schauspiel erhob sich für Dieter erst zu strahlender Vollkommenheit, als er in dem blauäugig-rotnasigen Männlein seinen Klavierlehrer erkannte, der sich, um kostenlos zu einem Glas Bier zu kommen, zu jedem entwürdigenden Schabernack hergab.

Wie man an diesen Lehrer geraten war, wusste man in der Judenschule kaum mehr; als aber Dieter begeistert von seiner Begegnung berichtete, fand man es an der Zeit, sich nach einer würdigeren Kraft umzuschauen. Duchastel setzte sich mit seinem einstigen Schulkameraden, dem Gymnasiallehrer Bucherer, Dieters Gesanglehrer, in Verbindung, worauf erst einmal geprüft werden sollte, ob solche Ausgaben bei dem liederlichen Burschen überhaupt noch angebracht seien. Nach einer kurzen Aussprache und einigem Probieren witterte Bucherer eine auffallende Begabung und versprach, den Jungen dem neuerwählten Direktor der Musikschule, dem Komponisten Hans Huber, zuzuführen.

Am Abend nach der ersten Begegnung mit dem Meister war nicht bloss ein väterlicher Freund erobert; die ganze Welt mit allem, was je war, je werden konnte, schien neu erschaffen.

Wohl hatte anfänglich die Prüfung ins Leere auszulaufen gedroht, bis Huber zufällig noch fragte, ob Dieter einen angeschlagenen Ton zu benennen vermöge, wobei sich herausstellte, dass der Junge musikalisch über das absolute Gehör verfügte und auch bei anderen Versuchen feinstes Unterscheidungsvermögen bekundete. Ein vom Meister vorgespieltes Thema konnte er ohne Schwierigkeit wiederholen, selbst in verschiedenen Tonarten variieren, bis Huber überrascht zur Frage gedrängt wurde, wer denn bis jetzt Dieters Klavierlehrer gewesen sei, worauf, als der alte Saufbruder genannt wurde, Huber in ein herzliches, unbändiges Gelächter ausbrach und nun erst recht gründlich nach den Fähigkeiten des Schutzbefohlenen ausging. Auf die weitere Frage, ob er auch sonst ohne Noten etwas spielen könne, antwortete Dieter begeistert: «Ja, am liebsten, aber keine besonderen Stücke.» Da durfte er spielen, was ihm gerade einfiel, und die Knabenhände fingerten ungestüm über die Tasten und suchten zusammenhängende Akkorde, wie sie ihm besonders Freude machten, heftig angeregt durch die vollen, nie erlebten Klänge eines mächtigen Flügels. In den blauen Augen des Meisters funkelte Beifall; der Bub gefiel ihm, weshalb Charlotte Schrameck, seine einstige Schülerin, nun neuberufene Lehrerin, herbeigeholt wurde, die dem verehrten Meister zweifelnd in die Augen schaute, als er ihr das jüngste Genie der Anstalt vorstellte, dem sie erst einmal gründlich das ABC nach Huberscher Methode beizubringen hätte. Die weitere Ausbildung des Knaben sei nur eine Frage der Disziplin und gründlichen Schulung, und da Huber bereits über die Verwilderung des Gymnasiasten unterrichtet war, galt es noch, den Burschen vor die Gewissensfrage zu stellen, ob er mit Leib und Seele dabeisein wolle, da sonst der Aufwand eines Musikschulstudiums sinnlos sei. Hans Hubers stärkste Seite zeigte sich immer wieder in der fabelhaften Gabe, in anderen das heilige Feuer anzufachen, bis die Flammen, oft unliebsam, über ihm selber aufloderten. In diesem Sinn erschüttert, voll erhabener Zukunftspläne, durfte Dieter mit der Weisung seines Weges ziehen, dass er sich in nächster Zeit in der Klasse von Fräulein Schrameck einzufinden habe, bis sich der Meister später selber mit ihm befassen werde. Diese Vorstufe unter der Fuchtel einer Frauensperson schien zwar einen beschämenden Beigeschmack zu haben. Dass man aber Grosses von ihm forderte und erwartete, erfüllte ihn mit neuem Selbstvertrauen; es galt nur noch, auf dem vorgezeichneten Weg einherzuschreiten, ohne gerade wieder bei der nächsten Telegraphenstange abzubiegen und dem ersten besten Hasen nachzujagen.

8.

Frau Fischer, am Schaufenster neubeladene Glasschalen ordnend, presste listig die Lippen zusammen und liess Dieter raten: Eine Neuigkeit! Der Knabe glühte vor Neugier, nichts fiel ihm ein. Die in letzter Zeit vernachlässigte Mama gab das Geheimnis nicht ohne weiteres preis. Dieter, früher so zärtlich, sei ein rechter Raubauz geworden. Da stürmte er der schönen Frau um den Hals und küsste sie, dass ihr der Atem ausging, worauf unter dem Kundenbuch ein Brief vorgezogen wurde, sein erster Brief im Leben, in dem sich unter anderem ein winziges Heft mit gepressten Blumen vorfand. Frau Fischers Vermutung, ob wohl vom Schätzchen, wurde verächtlich zurückgewiesen. In drei Sätzen stürmte er die Treppe hinauf, schlug die Tür zu. Sein Herz jubelte.

Noch vor der Musikschulprüfung hatte sich Dieter im Haus eines Schulkameraden in dessen Schwesterlein, ein durchsichtiges blasses Geschöpf mit tiefliegenden Augen, verliebt. Verliebt? Nein, es war anders: Ihre feinen Arme strahlten ängstlich durch enganliegende, weitmaschige Netze, die eigentlich Ärmel sein wollten, sommerliche Ärmel. Ein Gesicht, blassgrünes Porzellan mit wenigen Sommersprossen, ein Gestältlein, so zart und dünn wie eine Kallaknospe, die sich gegen den April nicht hinauswagt. Über den rostroten Fleckchen um Nase und Wangen herum flehten ein paar dunkelblaue Augen: liebe mich, aber schweige; pflege mich, nur rühre mich nicht an, traure um mich, doch lächle mir zu. Vom ersten Tag an, da Dieter dem gebrechlichen Wesen in die Augen geschaut, hegte er nur den Wunsch, in ihrer Nähe zu sein, sie verstohlen zu betrachten, unter keinen Umständen zu berühren. Fand er sich in ihrem Hause ein, dann waren er und Adrienne, so hiess sie, wunschlos, ohne Rede und Gegenrede, einfach da wie zwei weisse Blumen an einem Stiel, in derselben Luft, im selben Atembezirk.

Ohne Worte, in stiller Scheu bekundete auch das Mädchen in Blicken und Gesten, etwas unbeholfen, ihre Bewunderung. Ohne Bekenntnisse wusste man von sich und trachtete nach möglichst viel Begegnungen, bis von heut auf morgen der Schulfreund unzugänglich und das Haus verschlossen blieb.

Nun hatte erst stiller Kummer den Lerneifer zu unterwühlen gedroht. Adrienne schien, nach ihres Bruders Aussage in einem welschen Pensionat untergebracht, für immer entschwunden. Da, mit einemmal war nach dem Eintreffen des Briefes die graue Verstimmung zerstoben. In kurzen Tagebuchnotizen, unterbrochen von eingeklebten, tiefblauen Enzianen und Männertreu, berichtete Adrienne nicht von mutwilligen faden Pensionsstreichen, sondern von ihrem einsamen Liegenmüssen in Davos. Es stehe nicht gut mit ihr, und die Familie hätte eindringlich verboten, irgendeinem Menschen von ihrem Kranksein zu schreiben. Da sie aber doch stets an ihn denke, liesse sich doch nichts verheimlichen, und *einem* Menschen müsse man sich doch vertrauen dürfen. Die fremde Gegend sei noch verschneit, nur an sonnigen Höhen trete am Waldrand der braune Boden hervor, und von dort seien die Blumen. An Basel und ihre Familie zu denken, sei ihr in dieser reinen Luft peinlich. Dieter solle nach Möglichkeit ihr Haus vergessen und ihren Bruder Fritz meiden. Was nun aus ihr werde – eines Tages habe sie sogar weinen müssen –, sei nicht abzusehen; aber Dieter müsse schaffen und ein Mann werden, für sie. Er sei ja gescheiter als alle ihre Brüder, und ein Trost wäre es ihr, wenn er ein berühmter Musiker würde. «Schaffe, schaffe und werde ein Grosser!»

Damit hatte Dieter sein schauerliches, aber beseligendes Geheimnis. Der Brief, um den kein Mensch wissen durfte, wurde im Klavierkasten versteckt, um jederzeit als Mahnung, Antrieb, Wegweiser gegenwärtig zu bleiben.

Das vor Wochen noch beargwöhnte Geschöpf verklärte sich nun zur machtvoll belebenden Gestalt, zur jugendlichen Venus genitrix im schöpferischen Sinn, die, dem Himmel nahe, auf Bergeshöhe thronend, zur lenkenden Göttin erkoren, mit mildstrengem Auge Dieters Schicksal bewachte. Am liebsten hätte er Tempel und Altar errichtet, aber die unbekannten Gefilde des Gebirges umrahmten weihevoll genug das selbstgeschaffene Götterbild.

Schon seit Tagen schwebten in des jungen Musikers Ohr himmlische Klänge, halb verdrängt, die nun auf dem Umweg über erregte Hände, aus den Tasten jubelten. Verschämt fragte der Berauschte bei Huber, wie es anzustellen sei, solches festzuhalten. Der Meister lächelte, liess sich die Liedphantasie zwei-, dreimal vorspielen, notierte das Wesentliche, setzte scherzhaft opus 1 darüber und empfahl dem beglückten Jungen, das Notengekritzel für später beiseitezulegen, fragte zwar, wie Dieter zu dem Überschwang der Klänge gekommen sei. Die wahre Quelle der Begeisterung verschweigend, zog der Verlegene ein Blättlein aus einem Abreisskalender hervor, hinter dem sich Mörikes Hymnus an den Frühling gedruckt fand. Hubers blaue Augen flammten aus dem lederbraunen Gesicht über dem rätselhaften Jungen, und wie die Lehrerin mit gestrenger Miene den Schüler zur Stunde holen wollte, gab ihr der Meister die Verse, worauf Dieter seine Phantasie nochmals vortragen musste. «Der Knirps wird uns später über den Kopf wachsen!» Huber kam selber von den Versen nicht mehr los, und in später Abendstunde zog er den Band Mörike aus dem Regal und las, noch immer im Banne von Dieters Melodie:

Frühling lässt sein blaues Band
Wieder flattern durch die Lüfte,
Süsse, wohlbekannte Düfte
Streifen ahnungsvoll das Land.
Veilchen träumen schon,
Wollen balde kommen.
Horch, von fern ein leiser Harfenton!

Frühling, ja du bist's!
Dich hab' ich vernommen!

Man kannte das und nahm es nicht mehr ernst, wenn Dieter mit einem übertriebenen Eifer an seinen Schulaufgaben sass und das Klavier misshandelte. Die beiden Kanarienbestien der Nachbarn trillerten rücksichtslos ihren Hohn, und abends versuchte die Amsel auf dem Schornstein mit wehmütigem Geflöte die Nutzlosigkeit aller Bücherweisheit zu belegen. In Anlagen, Gärten und rings um die Stadt verglühte der Mai in tausend Farben. Im blauen Ausschnitt über den Dächern federten und zerstoben zarte Föhnschleier; warme Güsse trieben im Gärtlein der Frau Himmelspach den Erdgeruch aus dem braunen Grund. Dieter bemerkte von alledem nichts, hörte kaum den 'leisen Harfenton', der ihn vor kurzem zum Überschwang verleitet hatte.

Streng, hart, eifersüchtig blieb er in sein Tun verbissen, blieb in seinem Gehäuse hocken und schaffte, schaffte, schaffte. So wollte es Adrienne, so forderte es Adrienne. Es gab keine Sonntage, keine Feriennachmittage mehr. Auf dem Tischbrett, in der Schublade musste alles lächerlich ordentlich an seinem Platze liegen, dass es den Bäckersleuten, wie noch manches andere, zur Plage wurde. Dieters Baseldeutsch, abgerissen, schnippisch, gymnasiastenschnoddrig, schulmeisterte unerbittlich, so dass sich Hermine kaum mehr mit einem Fremdwort herauswagte. Sagte Tante Rosy Consul- statt Consumverein oder galant statt elegant, dann hob der Entsetzte bloss mitleidig die Achseln, riss die Stirn nach oben und sein verzerrter Ausdruck sagte: «Da ist nicht zu helfen.» So leicht dem Streber alles vonstatten ging, im Latein schwitzte er Blut, da sich jahrelange Liederlichkeit nicht vertuschen liess, was indessen nur das Trotz-Programm förderte: im Latein Primus werden.

Nach einem Ferienaufenthalt in einem schweizerischen Hochtal kehrte Dieter Mitte August gebräunt, strahlend ins Lebkuchenhaus zurück. Bereits lockte ein herzlicher Empfang mit turmhohen Süssplatten und

Kaffee statt verabscheuter Kuhmilch. Schon in der Bahnhofhalle tauchte aber Adriennes Bruder Fritz auf, der, über sein feierliches Schwarz befragt, mit hochgezogenen Brauen berichtete, dass die ganze Familie eben von der Beerdigung der kleinen Adrienne zurück sei. Wirklich, da schritten sie alle, die Frauen voran, der Vater mit den vier hochgewachsenen Söhnen hinten nach, alle von einer stolzen Tragik umflort, als ob ein Land seine erlauchte Fürstin verloren hätte.

Dieter rannte, öfters stolpernd, nach Hause, warf seine sieben Sachen hin und wühlte sich keuchend, von allen guten Geistern verlassen, ins Bett. Vergeblich versuchte man eine Erklärung herauszukriegen. Der Betroffene starrte wortlos zur Wand; dabei glühte sein sonnverbranntes Gesicht in blühender Gesundheit. Erst in der Dämmerung, da Mutter Fischer nochmals besorgt fragte, was denn Arges passiert sei, dass man so sang- und klanglos heimkehre, verfiel Dieter in jämmerliches Schluchzen und stammelte, Adrienne habe nun doch sterben müssen. Das wusste man bereits aus der Zeitung, aber nicht, dass damit in der Judenschule so grosser Schaden angerichtet war.

Adriennes Seele blieb nun für alle Ewigkeit in unerreichbarer Weltenweite, in Gottes Nähe – im Himmel. Wie beneidenswert solches Geborgensein, während ihn selber ein nicht endenwollendes Warten und Dulden an diese Erde fesselte. Noch vor Tagen die Überfülle an Erlebensmöglichkeiten, dann plötzlich der grauenvolle Sturz in schale, sinnlose Leere. War es nicht zum Verzweifeln, wenn jeden Tag nach Tisch dasselbe sonnige Dreieck vom Giebel des Schornsteinfegers Kupferschmied blendete, derselbe rothaarige Hund den Eckstein bewässerte, derselbe zufriedene Tapezierergeselle im Takt zum Matratzenklopfen dasselbe Lied pfiff? Die bisher nie erschaute Grimasse des Kleinstadtviertels glotzte fortan aus allen Mauern, Dächern, Dachrinnen, Dolen und Pflastersteinen. Nein, wirklich: was ging eigentlich in diesem Gewinkel vor sich? Man hätte sich zu Tode gähnen können, so sehr nichts. Oder waren etwa die Turn-, Sänger- und Schützenfeste, von denen keiner ohne Lorbeerkranz heimkehrte, von Belang? Von den Ringkämpfen zwischen Berufsathleten und Bürgerturnern im Zirkus Sidoli, denen weltgeschichtliche Bedeutung beigemessen wurde, nicht zu reden. Und dennoch ereigneten sich in dieser Stadt Dinge, an denen die gebildete Menschheit nicht achtlos vorüberging. Im August starb der Kulturhistoriker Jakob Burckhardt, und einige Wochen später feierte ganz Europa den Geburtstag seines Widersachers Arnold Böcklin. Doch wo blieb der Mann, der dem nach Erkenntnis lechzenden, ahnungslosen Kind Dieter über die Bedeutung solchen Geschehens die Augen öffnete. Wer kümmerte sich darum, dass sich im Hause des Bäckers Fischer ein Gottbegnadeter ohne Führerschaft an der Welt wund lief und ohne Rat und Hinweis alles das auf tausend Umwegen selber erstreiten musste, was den Söhnen Gebildeter beim Mittagsmahl spielend einging. Wer belehrte ihn, dass es nicht bloss auf die Ausbildung edler Veranlagung, sondern auch auf die Unterdrückung selbstischen Drauflosgehens, auf Zucht und Klugheit, auf bestimmte Umgangsformen ankommt? Ein einziges Mal bekam er eine wirksame Zurechtweisung auf diesem Gebiete beim alten Rektor Fritz Burckhardt zu schlucken. Bald nach den Ferien war nämlich ein fehlender Lehrer in der Griechenklasse zu vertreten, wodurch die beiden Erzfeinde Doktor Schnauzi und Dieter wieder in Kampfesnähe gerieten. Bei einer Übersetzung ins Griechische bediente sich Dieter eines seltenen, unregelmässigen, dem Lehrer unbekannten Ausdrucks, der denn auch sofort mit altgewohnter Gehässigkeit bespöttelt wurde. Der Schüler beharrte mit überlegener Sicherheit, vielleicht auch mit triumphierender Unverschämtheit auf der Richtigkeit seiner Wiedergabe, brachte den alten Gegner aus der Fassung, bis dieser wutentbrannt mit einer Ohrfeige seine Verlegenheit bemänteln wollte. Dieter, aus der Bank hochschiessend, fing den Schlag auf, hielt, wohl selber in Ängsten, des Erbleichten Arm fest, so dass sich der Angreifer seinerseits entwinden musste, was einer doppelten Niederlage gleichkam. Obwohl von der Klasse bestaunt und moralisch unterstützt, hatte sich der Sieger beim Rektor zu verantworten. Auch dieser musste einräumen, dass der Schüler wissenschaftlich im Recht gewesen sei, dass es indessen für wohlerzogene Menschen eine höflichere Form der Widerrede gebe und dass diese oft im Leben von grösserer Tragweite sei als alles Besserwissen. Betroffen von einer bisher unverstandenen Weisheit, die anderen in der Kinderstube zufliesst, fand Dieter den Weg, sich aus freiem Ermessen bei Doktor Schnauzi zu entschuldigen, was dessen Ansehen in der Klasse wieder notdürftig herstellte.

Mit diesem Vorfall, der ihn vorübergehend zum Löwen des Tages machte, setzte für Dieter die erste Zeit der Selbstbesinnung ein, die ihn vielleicht ein paar Stufen über seine Heuberg-Umgebung hinaushob, die aber das Ende seiner unbefangenen, zwanglosen Kinderzeit bedeutete.

Jugendtorheit

1.

Man fand es in der Ordnung, dass Dieter vom Frühjahr an das Obergymnasium besuchen sollte.

Weder irgendeinem Menschen zu lieb noch zu leid, nur eigenem Wollen und Müssen dienend, lebte sich Dieter fortan in ein aufreibendes, fast asketisches Strebertum hinein, unerbittlich das Programm erzwingend, in der Schule an erster Stelle zu stehen und in seiner Kunst Übermenschliches zu wagen, eine Art Fünfjahresplan, bis nach bestandener Maturitätsprüfung wieder neue, weit höhere Ziele abzustecken waren.

Die Heubergbuben, zum Teil schon als Lehrlinge in Werkstätten oder als Ausläufer in Geschäften, blinzelten sich belustigt zu, wenn der 'Professor' mit der Schulmappe starren Auges seines Weges schritt. Im Schulhof wortlos, ausweichend, halb bestaunt, halb gehasst wartete er, an eine Mauer gelehnt, mit den Vorderzähnen mahlend, die Kaumuskeln in ewiger Zuckung, bis in der Klasse das Abfragen und Handaufstrecken wieder einsetzte. Nie sah man ihn, wie viele andere, mit einem Lehrbuch rasch Versäumtes nachholen. Er brachte zuverlässiges Wissen des Verlangten von zu Hause, geizte damit, half nie einflüsternd aus, wartete grimmig, bis er dran war, um das, worin andere versagten, herzusagen. Er blieb nun als ausgemachter Streber unbeliebt, als unnahbarer Egoist vereinsamt. Dabei bedachte er seine Stellung zu den Mitschülern kaum, war sich keiner Hartherzigkeit bewusst, sondern einzig seinem Wahnsinn verfallen. Gescheite Faulenzer, geniale Nichtstuer nannten ihn beschränkt, selbst dumm, prophezeiten ihm eine mittelmässige Zukunft und verachteten seinen Eifer.

Erst als es sich im Sommer 98 herumredete, dass er an der Musikschulprüfung mit einer Glanzleistung alles in den Schatten gestellt habe, merkte man wieder auf und schielte heimlich nach ihm hin. Er hatte Mendelssohns Rondo capricioso im richtigen Tempo gespielt und nach höchstens fünfwöchigem Üben das A-moll-Konzert von Nepomuk Hummel bemeistert, ohne am Gymnasium seine Primusstellung einzubüssen. Die gescheiten Faulenzer und genialen Nichtstuer zuckten die Achseln und meinten verächtlich: Warum nicht? Mit Scheuklappen und Drauflosbüffeln, warum nicht?

Ausser Renato Gosswyler, seinem hässlichen Freund, ahnte ja kein Mensch, wie gerade in jener Zeit Dieters Seele von unterirdischen Stössen zerrüttet wurde, wie sich nach dem Anhören von Bachs Matthäuspassion ein musikalisches Lebensprogramm in einen fast unerträglichen Schöpferdrang verdichtete, wie bei Anlass des ersten Abendmahls in der Konfirmationszeit furchtbare religiöse Bedenken nach einer Lösung schrien und wie neben allem eine neu auflodernde Verliebtheit zu der plötzlich erblühten Bäckerstochter, Hermine Fischer, den Selbstbewussten ins Wanken brachte.

Die Bäckerstochter hatte es bei Anlass einer Kindereinladung mit einem Haarscheitel in der Mitte versucht, war von der vorteilhaften Wirkung überrascht und sah seitdem der Mutter Fischer verzweifelt ähnlich. Nur die Mundwinkel blieben rundlicher, kindlicher, die Lippen knospenhafter; aber die Augen lächelten wie die der Mama, versprachen unverbindlich ein Himmelreich, gaben aber deutlich zu verstehen, dass dieses nicht für eine Apfelsine zu haben sei.

Dieters Selbsteinschätzung, mit dem Massstab einer anderen Welt gemessen, und seine heimliche Verliebtheit setzten ihm hart zu. Nach der letzten Schulstunde vor den Sommerferien fand er im offenen Laubengang die Hermine in luftigem Obergewand Wäsche aufhängen. Der feuchtfrische Geruch des Leinenzeuges, der Überschwang des Freiheitsgefühls, nicht zuletzt die blendende Haut entblösster Schultern schalteten für Sekunden jegliche Hemmung aus. Er fasste das aufschreiende Mädchen von hinten und vergrub seine Lippen in ihrer Nackenhaut, ohne die verzweifelten Fusstritte und Fauststösse zu spüren. Das vollzog sich alles so gewaltsam rasch, dass er, in seinem Zimmer zusammenbrechend, nicht beurteilen konnte, ob er nicht eben aus einem bösen Traum erwache.

Der Vorfall liess sich diesmal nicht aus der Welt philosophieren. Frau Fischer, wutentbrannt, schüttelte zum erstenmal das Kuckucksei und erklärte ihm des bestimmtesten, dass er bei seiner Rückkehr aus den Ferien ein anderes Quartier zu beziehen habe; wo, wisse sie noch nicht, aber in vierzehn Tagen werde sich was finden.

Auch diese Drohung der vernarrten Pflegemutter erwies sich wie viele andere als ein Schlag ins Leere. Als der gebräunte Jüngling aus den Bergen heimkehrte, fand er alles beim alten. Einzig die Hermine hatte man im welschen Jura bei einem kinderlosen Lehrerehepaar untergebracht, wo sie gegen ein kleines Monatsgeld und gelegentliche Pakete aus der Backstube Französisch lernen durfte. Bruder Leo war schon seit dem Frühjahr nicht mehr da. In Kleinkunst, besonders Strichzeichnungen und Radierungen, hatte er eine so ausgesprochene Begabung gezeigt, dass er auf Empfehlung des Malers Fritz Schider zu Peter Halm nach München übersiedeln durfte. So war die Mutter Fischer überfroh, wenigstens eines der Kinder bei Tische zu haben, da das mehr und mehr schlechte Einvernehmen mit dem Gatten nicht viel Unterhaltung aufkommen liess.

Keine Fallstricke des Satans waren mehr gelegt; der Weg lag geebnet zu neuer, wahnwitziger Streberei.

Das halbentvölkerte Hauswesen verlangte eine Hilfe. Bevor ein Mädchen, dem man auch die Ladenkasse anvertrauen durfte, gefunden war, musste in Abwesenheit der Frau Fischer bisweilen Dieter zugegen sein. An duftende Brotschäfte gelehnt, lernte er griechische Vokabeln, auf dem Ladentisch schrieb er. An einem freien Nachmittag stand er über Papierbogen gebeugt und zog mit einem verbogenen Lineal schlecht geratene Notensysteme, als ein Nachbar seinen Pfundlaib verlangte. Der lausig angezogene Mann wies stirnrunzelnd auf die Liniennetze und meinte, das sei alles für billiges Geld viel sauberer zu haben, oder, wenn Dieter keine kaufen wolle, könne er bei ihm einige Bogen holen. Es war Felix Kummerer, Bruder des Leonhard, der dies sagte, Hornist im Theaterorchester, dem nach ewigen Enttäuschungen Stösse leeren Notenpapiers als einziger Gewinn früherer Kompositionsversuche übrig blieben. Wenn es sein müsse, könne er dem Dieter auch Harmonielehre und Kontrapunkt zeigen, nur müsse er erst einmal sein Brot haben.

Da er es heimlich tat, schlich Dieter wie auf verbotenem Weg in eine Dachkammer der Wirtschaft Bächle, wo Kummerer, ohne Verlegenheit zu zeigen, Waschbekken, Flaschen, Spritbrenner, Seife, Kamm, Bürste, schmutziges Geschirr und Reste von belegten Brötchen gegen die graugeblümte Tapete schob, um die fettig vertropfte Tischplatte zur Arbeit frei zu kriegen. Der nächste Stoss Papier wurde unter der Bettlade hervorgezogen, vom obersten Blatt am Fenster der Staub und Haarflocken in die Luft geblasen, worauf ohne Umschweife der Unterricht einsetzte. Entgegen dem Sprichwort, sei der Anfang das leichteste, wie in der Kunst alle Sprichwörter erst auf den Kopf gestellt wahr würden. Später beim Komponieren gelte es dann als erstes, alles, was in nächster Zeit zu üben sei, wieder zu vergessen. Überhaupt . . . !

Wie manche unfruchtbaren Künstler erwies sich Kummerer als vortrefflicher, selbst grosszügiger Lehrer, der sich an diesen Grundregeln, mit denen er im Ernstfall nichts anzufangen wusste, sichtlich ereiferte.

Vor der Behandlung des Kontrapunktes schaltete der bedachte Mann die Formenlehre ein. Mit dem Bleistift klopfte er den Takt zu: 'Alles neu, macht der Mai...' und erläuterte mit einer Einfachheit die Liedform, dass alles nach Kinderspiel aussah. Die höchsten Formen der Symphonie seien dann auch kein Hexenwerk; das Wesentliche bleibe die Erfindungsgabe; da habe es bei ihm gehapert, und von Diebstahl leben wie die meisten seiner 'Kollegen' laufe ihm wider den Strich.

Dem Dieter galt das alles, auch wieder auf den Kopf gestellt, als wahr. An Ideen erstickte er fast; nur diese zu bändigen, in Zeichen zu bannen, mit klarem Kopf auszubauen, erschien ihm fast unerreichbar. Doch Felix Kummerer tröstete: So wie das Leben der Notenschrift nach langem Üben zur Selbstverständlichkeit werde, so auch das Schreiben; also ohne Ängstlichkeit viel hinschmieren, wozu ein verzweifelter Blick unters Bett besagte, dass es an Papier nicht mangle.

Wie stand es mit den Ideen? Die blieben als Gefühlsmomente, als Überschwang, als ein verschwommener Klingklang noch breiig, unkristiallisiert wie Magma, da in der Überhitze noch alles in Schlieren durcheinander flutet. Aber sie waren da und ordneten sich meistens dann zu klaren Gebilden, wenn Dieter bei leichtem Schwindelgefühl über eine hohe Fensterbrüstung lehnte. Das merkte er zum erstenmal bei seinem Lehrer am Gesimsbrett, das über dem Absturz zur Rümelinsmühle die sechste oder siebente Stockhöhe bedeutete. Selbständig geworden, kritzelte Dieter seine Einfälle am liebsten auf der Pfalzmauer oder auf dem Martinsturm über den buntglasierten Ziegeln des Münsterdaches in sein Heft.

Nach einer Aufführung des Gesangvereins von Haydns 'Schöpfung' im November 98 war Dieter völlig überzeugt, dass er das alles – schon einmal auf der Welt – selber komponiert habe. Es galt bloss den Beweis zu erbringen. Begeistert flüchtete er zu seinem Münsterwinkel. Das Kinn auf den roten Sandstein des Turmgeländers gestützt, die Ohrmuscheln mit den Handballen zugepresst, hörte er Anfang, Ende, Bruchstücke einer eigenen Schöpfung. Erst wirr und drohend, dann allmählich sich aus dem Nebel lösend, stellten sich Einheiten, ja einzelne Taktgruppen geordnet in Reih und Glied. Zu Hause in fiebriger Todesangst, die Offenbarung möchte wieder zerstieben, galt es nur noch, das

Gehörte in das Liniensystem ausfliessen zu lassen, wie etwa alte Heilige in der Verzückung aus der Luft vernommene Texte niederschrieben. 'Geburt – Liebe – Tod', dieses weitgespannte Gebiet sollte dereinst als Trilogie des Werdens und Vergehens das Kircheninnere erschüttern. Am frühen Morgen wunderte sich der alte Fischer in der Backstube, wozu im ersten Stock das Licht noch oder schon wieder zu brennen habe. Trotz Ermahnungen seitens der Frau Fischer brannte aber den Winter über die Lampe noch manche Nacht. Doch vor den Frühjahrsferien brachte Dieter seinem Lehrer Hans Huber einen 'Kompositionsversuch', den der Meister erst lächelnd beblinzelte, ihn aber durchzugehen versprach.

Trotz vielen formalen Unzulänglichkeiten erkannte der besorgte Lehrer aus dem Werke, dass es höchste Zeit war, über Dieters Weiterbildung ein ernstes Wort zu reden. Edgar Munzinger, der Theorielehrer, Fräulein Schrameck, Dieters vorzügliche Lehrerin, Pate Duchastel, der Finanzmann, wurden zu einer Besprechung geladen. Da kein Mensch wusste, wie der Junge in aller Heimlichkeit zu seinen theoretischen Kenntnissen gelangt war, geriet Munzinger in Verzückung und redete von einem 'natürlichen' Genie, dem es der Herr im Schlafe gebe. Huber liess sich anstecken, Fräulein Schrameck wischte sich Tränen aus den Augen, und Duchastel war selbstverständlich bereit, auf weite Jahre hinaus für den Knaben aufzukommen. Man war bald einig, dass soviel Klaviervirtuosen herumliefen wie rote Hunde und dass es ein Jammer wäre, den Jungen im Klaviertrommeln verkommen zu lassen. Huber, sonst der Befürworter des Humanismus, trug sogar Bedenken, ob ein weiterer Schulbesuch der Entfaltung des jungen Genies nicht hinderlich sei. Auch hier fand sich ein Ausweg: da Dieter sehr am Studium hänge, schlug Duchastel vor, er wolle keine Mittel scheuen und das Patenkind von Privatlehrern unterrichten lassen. Dieser Gedanke wurde besonders gutgeheissen. Das Klavierprogramm wurde nun gekürzt. Munzinger übernahm die Ausbildung der Theorie, und Huber, der Vielbeschäftigte, anerbot sich, die Kompositionen mit Dieter im vertraulichen Verkehr im eigenen Haus durchzuarbeiten. Im übrigen sei bei aller Anerkennung Zurückhaltung im Lob geboten, damit der Junge nicht an der Kinderkrankheit des Grössenwahns zugrunde gehe.

Dieter nahm den neuen Arbeitsplatz mit grösster Selbstverständlichkeit entgegen, ohne zu bedenken, wie selten ein Begabter, in ähnlich glückliche Lage versetzt, sich hemmungslos ausleben kann, wie er es nun durfte.

Er schien überhaupt merkwürdig gut ohne Dankbarkeit auszukommen. Mutter Fischer, klug und aufgeweckt genug, dass sie hätte verstehen können, was künstlerisch in ihrem Hause vor sich ging, wurde nie eines Wortes über Dinge gewürdigt, die ausserhalb ihres Wirtschaftskreises lagen. Jedenfalls war er nie in dem holden Vorurteil befangen, dass man Eltern für sein Dasein zu danken habe. So berührten ihn überschwengliche Bekenntnisse oder gar Gedichte, in denen die Mutter verherrlicht wird, fast widerwärtig sentimental. Er dachte nie darüber nach, wie er seit dem fünften Jahr verhätschelt wurde, dass es aber bei irgendeinem Luder von Pflegemutter auch hätte anders sein können, wobei er höchstwahrscheinlich, statt auf dem nach oben gewölbten Klaviersessel zu thronen, in den schüsselrunden Ledersitz bei Schuhmacher Keil gepfercht worden wäre.

Eine Art Mutter, die Bewunderung und Anerkennung erheischte, fand sich nun dort, wo Dieter nicht der Empfangende, sondern der Gebende hätte sein müssen, bei einer Dame, die einen Klavierpartner suchte, der sich nicht nur nach Laune des Zufalls, sondern zu vereinbarten Stunden – selbst gegen Bezahlung – einzufinden hatte. Hans Huber sah in Dieter den Gesuchten und führte ihn im Hause Aargast ein. Der Meister glaubte zwar zu wissen, dass kinderlose Frauen nicht selten den Teufel im Leib haben, unterliess es aber, das Thema in Bezug auf Dieter Deifel weiter auszuspinnen, da aller

Erwartung nach die Frau Professor die Regel nur als Ausnahme bestätigen werde. Über ihre Mädchenzeit waren zwar allerhand Anekdoten im Umlauf, unter anderen, dass sie an einem Studentenball wegen einer Intrige von sämtlichen Tänzern geschnitten wurde, ferner, dass sie ihren Mann einer berühmten Sängerin weggeschnappt hätte. Das alles lag indessen weit zurück, zählte nicht mehr; auch brauchen anekdotenlose, kinderreiche Frauen darum nicht besser zu sein.

Dieter betrat das grosse Haus in der Erwartung, einer entsprechenden Dame grossen Stiles, womöglich in Perücke und Reifrock zu begegnen. Statt dessen fand er, halb unter einem Teppich, den sie eigenhändig knüpfte, vergraben, eine einfache, natürliche Frau, deren erster Blick Herzlichkeit und Behagen versprach. In dem elfenbeinblassen Madonnenoval ihres Gesichtes fingen zwei dunkle Augen, weich und doch bestimmt unter den brauenlosen Höhlenkanten lauernd, des Gegners Blick sofort ein, so dass dieser kaum mehr loskam, um auch noch die leicht vorgeschobenen, blassen Lippen zu ergründen. Diese schienen beständig auf den Moment zu warten, da der Neuling irgend etwas dumm Verlegenes vorbrachte, um sich dann belustigt zu kräuseln und irgend einen Spott zu verschweigen. Dieter blieb vielleicht noch ein paar Sekunden gedankenlos in ihre feinen Fussknöchel vertieft, bemühte sich aber weiter nicht, wie das Männer oft tun, den Rest ihrer Gestalt aus den Kleidfalten zu erraten.

Eines leuchtete sofort ein: da war eine mütterliche Freundin gefunden, deren Fürsorge man gewiss war, ohne dass – umgekehrt – man sich um ihre Sorgen und Schmerzen zu kümmern brauchte. Trotz gleicher Scheitelhöhe sah Dieter neben der Frau auf der Klavierbank noch recht knabenhaft aus wie einer, der sich noch gerne lenken liess, und wirklich, Frau Aargast liess den Jungen nicht verwildern, sondern belehrte ihn liebevoll, dass man aufzustehen habe, wenn Damen das Zimmer betreten, dass man vor der Begrüssung die Handschuhe ausziehe, lauter wissenswerte Gepflogenheiten, die er sich ohne falsche Scham zu eigen machte. Auch seine Einwände, wenn die Frau beim Spielen daneben griff, erfolgten mehr und mehr in gesitteter, ja in schalkhaft übertriebener Höflichkeit. Gegenseitige Nachsicht und Belehrung sorgten für eine rasche Verkuppelung der geistesverwandten Seelen.

Der erbauliche Teil dieser Stunden setzte bei einer raschen Ermüdung der Partnerin dann ein, wenn Frau Aargast, bereits wieder im Arbeitssessel, den jugendlichen Lehrer auf eigene Faust phantasieren liess oder wenn dieser in ihrer Nähe plaudernd das unmerkliche Werden der Teppichmuster verfolgte. In ihren Gesprächen tauchte dann öfters eine Figur auf, die immer deutlicher Gestalt annahm, und zwar eher eine ehrfurchtgebietende, drohende, vor der man sich dereinst in acht nehmen musste. Dieter erlaubte sich bisweilen respektlose Bemerkungen über den noch Unbekannten, von dem er im stillen hoffte, dass er das behagliche Zusammensein nie mit leibhaftigem Auftreten stören werde. Auf die Dauer war aber das Bekanntwerden mit diesem Manne nicht zu umgehen. Eines Morgens, als Dieter unerwartet, und zwar aufs liebenswürdigste vom Hausherrn empfangen wurde, machte ihn sein böses Gewissen recht verlegen, und da Herr Aargast selber darauf aus war, unauffällig den Partner seiner Frau gründlich ins Auge zu fassen, konnte keine Behaglichkeit aufkommen. Dieter hatte den peinlichen Eindruck dieser ersten Minuten auch später, da man auf vertraulichem Fusse stand, nie mehr ganz losbekommen können. Da stand nun der Mann, von dem er bereits wusste, dass er seinen Körper unerbittlich jeden Morgen einer kalten Brause aussetzte, worauf die spartanisch abgehärtete Haut in ein frisches Hemd gesteckt wurde, denn nur ein sauberer Kragen hätte nach Selbstbetrug geschmeckt. Der fertig angekleidete Mensch, die Arme stets in Flankennähe, Typus des fürstlichen Berichterstatters, verbot zwar jegliche Vorstellung eines hüllenlosen Zustandes. Eher hätte man sich ausdenken können, dass der Herr schon korrekt angezogen zur Welt gekommen sei. Starke, buschig vorspringende Schnauzeraugenbrauen und der vorgewölbte, rötliche Schnurrbart luden zwar ein, den strengen Eindruck zu vergessen. Auch ein hastiges Ringeln der Schnurrbartspitzen schien anzudeuten, dass man nun aus der steifen Haltung zu zwangsloserem Verkehr übergehen dürfte. Eine erst verhaltene, nun losbrechende Liebenswürdigkeit musste scharf forschende Blicke verdecken. Aargast wollte erst im klaren sein, mit wem er es zu tun hatte, prüfte, lockte aufs Eis, stellte Fallen, fragte nach Johann, wennn er etwas über dessen Bruder Jakob erfahren wollte. Dabei vibrierte durch seine Fragen ein hilfsbereites Interesse, ja die Neugier dehnte sich auf Dinge aus, die ihm völlig vertraut waren, denn es galt ja nicht über diese, sondern über den Sprecher mehr und mehr zu erfahren, und wäre es nur so viel, um in späterer Stunde über den Hereingefallenen ein freundlich vernichtendes Urteil zu fällen. Sein Spott lag dabei so weich gebettet, dass ihn höchstens seine Frau zu bemerken vermochte; doch wehe, wenn man bei feiner Witterung den Spiess umdrehte und die zugeknöpfte Würde verletzte. Denn Dieter, in manchem über die Gewohnheiten des Professors unterrichtet, antwortete bald allzu vertraulich, was den Mann aus der Fassung brachte. Als gar die Frau Professor, verspätet heimgekehrt, dem neuen Kameraden zu Hilfe kam, warf er den Radschuh vollends beiseite und überliess sich sprudelnd mit übermütigem Witz und herzlichem Blödsinn seinem Spieltrieb, fiel als junger Hund auf den Bernhardiner her, um sich mit dem neu aufgeschnüffelten Seinesgleichen herumzubalgen. Aus des Mannes Verlegenheitslachen, das Dieter als gewonnenes Spiel deutete, hörte bloss die Gattin schadenfroh heraus, wie sehr sich der Spröde, aus seiner Verschanzung vertrieben, in tausend Nöten befand.

Bei Tisch, da Dieter zur Feier des ersten Bekanntwerdens geladen war, lehnte sich Professor Aargast erhobenen Hauptes in seinen Stuhl zurück, um seinen jugendlichen Gast noch einmal zu beblinzeln, worauf die Frau, wohl verstehend, herausplatzen musste. Sie erkannte, dass für Dieter das Feld gewonnen, und eine Wand, an die bis jetzt kaum einer zu rühren wagte, in unverschämtem Übermut durchrannt war.

2.

Zu Hans Hubers Beliebtheit trug seine sprudelnde Liebenswürdigkeit bei, mit der er leider ein wenig zu verschwenderisch umging. Es gab Enttäuschte, Verbitterte, die von leicht hingeworfenen Versprechungen zu viel erwartet hatten. Wer aber klug genug war, von dem Vielumworbenen keine Treue und Beständigkeit zu fordern, kam in unvorbereitet festlichen Momenten hundertfach auf seine Rechnung. Trotzdem beim grossen Festspiel anno 92 der Textverfasser Rudolf Wackernagel auch seinen Lorbeerkranz verdient hatte, war der Ruhmesglanz fast ausschliesslich dem Komponisten zugefallen, der eben als Dirigent im weissen Panamahut aller Welt vor Augen stand, während der Schriftsteller das Seinige im abgeschiedenen Gelehrtenstübchen hatte schaffen müssen. Hans Huber erlebte damals im Trubel von Tausenden eine Verherrlichung, wie sie kaum einem Wagner, sicher nie Beethoven, zuteil geworden war.

An einem grauen April-Mittwoch quälte sich vor Hubers Wohnung die arg verwachsene Gestalt des Archivars Wackernagel aus einem Wagen und schlenderte, krampfhaft auf Stock und Krücke gestützt, seine haltlosen Beinchen über die dünne Schneeschicht der Haustüre zu, wo ihn ein unbekannter Jüngling empfing und in eine Sofaecke des Empfangszimmers verstaute. Im Nebenzimmer verhallten laute Schlussakkorde, eine junge Dame wurde hinausbegleitet, der Meister war für diesen Tag von Mussarbeit befreit.

Wackernagel brachte einen fertigen Entwurf zu einem neuen Festspiel, von dem vorderhand kein Mensch wissen durfte. Huber, der die Musik dazu liefern sollte, war rasch entflammt, sah im Geiste das Werk und stimmte begeistert zu: der 13. Juli 1501, Kaiser-Heinrichstag, da Basel in den Bund der Eidgenossen aufgenommen wurde, sollte in festlicher Verklärung gefeiert werden.

Die Besprechung zog sich hinaus; in der Küche verdorrte der Braten. Die beiden Männer ahnten kaum, dass im Musikzimmer, in die vielen Bilder vertieft, ein blinder Passagier unfreiwilliger Mitwisser ihres Komplottes wurde. Erst bei Tisch dämmerte es dem Meister, dass Dieter als regelmässiger Mittwochsgast zugegen sein musste. Dieter schaute den beiden Männern scheinheilig ins Gesicht und liess sie ihre grossartigen Pläne weiter ausbauen, liess auch ihre Blicke über sich weghuschen und bestaunte die Ähnlichkeit ihrer blauen Augen, die doch aus grundverschiedenen Köpfen das Ergriffensein von der seltenen Stunde spiegelten. Über der kreuz und quer zerfurchten Stirn des einen thronte ein kahler, hochgewölbter Gelehrtenschädel, verlief seitlich in dünnwandige Schläfen und kräftige Kinnladen, die gerade auf den Schultern zu liegen schienen. Die Lachmuskeln neben den schmalen asketischen Lippen tief gefurcht, das Gesamte blass und blond, voll Güte und Geist. Beim Meister dagegen stoben dunkle Haarwellen in die Luft, über kussgewohnten Lippen ein russiger Schnurrbart, der ganze Kopf verblüffend an Maler Feuerbach gemahnend, während das Untergestell auch ein wenig zu kurz geraten war, was bei Tisch sitzend nicht weiter auffiel. Das Gespräch blieb bis über die Essenszeit am selben Gegenstand haften. Dieter wurde, ohne genau zu begreifen, ebenfalls angesteckt und wunderte sich nicht, dass ihn nach Wackernagels Abschied der Meister um die Schultern fasste und ihm ein weites, köstliches Arbeitsfeld in Aussicht stellte. Er durfte das Entstehen und Werden eines Werkes miterleben, ja daran mitschaffen; denn der Lehrer dachte bereits an das docendo discimus, ja vielleicht an eine geistige Blutübertragung, wenn mitunter sein Schöpferwille ins Stocken geraten sollte. Bestimmtes durfte er noch nicht verraten, die grosse Linie blieb noch im Dunkel, doch einzelne Solo- und Gruppengesänge, vor allem die grossen Chorpartien sollten gemeinsam durchdacht werden, für Dieter eine nie wiederkehrende Gelegenheit, eigene Meisterschaft anzubahnen.

Selbst im Hause Aargast spürte man das Nachzittern des merkwürdigen Tages. Feine Ohren vernahmen es aus den überschwenglichen Klängen, die der Liebling aus dem Flügel heraushämmerte. Und es tat gut, dieses sprühende Leben; denn der Herr Professor in unersättlichem Ehrgeiz am Stehpult schuftend, überliess die zum Stillehalten verurteilte Gattin zu viele Stunden ihrer Teppichknüpferei oder dem Durchblättern aufreizender Schriftsteller. Zu viele Stunden, nicht nur bei Tage, so dass in der lebhaften Frau die Frage drohend anschwoll, was ihr von einem Manne noch übrig bleibe, der bis nach Mitternacht an der Sprachvollkommenheit eines Gutachtens feilte und vor ihrem Erwachen schon wieder unter der eisigen Brause stand.

Mit befriedigter Heiterkeit entdeckte Frau Aargast über ihren Teppich hinweg, ihr Mann gleichzeitig nicht ohne Argwohn, wie Dieter, der tägliche Gast, in einem neuen Kleid die Stube betrat. Sein Gesicht, eine Art David von Michelangelo, ebenso trotzig, mit dem Blick weit ausholend, nur schmäler, durchgeistigter, verriet irgendeine Schelmerei, eine erlebte oder bloss eine erfundene zum Wichtigtun. Dieter hatte indessen bloss beim Sekretär der Kirchenverwaltung das Recht erwirkt, jederzeit unentgeltlich die Münstertürme zu ersteigen, wo er sich, besonders an stürmischen Tagen, in rote Sandsteinnischen vergraben, seinen Eingebungen überlassen dürfe. Aargast schauspielerte den naiv Verwunderten, bestand darauf, dass das neue Kleid und die abseitigen Turmwinkel gewiss im Zusammenhang ständen und ganz andere, womöglich recht heidnische Ziele erstrebten. Oft merkte Dieter zu spät, dass er geseilt wurde, fand dann in der Verlegenheit keine oder nur ungeschickte Worte zum Gegenstoss und sah so, leicht errötend, besonders liebenswert aus. Von Zeit zu Zeit, zwar selten, fanden sich im Aargastschen Hause auch

Besuche ein, Professor Carl Christoph Burckhardt, Fritz Fleiner, der neuberufene Mann für Kirchenrecht, der Gynäkologe Bumm, der Kunsthistoriker Heinrich Wölfflin, meistens Menschen von grossem Ausmass, wobei sich Dieters Wissenshorizont zehnmal mehr erweiterte, als wenn er am humanistischen Gymnasium die damals jämmerliche Lehrerbesetzung genossen hätte. Zu seinem Umgang mit Menschen eignete er sich gleichzeitig die Technik der sprunghaften Unterhaltung, die Methode der geistreichen Verunglimpfung und gerade noch erlaubten Gemeinheiten an, wusste bald, dass mit kurzen verschleierten Andeutungen mehr Verwüstung anzurichten ist als mit redlich grober Auseinandersetzung, kurz, er sprach bald ein fliessendes Professorendeutsch, mit dem er sich auch gegen die Spötteleien der Aargasts wehrte, wobei ihn zwar seine schlechte Kinderstube bisweilen zu Taktlosigkeiten verleitete, deren er sich nachträglich schämte, ohne noch zu wissen, wie einem gerade aus kleinen Verstössen zu geeigneter Zeit ein Strick gedreht werden kann. Nach solchen Niederlagen zog er sich, des Wichtigtuns müde, noch so gern in die friedliche Bäckerei zurück, wo er mit Vorliebe, mit Mutter Fischer am Fenster sitzend, dem hastigen Geklimper ihrer Stricknadeln folgte und lächelnd früherer Kämpfe in der Güggelallee gedachte.

Wenige wussten, zu welchem Zwecke sich Hubers Notenheft anfüllte; aber kein Mensch erfuhr je, wie sehr er von dem unverdorbenen, natürlichen Genie seines Schülers befruchtet wurde.

Es gab sich etwa, dass Huber, ermüdet von hundert Lasten und Lastern – er war gleichzeitig Komponist, Direktor der Musikschule, Dirigent, Privatlehrer, literarischer Vielfrass, Schlemmer in Speis und Trank, geistverbrauchender Gesellschafter –, es gab sich, dass er eine ungelöste Tonfolge oder eine längere Entwicklung gewissermassen als Schulfall dem Dieter zuschob. Diese kamen meistens nicht nur gelöst, sondern weit übers

Ziel erweitert zurück und befruchteten den Meister zu neuen, kühnen Ideen. Das Rührende bei diesem Vorgang blieb, dass sich der Schüler stets dankbar als Empfangender betrachtete, stets dort bewunderte, wo er bewundernswert war.

Eines Tages schlürfte man im Aargastschen Bibliotheksraum bei einer Zigarette den Kaffee. Die Männer kritisierten scherzhaft an den Teppichmustern herum, beide in gemeinsamer Front gegen die blasse Frau, die verdriesslich eine missratene Stichreihe aufschnitt. Solches Witzeln ohne eigentlichen Untergrund hatte, wie das Schnurren der Katze, nichts anderes im Sinn, als die wohlige Behaglichkeit zu bestätigen. Man rechnete sich scherzhaft vor, wieviel Teppiche für den Arbeitslohn von anderthalb Jahren – denn so lange wurde schon an dem Riesen geknüpft – viel bequemer bei Sandreuter zu haben wäre, die Frau Professor scheine sich aber besonders gut in der Rolle einer Penelope zu gefallen. Bereits funkelte es drohend in den Augen der Angegriffenen: Der Vergleich sei nicht übel, wenn nur auch ein heimkehrender Odysseus zu erwarten wäre. Der Mann, an einer wunden Stelle ernstlich getroffen, suchte sich mit einem Gegenstoss zu erleichtern. Zum Glück, meinte er, hätte der listige Held wenigstens nicht viel Freier umzubringen. Da geschah etwas Hässliches, das selbst die Gegenwart eines Kanarienvogels verboten hätte. Blutrot im Gesicht zischte die Frau auf und entlud sich in galligen Worten über ihre Vereinsamung und Vernachlässigung an der Seite eines Strebers. Das war für dieses Haus unerhört. Aargast entsetzte sich noch mehr über die ungezügelte Frau, als über den Inhalt des zutreffenden Vorwurfs. Peinliche Stille, bleiche Bestürzung, beklemmende Verlegenheit. Mit tadelloser Selbstbeherrschung drückte der Beschimpfte allem den Stempel des Nichtgeschehenseins auf und beurlaubte sich, den Dieter in aller Freundlichkeit zum baldigen Wiederkommen einladend. In Wahrheit war es aber von diesem Moment an beschlossene Sache, dass der Zeuge dieses unseligen Auftrittes früher oder später aus dem Gesichtskreis der jungen Frau zu verschwinden habe.

Dieter, ahnungslos, dass das stattgehabte Geplänkel nur als Echo nächtlicher Auseinandersetzungen zu deuten war, blieb mit schlechtem Gewissen wie einer, der eine Respektsperson im Baderaum überrascht hat, sitzen und suchte ebenfalls nach einer passenden Form, sich zurückzuziehen. Die mütterliche Freundin hielt ihn aber mit wohlklingendem Geplauder zurück. Als ob nichts vorgefallen wäre, erzählte sie aus ihrer Mädchenzeit, von Kind auf sei ihr Plan gewesen, zum Theater zu gehen, und sie hätte es gewiss zu etwas gebracht.

Unvermittelt zog sie unter dem auf ihren Knien ausgebreiteten Teppich ein Reclambüchlein hervor und schlug vor, dem Dieter etwas vorzulesen, da sie begierig sei, was er dazu sage. Es war eine Übersetzung aus dem Dänischen von Jakobsen 'Hier müssten Rosen stehen', eine traumhaft farbige Vision ohne Anfang und Ende, ein flüchtiger Einblick in eine zarte, duftige Idealwelt, in der zwei weibliche, in viel Seide gehüllte Pagen Theater spielten. Dieter gab zu, dass er nicht recht verstanden habe und dennoch von dem Zauber darin tief berührt sei. Da nun an Theater nicht mehr zu denken sei, fragte sich die Frau, ob sie es mit der Schriftstellerei versuchen sollte. Seit Tagen gehe ihr ein fesselndes Motiv durch den Kopf: Sie begreife wohl, dass es bei Menschen immer wieder zum Ehebruch käme, in der Literatur sei das Motiv geradezu ein schaler Gemeinplatz; gross und erhaben müsse es sein, im letzten Moment stark genug zu sein, doch zu verzichten.

Dieter, aus Gesprächen mit seinem frühreifen, rothaarigen Freunde Renato über diesen Vorwurf fast ungeziemend weitläufig unterrichtet, fragte, welches denn der letzte Moment sei. Der Ehebruch vollziehe sich doch oft lange vor diesem nicht näher zu beschreibenden Moment.

Nein, das sei stille Voraussetzung des Gesetzbuches und in der Tristansage erhaben bestätigt, dass erst die körperliche Gemeinschaft entscheide. Dieter widersetzte sich dieser Auffassung: Da könnten also zwei Liebende den rechtmässigen Gatten seelisch ausschalten, unglücklich machen, durchbrennen, alles das tun, was den anderen Eheteil, auch die Kinder, aufs empfindlichste schädige. Das wäre bequem, ja brutal. Der letzte Moment sei eben der, da man zum erstenmal die Gefahr merke. Natürlich traue man sich in dieser Lage auf weit hinaus noch genug Tugenden zu und lasse die Katastrophe herankommen, statt eben rechtzeitig auszuweichen.

Damit eben, meinte die Frau, würde das Problem so verworren, dass doch das Gesetzbuch recht behalten müsse. Sie beharrte auf ihrer Auffassung des letzten Moments, bekam aber noch einen Einwand zu schlukken, der auf sie gemünzt schien.

Auch das Verzichten, meinte Dieter, nach der Auffassung des Strafgesetzbuches, sei gar nicht so heroisch und gewiss kein Ausnahmefall. Die Frauen seien oft mehr dazu aufgelegt, ihre Eitelkeit und Naschhaftigkeit zu befriedigen, und meistens froh, wenn der Liebhaber nach einem Scharmützel dem heimkehrenden Mann das Feld zu räumen hätte. Dem letzten Moment ständen gewöhnlich noch viele Hindernisse, und seien es nur ein Dutzend Unterröcke, entgegen, so dass ein Spiel auf weit hinaus zu wagen sei. Dieser seifigweichen Halbheit – die verkommenen Engländerinnen hätten dafür das Wort flirt – sei wahrhaftig ein gesunder Ehebruch noch vorzuziehen.

Ein gesunder Ehebruch?

Die Frau, die über dem rechthaberischen Gespräch ihr Spiel schon verloren sah, erschrak beinahe über die Heftigkeit, mit der scheinbar ihre Traumwünsche plötzlich in greifbare Wirklichkeit gerückt schienen. Mit viel Klugheit entzog sie sich dem Engpass. Ein solches Problem künstlerisch darzustellen, setze doch ein Erlebthaben voraus, und dazu musste eben erst einmal der Rechte kommen. Dieter wagte scherzend die Frage, ob er beispielsweise nicht der Rechte wäre. Frau Aargast lächelte mitleidig; nein, der Rechte müsste dann schon ein Mann sein.

Am ersten Morgen des neuen Jahrhunderts durchblätterte der Komponist den fertigen Festspielentwurf, und Dieter durfte bei Tisch als Erster mit dem Meister anstossen. Das ungewohnte Getränk steigerte den Glücksrausch des erst Siebzehnjährigen so, dass es ihm bei den Wünschen und hochgespannten Prophezeiungen den Hals zuschnürte. Sogar Mutter Fischer wurde flüchtig in die festliche Stunde einbezogen, da sie mit einem 'Judenkuchen', einer Steigerung der Gattung Linzertorte, Hubers Nachtisch kostbar bereichert hatte.

Noch im selben Monat wurde einem Organisations-Komitee der Aufbau zur Festspielmusik vorgelegt, und im Herbst desselben Jahres erlaubte der fertige Klavierauszug eine Wiedergabe auf zwei Flügeln, wobei Dieter mehrere Male im kleinen Kreise den Meister begleiten durfte. Unvergesslichen Gewinn brachte indessen erst der folgende Winter, da dem noch weiss-schwarzen Entwurf die Farben eingefügt werden mussten. Dabei geriet Dieter wieder auf die unterste Stufe eines Lehrbuben, eines Neulings, der am Geiste seines Vorbildes zehrte, bis er dessen Kunst der Instrumentierung begriffen und sich zu eigen gemacht hatte.

Das wäre eine recht glückliche Zeit gewesen, hätte er nicht an einem Mittwoch bei Huber ein peinliches Verhör erdulden müssen. In Gegenwart des Orchesterdieners wurde der überraschte Dieter ins Gebet genommen, was aus dem ihm seinerzeit zugesandten Manuskript geworden sei. Dieter wusste von nichts. Nochmals befragt, bestätigte Joseph Greifle, der Bruder des Drogisten, dass die Notenrolle unfehlbar in der Bäckerei abgegeben worden sei. Es sei allerdings lange her und im einzelnen nicht mehr genau feststellbar. Greifle wurde fortgeschickt. Das Mittagessen verlief stumm, voller Argwohn und feindseligen Musterung des verlegenen Schülers.

Acht Tage später war Huber zu jeder Form von Gutmachen bereit; der Weg, den das Original vom Mittagstisch Greifle bis zu seiner unrechtmässigen Verwendung durchlaufen hatte, war ermittelt, der Orchesterdiener zum Teufel geschickt, Dieters Schuldlosigkeit festgestellt. Er erhielt das arg mitgenommene Manuskript mit einer Widmung geschenkt und zugleich die Zusicherung, dass er beim Einstudieren der Chorwerke dem Meister zur Seite stehen dürfe. Dieters Wunde vernarbte allerdings nur oberflächlich; eine stille Trauer über die einmal getrübte Herzlichkeit wollte nicht mehr weichen. Er verkroch sich mit grundlosen Schamgefühlen in seine vier Wände, trommelte, ohne ihn zu öffnen, auf dem Klavierdeckel, trieb sich mit Renato im Allschwilerwald herum, oft nachdenklich vor sich hinbrütend, wenn sich der Rothaarige über Schopenhauersche Philosophie ausliess, eine Philosophie, die, obwohl aus reinsten Wahrheitswillen geboren, für die Menschheitseele doch nicht das letzte Wort gefunden hat, die aber von allen jenen als höchste Erkenntnis gepriesen wird, die in grosser Not nicht mehr den Mut finden, sich über das Erdenelend hinweg eine eigene, göttliche Welt zu schaffen. Sein 'Freund' Renato Gossweiler, ein schon von den Lehrern beachteter logisch-mathematischer Kopf, nun angehender Ingenieur, glaubte, mit Schopenhauer das idealistische Lügengespinst zerreissen zu müssen, darin er Dieter verstrickt wähnte. Dieter merkte nicht, dass ihm in diesem Augenblick Renatos Geist am wenigsten bekömmlich war.

Zweimal schon hatte Frau Aargast in der Bäckerei nach dem Ausgebliebenen gefragt; zum drittenmal fand sie ihn untätig in seiner düsteren Stube.

Die überfeinerte Frau war beim Weiterspinnen ihres ungeschriebenen, auch unerlebten Romans stark von ihrer Wunschphantasie geleitet, hatte sich auch in den Kopf gesetzt, Dieter fühle sich nach dem Ehebruchsgespräch in seiner Manneswürde verletzt und führe nun nach Art junger Schwärmer seine Verliebtheit im Walde spazieren. Halb aus Furcht, der Liebling möchte sich ihr entfremden, halb aus Neugier über ihre eigene Seelenverfassung, trachtete sie nach einer Klärung des schwülen Zustandes. Wie sie ihn gar in bekümmerter Zerfahrenheit vorfand, war sie gerüstet, den offenkundig Zermürbten mit unzweideutigem Entgegenkommen zu trösten. Wie ein Kind liess er sich die Haarsträhnen glätten, seinen Kopf an ihren Busen drücken, ja er empfand so viel mütterliche Zärtlichkeit als erlösend, bis ihn die Frau mit einem Ruck bei den Schläfen fasste und ihm mit brennenden Augen eröffnete, er dürfe sich nun wünschen, was es immer sei, es würde erfüllt werden. Ihr halbgeöffneter Mund bebte in Erwartung. Aber ihre Handflächen spürten aus feinsten Wendungen die Abwehr, und ihre Ohren hörten kaum vernehmbar, dass er wunschlos sei. Aus eigenem Rausch erwacht, flüsterte sie ein Gott sei Dank. Noch war ein ehrenhafter Rückzug ermöglicht, die opferbereite Anwandlung durfte als reine Freundschaftsgeste ausgelegt werden. Schon hatte der altgewohnte Plauderton letzte Zweifel verwischt. Dieter solle doch wiederkommen; so sei es auch der Wunsch ihres Gemahls, der sich täglich nach dem Verschollenen erkundige. Erst nach herzlichem Abschiednehmen glaubte er verstanden zu haben. Wie eine gleissende Maske schwebte das Antlitz mit den fordernden Blicken und den begehrlichen Lippen vor seinem Auge. In qualvoller Überreiztheit glaubte er seine Mutterverehrung besudelt.

Noch in später Nacht lief er mit einem Brief zur Post: Dies alles sei vor Gott nicht recht. So hatte er das Schreiben begonnen, obwohl er sich nicht verhehlte, dass er, wäre die Frau nach seinem Sinn gewesen, unbedenklich zugegriffen hätte. Doch der Teufel hatte ihm nach dieser ersten Heuchelei die Feder geführt, ihm eine wahnwitzige Moralpredigt diktiert, die mit dem ganzen Vaterunser endete, das 'Führe uns nicht in Versuchung' dreimal unterstrichen. Anderntags wäre er wohl über solch geschmackloses Pharisäertum zu Tode erschrocken. Doch der Brief war seinem Machtbereich entzogen.

Astrologen berechnen einer leichtgläubigen Kundschaft in fad erdichteten Zeichen und Schnörkeln, an welchen Tagen wir, zu unseligem Tun verurteilt, die Hände in den Schoss legen sollten. Diesem versandeten Magierhokuspokus lag vielleicht einmal eine tiefe Weisheit zugrunde. Restbestände von vorausahnendem Instinkt warnen uns verbildete Menschen noch heute; nur bleiben sie in der Gefühlslage verstaut; der hochnäsige Geist achtet ihrer nicht und schafft sich blindlings sein Verderben. Was wusste der Achtzehnjährige von Schicksal und Zwang, was wusste er von einer Urfeindschaft zwischen Mann und Weib. Wohl hatte er einst sagen hören, dass Briefe 'unsere geschworenen Feinde' und eine Nacht lang zu beschlafen sind. Deshalb spürte er, wie nach dem Abschub des unseligen Schreibens ein Paradies verscherzt sein mochte. Er schämte sich und heftete vor seiner Seelenblösse das Feigenblatt. Doch im Vertrauen auf den guten Stern, der ihm immer wieder aus Fährnissen den rechten Weg gewiesen, hoffte er auch diesmal auf Nachsicht und versöhnlichen Ausgang. In diese Berechnung hatte sich aber ein versteckter Fehler eingenistet. Dieter hatte die Pseudomutter einer wirklichen Mutter gleichgesetzt. Dort, wo die letztere tausendmal und immer wieder zum Verzeihen aufgelegt ist, kann das Weib von anderm Blut – einmal verletzt und beschämt – nie und nimmermehr vergessen und wird ihren Vergeltungsstachel für die erste beste Gelegenheit bereit halten.

Schon im Frühjahr war ein Riesenschwarm von Bürgern und Bürgersfrauen ihrer Alltäglichkeit entzogen und in den Dienst des vaterländischen Festspiels gestellt. Ein Organisationskomitee im Verein mit den Räten der Stadt einigte sich auf die Begehung der 'Bundesfeier' im grössten Ausmass. Ein für Basel unerhörter Aufwand an Zeit und Geld, eine rückhaltlose Inanspruchnahme geistiger Kräfte setzte ein, wobei Tausenden die Wichtigkeit ihres Tuns eingeredet wurde. Hundertneunzig befähigte Köpfe wurden allein für den

Hauptausschuss und zwölf Unterkommissionen verbraucht. Die Festbühne sollte für das gleichzeitige Auftreten von zweitausend Menschen und sechzig Pferden Raum bieten, die über hundert Mann starke Orchesterbesetzung nicht inbegriffen.

Wenn geistliche und weltliche Fürsten in riesiger Aufmachung geschichtliche Ereignisse festlich begehen, dann steckt meistens bewusste Absicht, ein bestimmt politischer Wille oder sogar arglistige Teufelei hinter ihrem Tun. Zum mindesten hat es ihr Theater auf eine Masse abgesehen, vor der man in eindringlicher Farbigkeit noch ungebrochene Macht und Herrlichkeit symbolisieren will. Wie reizvoll komisch, wie naiv nimmt sich jedoch solches Treiben aus, wenn das Volk sich selber hochgeschraubte Gesinnung vorjubelt und das Symbol der Vaterlandsliebe in grossem Feuerwerk aufsprühen darf.

In den frischbelaubten Baumkronen der Pfalz lärmten und balgten sich Vögel in wilder, gehässiger Jagd. Ins Menschliche übersetzt: sie liebten sich. Weithin spreizte alles Männliche sein Gefieder, und das ewig Weibliche wehrte sich in ererbter Gewohnheit gegen das begierig Erhoffte. In der Tiefe wälzte der Rhein lehmige Schneewasser dem deutschen Boden zu. In zartblauer Luft liessen sich weisse Schleier treiben. Drüben im Wiesental standen die Obstbäume im vollen Blust. Das war der Frühling.

Gegen Abend erdröhnten in Schulsälen, Turnhallen, auf der Theaterbühne abgerissene Chorgesänge, von nervösen Dirigentenstimmen überschrieen. Nach einem ersten Schüttelfrost der Begeisterung fieberte alle Welt weiter, dem Sommer entgegen.

Nur Einer schlich tatenlos umher. Hatte ihm der Meister nicht versprochen, er dürfe ihm beim Einstudieren des Festspiels zur Seite stehen? Nun hüllte sich der Mann in Wolken wie ein Gott, der Berge zu versetzen hat. Voller Unruhe hetzte Dieter hinter jedem Zeichen her, das ihm hätte verraten sollen, wo und wie der Vielbeschäftigte zu erreichen wäre. Vor des Meisters Wohnung fand er den Schlagbaum stets waagerecht gestellt vor, Die Magd log alle Ausreden vom Himmel herunter. Von Angst gepeitscht wie ein Hund, der im Getümmel seinen Herrn verloren hat, lauerte Dieter stundenlang, und als er endlich den Ersehnten ins Haus eilen sah, meldete er sich erregt, stiess die stammelnde Magd beiseite, um sich endlich den Weg zu bahnen, wurde jedoch im Flur von der Hausfrau freundlich verlegen abgewiesen, da der Mann, weiss Gott der Ruhe bedürftig, schlafe. Später, später! Wenn das unselige Fest einmal vorüber sei.

Einzig die Klavierstunde zwang ihn noch, flüchtig und klanglos zu üben. In der Musikschule, zu spät gekommen, wurde er von der Lehrerin ausgeschimpft. Das gutgemeinte Geschrei kam wenigstens von Herzen, war deutlich und aufrichtig, kein schleichendes Giftgas, das ihn überall betäubte. Wie er zaghaft nach Huber frug, ging der Krach von neuem los. Der sei so nicht gut auf ihn zu sprechen. Warum und wieso, wisse sie nicht.

Dieter flüchtete in die einsamsten Winkel des Martinturms, irrte an den Grabtafeln im Kreuzgang entlang, starrte, auf die Pfalzmauer gelehnt, in das feine Geäst hinunter, schauderte vor dem Abgrund, kehrte zu den Totentafeln zurück, vergass sich zwei, drei Minuten vor einer lateinischen Inschrift, raste wieder nach Hause, da ihm eben ein herrliches Hass- und Wutmotiv durch den Kopf schoss.

In seiner Stube war alle Musik und aller Lebensmut entschwunden. Als er in der Abenddämmerung nach kurzem, bleiernen Schlaf erwachte, sah er durch müde Lider Renato lesend am Fenster stehen. Dieter seufzte gähnend, das Leben sei eine Hühnerleiter – und das seinige gar noch eine kaputte. Der rothaarige Schwarzseher grunzte befriedigt aus seinem Buch heraus, pries das Unglück, lächelnd als das Normale, als das eigentliche Weltprinzip, wie es Schopenhauer untrüglich dargetan habe. Solche Erkenntnis half indessen nicht über Hangen und Bangen hinweg. Dieter hätte sich geschämt, mit einer Beichte seine Seelennot zu lindern.

Durfte er jene Frau, die er bei Renato stets in alle Himmel erhoben hatte, entthronen, ohne damit selbst in den Staub zu versinken? Hätte der hässliche Freund nicht bloss satanisch gelächelt, wenn er, Dieter, seine Wunde blossgelegt hätte?

Zu dieser Zeit hörte man in der Musikschule von glanzvollen Empfängen bei Aargasts. Das Haus sei der Treffpunkt der erlauchten Festteilnehmer geworden. Otto Eppens, vom Wiener deutschen Volkstheater als Spielleiter berufen, wohne sogar dort. In diesem Zusammenhange wurde, was natürlich auf einem lächerlichen Irrtum beruhen musste, der verhasste Name Heinrich Freisinger ausgesprochen. Diese Möglichkeit, selbstverständlich durchaus undenkbar, verdiente nicht die geringste Beachtung. Trotzdem nistete sich der Gedanke in Dieters Leidenswelt ein, half wenigstens mit, sein zerquältes Gemüt zu verdüstern. Wenige Tage später stürmte Renato, selber aus dem Gleichgewicht gebracht, in die Bäckerei und bestätigte, dass Freisinger den Dirigenten Böpple zu vertreten habe und dass er seit Wochen im Hause Aargast ein- und ausgehe. Professor Friedrich Aargast habe ihn als den kommenden Mann bezeichnet, und Otto Eppens gedenke ihm in Wien den Weg für ein rasches Emporkommen zu ebnen.

In Gegenwart der Bäckersleute lachte Dieter höhnisch auf. Es galt noch vor dem Versinken des Schiffes ehrenvoll auf der Kommandobrücke auszuharren. In seiner Stube krachte aber das längst unterwühlte Gebäude seines Ruhms zusammen. Er sah sich tausendfach verraten und merkte zu spät, dass eine Frau, die bereit ist, einem Geliebten in aller Heimlichkeit ein Seitentürlein zum Paradies zu erschliessen, eine Stunde später gerüstet steht, um mit List und blassem Lächeln alle unsichtbaren Teufel gegen ihn zu hetzen.

Es wäre ein Leichtes gewesen, bei Duchastel, der

über die Wandlung im Hause Aargast energisch Aufschluss verlangte, von dem letzten Besuch der Frau Professor in der Judenschule zu berichten. Dieter schwieg; schwieg nicht bloss aus Trotz. Was hätte übrigens die Preisgabe seines Erlebnisses gefruchtet? Die Aargasts hätten recht behalten, wie sich zu allen Zeiten die Meinung der Machthaber über alle Tatbestände hinweg Geltung zu verschaffen weiss. Dieter schwieg; schwieg nicht bloss aus Ritterlichkeit. Es galt, ein letztes Fetzchen vergangener Mutterverehrung zu retten. Ihm blieb nur noch die Erinnerung an seinen törichten Brief, er sah nur noch sein eigenes Verschulden. Dass ihn die ungestillte Sehnsucht eines körperlich vernachlässigten Weibes so weit gebracht hatte, das vergass er.

3.

Er hätte ausweichen können. Ins benachbarte Badische, den Rhein entlang, oder auf eine Anhöhe im nahen Jura, oder weiter weg, nach Gelterkinden, wo er beim Müller Handschin, der das Mehl lieferte, allzeit willkommen war.

Aber Dieter blieb zu Hause.

Die Fenster waren verhängt, die Ohren verstopft. Nicht einmal Renato fand Zulass. Nur zur Essenszeit hörte man das Schloss knarren und Einen auf Diebessohlen heruntertappen, eine Jammergestalt, unrasiert, ohne Kragen, ohne Schuhe. Müde wie ein Kranker löffelte er etwas Suppe, wischte sich nach einem flüchtigen Blick auf die übrigen Platten den Mund und schlich wortlos zurück in seinen Wolfszwinger. Der alte Fischer öffnete seine verklebten Lippen und brummelte etwas über sogenannte vornehme Leute, über reiche Leute, über gebildetes Gesindel. Seit dem Tage, da Renato den Namen des Pfarrersohns ausgesprochen hatte, wusste Frau Fischer, dass ihr Liebling, tödlich verletzt, etwas Arges zu tragen habe, fragte nicht, blieb nur um das

Nötigste besorgt, verstand, ohne zu wissen.

Basel-Stadt und Basel-Landschaft, anno 1501 als Einheit in den Schweizerbund aufgenommen, blieben seit den blutigen Händeln von 1833 getrennte Halbkantone, fanden es aber in Ordnung, das Fest gemeinsam zu begehen, ohne zwar daran zu denken, den Anlass zu einem Versöhnungs- und Wiedervereinigungsfest zu erweitern.

Im Münster wurde der allerhöchste Festpräsident, der liebe Gott, für sein weises Lenken der Völkerschicksale bedankt. Am Nachmittag wogte das ganze Volk in höchstgeschraubter Begeisterung zum Festplatz und abends von dort zur Stadt zurück, um den unendlichen Bandwurm des Festzuges zu erwarten. Nachts Riesenbankett am Rheinufer. Bacchantischer Taumel, fanatische Verzückung, wogendes Rauschen und Geniessen, vollkommenes Selbstvergessen im siebenten Himmel. Alt und jung einer gewaltigen Einheitsidee verfallen, und das alles unter wolkenlosem Mittagsblau, bei goldenem Verglühen des Abends, unter blinkendem Sternhimmel. Böllerdonner und Basler Trommeln trugen ein letztes Echo ins hinterste Gässchen; der Lärm der Strasse verstummte drei Tage und Nächte lang nie mehr ganz, bis endlich die Bundesfeier in ein wahres Triumphfest, in gegenseitige Beweihräucherung der Spieler selber auslief. Wer gar am letzten Abend bei Wein und Tanz auf der Festbühne noch einen Blick aus Meister Hubers Augen erhaschen oder gar einen Händedruck erleben durfte, der war gesegnet für sein Leben. Und es gab solche, denen in die Handfläche ein Mal für ewigen Ruhm gebrannt wurde, darunter Einer, der an der Seite Aargasts am Ehrentisch sitzen durfte, Heinrich Freisinger.

Nach wenigen Tagen waren die Häuser entflaggt, die Strassengräblein von letzten Papierblumen und Buchsresten gesäubert, die Sänger und Sprecher in den Bergen. Sommerferien. Alles weg.

Ein bewimpelt Schiff war im Jubel in die blaue Welt hinausgefahren, und einer nur, er, Dieter Basilius, auf ödem Eiland zurückgeblieben.

Wohl hatte man ihm die Schmerzen der Einsamkeit als Dünger für das künstlerische Gedeihen gepriesen; doch wie verhielt es sich mit Schmerz und Einsamkeit, wo es in alle Ewigkeit nichts mehr zu gebären gab. Da nach seinem Philosophen 'die Welt ohne mich nicht existiert', durfte sich Dieter Deifel sophistisch dem Wahne überlassen, dass keine Bundesfeier stattgefunden hatte. Wie ein verschütteter Bergarbeiter war er in Hose, Hemd und Strümpfen herumgelegen, bis er nach den Tagen, von denen er nicht wollte, dass sie waren, die Stickluft durch die aufgerissenen Fenster ausströmen liess.

Am Vormittag waren wütende Gewitter mit Hagelgeprassel über die Stadt gefegt. Nach Tisch zog er aus, um in den benachbarten Rebbergen und Feldern den Schaden festzustellen, stampfte auf dem Bruderholz über den aufgeweichten Lehmboden und säuberte in der feuchtdampfenden Luft seine Lungen. Die menschenleere Welt und die nassblauen Jurahänge weckten fernstes Kindheitserleben: einsame Sonntagnachmittage, 'da alle Menschen über alle Berge waren'. Damals hatte unendliche Sehnsucht gelockt, ebenfalls 'drüberweg' zu kommen, denn auf der anderen Seite mussten glückliche Kinder rennen und spielen. Mit solchem Träumen war es vorbei. Man hatte Schleier gelüftet, das wahre Wesen des Erdendaseins erkannt. 'Der Natur liegt nur unser Dasein, nicht unser Wohlsein am Herzen', lehrte der grosse Weise, bis wir wieder im Dreck, aus dem wir geworden, gebettet liegen.

Auf dem Heimweg stiess Dieter unter St. Margarethen auf die Überreste der Festbühne, eine Wüstenei von Balken und Brettern in Lehm und Wasser gequetscht. Das tat wohl. Auch künstlich hochgetriebene Scheinideale mussten im Sumpf versinken. An irgend etwas musste sich sein Ekel besänftigen dürfen.

Das Nächste, was es nun niederzureissen galt, war seine unbrauchbar gewordene Glaubenswelt. Bereits waren die diplomatischen Beziehungen zum Herrgott abgebrochen, zwar in dumpfer Unsicherheit, ob man für so bedenklichen Kriegsausbruch gerüstet sei. Doch Renato, der längst auf diese Geistesverfassung gelauert hatte, stand ihm bald als gewandter Streiter zur Seite. Als weitere Bundesgenossen wurde billige Weisheit: Rubinsteins Aphorismen und Nordaus Konventionelle Lügen zugezogen. Der unverstandene Schopenhauer war als Stimmungsmacher immer noch brauchbar. In die Kampffahne wurde das Losungswort 'vom Paulus zum Saulus' gestickt. So hielt man sich für überlegen und vorbereitet genug, um mit Zuversicht auch gegen Gottes Bundesgenossen, gegen die gläubigen Heuchler und Idioten, vorzugehen.

Dieters Konfirmationsspruch hatte gelautet: 'Mit Gott wollen wir Taten tun.' Solche Naivität stammte natürlich von dem braven, ahnungslosen Pfarrer Brändlin, der – wie man jetzt zynisch nörgelte – schliesslich mit irgend etwas sein Brot verdienen musste. Geschäft ist Geschäft. Dieter kehrte von ersten Ausfällen oft zähneklappernd heim und hätte ohne seinen rothaarigen Bundesgenossen den Feldzug in Bälde abgebrochen. Aber es galt durchzuhalten, bis man endlich, vom Siegen erschöpft, darniederlag. Gott war tot. Das bestätigte in herrlichen Dithyramben Nietzsche, der – neue Gott. Nach einem erbarmungslosen Kriegsgericht stellte sich allerdings heraus, dass niemand mehr auf der Welt war, um die wahnsinnigen Kriegskosten aufzubringen. Mit Grauen glotzten die Sieger in die Leere, voller Bedenken, ob der gestürzte Gegner nicht doch noch als Gespenst durch die Finsternis schleiche.

Auch über solche Zweifel musste der gewandte Renato hinweghelfen. Ein Gott, der beim Weltwerden mit so grausamen Prinzipien gewaltet habe, müsse notgedrungen an seiner eigenen Arbeitsmethode zugrunde gehen. Dieter solle das, ausser in der Menschheitsgeschichte, nur einmal in der Natur nachprüfen: Mord und Totschlag, grausames Sich-Aufspiessen, Schmerz und Elend bis ins Kleinste. Also die Welt ein Jammertal. Diese längst von anderen ausgeheckte 'Wahrheit' hat jugendlicher Zerrissenheit von jeher als vornehmer Hintergrund, als stimmungsvolles Tapetenmuster dienen müssen.

Nach den Ferien gemahnte der Alltag, dass weder mit himmelhochjauchzenden Festen, noch mit zersetzender Weltbeurteilung auf die Dauer zu leben sei, und wies nicht bloss den Krämern, sondern auch den Kunstbeflissenen ihr neues, nüchternes Arbeitsfeld. Kümmerte sich Dieter, für den das Dasein verpfuscht, die Musik erledigt war, nicht weiter um das, was nun kommen sollte, so waren doch andere um ihn besorgt.

Als erste wagte sich die gerade, offene, wohlmeinende Schrameck, in Musikkreisen kurz Schra genannt, heraus. Eines Tages war sie einfach da, kreischte und schimpfte, forderte Vernunft, legte Notenhefte mit Bach: Suiten und Fugen, Chopin: Préludes, Schumann: Sonate G-moll hin, wollte sich ans Klavier setzen, um Blauangestrichenes zu erläutern. Der Deckel klebte aber unerbittlich fest. Dieter, nach dem Schlüssel befragt, zog die Achseln hoch. Herrschaft noch einmal, was denn eigentlich los sei? Erneutes Hochziehen der Achseln. Zum Teufel, jetzt werde es ihr zu bunt. Dieter empfand es, wie herzlich gut das alles gemeint war und wie die Schra ihn erschrocken ins Auge fasste. Es tat wohl, dass sich nach langer Leidenszeit überhaupt jemand um ihn sorgte. Was denn um Himmels willen aus dem da werden solle? Dieter glotzte versonnen auf das schwarze Möbel. «Das da? – Nie mehr; nie mehr im Leben!» Das klang so einfach, unabwendbar, dass die Schra verzweifelte. Am selben Tage sandte sie eine Schreckensbotschaft nach Vitznau.

Hans Huber war in seiner Sommerresidenz selber zu dem Ergebnis gekommen, dass er sich im Vorfesttrubel zu sehr von Einflüsterungen der Frau Professor hatte beeinflussen lassen. In Gesellschaft äusserte er sich missbilligend über das 'raffinierte Weib'. Allerdings war ihm auf Umwegen ein abfälliges Urteil der Aargasts über seine Festspielmusik zu Ohren gekommen, das ihn im stillen wurmte. Gleichzeitig hatte er erfahren, dass auch dem Freisinger seine Erfolge in den Kopf gestiegen seien und er mit den Aargasts den Meister bereits bekrittle. Fräulein Schramecks Brief steigerte heimlichen Unwillen zu offenem Groll. Bei abendlichen Spaziergängen den See entlang gab es kein Entrinnen mehr. Das Unheil, das er mit seiner Wankelmütigkeit angestellt haben musste, stand deutlich vor seinem Geiste und ebenso beunruhigend die Frage, ob sich das Unrecht wieder gutmachen liesse. Er war es schliesslich gewesen, der den Knaben entdeckt und in die Musik gestossen hatte; ja eine Art Sehnsucht nach dem jugendlichen Freund erinnerte ihn an den verflossenen Winter, da er sich an dem Erstaunlichen entflammt hatte. Bevor er aber im Spätsommer nach Basel zurückkehrte, hatten Dieters Trotz und Abwehr schon beängstigende Formen angenommen. Als Duchastel mit Unterstützungsentzug drohte, erklärte Dieter, das berühre ihn durchaus nicht, und sobald er Fischers im geringsten zur Last falle, hätten sie es bloss zu sagen. Irgendwo werde sich schon ein Verschlag zum Nächtigen finden; alles übrige sei ihm hundewurst. An solches sei vorderhand nicht zu denken, wehrte Frau Fischer ab; zur Not ginge es auch ohne den Paten. Man müsse den Jungen nur austoben lassen; er werde seinen Weg schon finden. Der Junge war aber kein Junge mehr. Achtzehneinhalb Jahre zählten diesmal bei der Altersbestimmung nicht mit. Dieter war ein Mann geworden, der ohne Absicht, ohne Programm zum mindesten, bestimmt wusste, was er *nicht* wollte.

Wer indessen gar keine Gewissensbisse aufkommen liess, ja sich moralisch aufs hohe Ross setzte, das war Frau Professor Aargast, besonders nachdem sie die kritische Zeit verflossen glaubte, in der Dieter sie mit dem wahren Sachverhalt hätte blossstellen können. Zwar hatte sie sofort nach dem Besuch in der Bäckerstube alle Verlegenheitslügen in Bereitschaft, um einen möglichen Skandal im Keime zu ersticken. Ihrem Manne, der in der ersten Zeit nach dem Jungen gefragt hatte, verstand sie mit Dieters eigenen Worten über den 'gesunden Ehebruch' so fein glaubhaft zu machen, dass es höchste Zeit geworden sei, den stürmischen Burschen ein wenig vom Leibe zu halten, dass der stutzig gewordene Professor in furchtbarer Erregung, seine Laufbahn könnte irgendwie gefährdet sein, zu den strengsten Massnahmen bereit war.

Nun lag diese Klippe weit zurück. Das Haus Aargast wurde der Treffpunkt vieler Künstler und Musiker, der 'Salon' im altfranzösischen Stil, wo mit geistreicher Rede und Gegenrede manch ein stiller, ehrlich schaffender Mann erledigt wurde. Da war es der Hausfrau ein leichtes, mit flüchtigen Andeutungen und verdächtigendem Achselzucken jenen Einen auf weite Zeit hinaus unmöglich zu machen.

Die Tritte, die dem toten Löwen galten, kamen zu spät, Dieter achtete ihrer nicht.

Dieter weilte immer noch in Gelterkinden.

In einfachen, bittenden Worten schrieb Frau Fischer, Dieter möchte doch heimkommen, Herr Huber habe schon dreimal vergeblich vorgesprochen. So könne es doch nicht weitergehen.

Das klang wie helle Akkordfolgen in einer Dur-Tonart, die zum Wandern einlud. Dennoch warf er verächtlich die Schnitzel des zerrissenen Briefbögleins in den Papierkorb. Das Dorf Gelterkinden war ihm lieb geworden; schon im Namen tönte das Wort 'Vergeltung' mit. Seit Wochen hatte er sich rings um die Mühle nützlich gemacht und sann schon darüber nach, wie sich wohl als Knecht oder als Bauer auf dem Lande leben liesse. Die Müllersleute, besonders die klavierspielende Tochter, die mit heimlicher Sehnsucht nach den Vorzügen der

Stadt schielte, verstanden Dieters Vorhaben nicht, glaubten auch nicht, dass er im Ernst so rede. Da er die halbe Zeit mit Lesen und Wanderungen verbrachte, sah er die harte Bauernarbeit durch die Brille des verwöhnten Städters in idealer Farbenbrechung. An stürmischen Septembertagen stieg er zu Jurakämmen hinauf durch den tropfenden Wald, über glattes, dürres Buchenlaub, bis er einmal unvermutet vor den Mauertrümmern der alten Farnsburg stand. Wie eine Böcklinsche Ruine am Meer leuchtete das gelbe Gestein, umrahmt von rostroten Buchenkronen aus dem schwarzblauen, treibenden Gewölk. Diese heroische Landschaft voller Brausen löste prachtvolle Trotzakkorde aus, wieder in Dur, die sich zu einer lärmenden Zorneshymne gliederten. War es Erschöpfung, war es Gottverlassenheit? Die Burgromantik verführte den Staunenden zu einer Jugendeselei, vor der ihn bis zur Stund ein guter Geist bewahrt hatte: er kritzelte an einem Gedicht herum, an einer Ballade, in der, vom Sturm gepeitscht, die Steine herumflogen wie Strohhüte. Freund Renato hätte ihn aus diesem Wahnwitz zur Besinnung geschüttelt. Doch Dieter war von seinen Versen entzückt, und die Ruine wurde zu einer Gralsburg, in der er sich, der hässlichen Wirklichkeit abgewandt, eine farbenglühende Traumwelt aufbaute.

Als Meister Huber zum viertenmal in der Bäckerei vorsprach, deutete Frau Fischer aus ihren Brotlaiben bedeutungsvoll zur Decke: Dieter sei da. Vom Laubengang aus wollte sie sich vergewissern. Von dort sah sie Dieter lesend auf dem Bett liegen. Huber schlich auf Diebessohlen treppauf und stand beklommen mit der Bäckersfrau vor der Stubentür. Frau Fischer klopfte. Der Mensch drinnen horchte auf wie ein wachsamer Hund, stieg geräuschlos von seinem Lager und tappte, aus Furcht, entdeckt zu werden, in die dunkelste Ecke. Frau Fischer klopfte wieder. Keine Antwort. Sie versuchte es mit liebevollen Worten. Es rührte sich nichts. Herr Huber sei doch da! Nichts. Das alles sah nach flegelhaftem Trotz aus. In Wahrheit fröstelte Dieter vor Aufregung, vor Scham und aus Verlangen, dem Meister in die Arme zu fallen. Er stand auf einer Kante zwischen Himmel und Hölle, konnte bloss wählen, nach welcher Seite er versinken wollte. Er blieb regungslos, versteinert. Plötzlich schreckte er zusammen, als ob das Beil der Guillotine herunterrasselte; es war bloss die knarrende Türklinke gewesen. Da vernahm er eine vertraute, bittende Männerstimme: «Dieter - - - Dieter!» Sonst nichts. Er schlotterte in Angst vor sich selber, denn er spürte, dass er antworten wollte, aber – wie im Traum – die Lippen nicht auseinanderbrachte. Bald war es mehr sein kindisches Versteckspiel, seine feige Flucht in dunkle Winkel, die ihm nun nicht mehr erlaubten, ein mutiges Nein auszusprechen. Man hörte noch zögernde Schritte und bedächtiges, unterbrochenes Abwärtsschreiten. Wollte er nicht im Vorderzimmer ein Fenster aufreissen und nach dem Meister schreien? Er tat auch das nicht. Vernichtet warf er sich aufs Bett und stöhnte den Namen dessen, der tot sein sollte; denn das eine wusste er bestimmt, dass der Mann, von dessen Erscheinen er noch immer geträumt hatte, ein fünftes Mal nicht kommen werde und dass es mit allem Grossen ein für allemal aus sei. Einen letzten dünnen Trost sog er aus dem schadenfrohen Wissen, dass die anderen um seinetwillen auch zu leiden hatten, ja in grausamer Lust malte er sich ihre Ratlosigkeit und Verzweiflung aus. Sie sollten es noch zu fühlen bekommen, was sie aus ihm gemacht hatten. In hässlichem Viehtreiberdeutsch verfluchte er die verflossenen Jahre und sich selbst, verfluchte die Menschen der Reihe nach, nur jene Eine nicht, die sein Verderben gestiftet hatte.

Was half es, dass Frau Fischer jammerte, es dürfte nicht mehr so weiter gehen? Ungewaschen herumliegen, am Hals ein dickmaschiges rot und graues Tuch, an den Füssen stramingestickte Pantoffeln. Dass die Flügel zu irgend welchem Ikarusflug nicht mehr taugten, war einzusehen; doch gab es auch in den Niederungen der menschlichen Gesellschaft Beschäftigung genug. Da Leo in München als Radierer vorankam, hätte Dieter den Vater Fischer langsam ablösen, später die Bäckerei übernehmen, und wer weiss, gerade noch die Hermine heiraten können. Er brauchte ja nicht mit Schornsteinfeger Kupferschmid in turmhohe Schlöte zu steigen, auch nicht als Haarkräusler den Heubergbuben die Läuse vom Kopfe zu scheren. Aber gab es nicht ehrbare Handwerker genug: den Maler Vogt, der im grossen Rat sass, den Tapezierer Buchmann, den Uhrmacher Frey, den Schlossermeister Bernheim ohne Nachfolger. Wurde eine solche Musterkarte mit dem Deckelschild 'Berufswahl' aufgeschlagen, dann machte sich Dieter missmutig davon. Er hatte etwas Rechtes werden wollen; Mittelmässiges verabscheute er, dann schon lieber ein Lump. Da im weiten Bereich keine zweite Himmelsleiter zum Aufstieg einlud, fand sich dafür hinter der Güggelallee eine Treppe, die zur Tiefe führte. Sie endete in einem dunklen Hausflur unten beim Gerbergässlein und erleichterte das unbemerkte Verduften aus der Bäkkerei in die Wirtschaft Georg Schlee am Rümelinsplatz, eine grausige Pinte mit säuerlich riechenden Tischplatten und fettglänzenden, aufgebröckelten Wänden. Trotz schmieriger Armseligkeit fand sich in der hinteren Ecke beim Ausschank ein Stammtisch für die besseren Leute, die untertags zu einem Frühschoppen oder Vespertrunk kamen. Die Tafelrunde gruppierte sich aus Menschen, die im Drama als 'Einige Bürger' auftreten und die sich in Süddeutschland und in der Schweiz an jedem Stammtisch finden.

Da sass neben Greifle ein Zweiter, der nicht recht wusste, wie er die Gegenwart Dieters zu deuten habe; das war Nägeli aus der Gewürzmühle, Greifles Verbündeter. Er gehörte nicht eigentlich an den Stammtisch, musste aber als Essig- und Senflieferant die Wirtsleute mit seiner Gegenwart beehren. Dass er in letzter Zeit täglich einkehrte, erregte sogar Verdacht. Am 'Herrentisch' kannte man den Vogel, und keiner liess sich mehr durch treue, blaue Augen und eine Wohlwollen lügende Stimme betören. Bei näherem Bekanntwerden trug er auch sein wahres Wesen ohne Scheu zur Schau: er *wollte* ein Schuft sein. Als einer nach einer vorgefallenen Gaunerei spasshaft meinte, das sei einmal eine Schlechtigkeit, die der Nägeli noch nicht verübt hätte, lächelte dieser bloss, wohlwissend, dass seine Niedertracht alle Phantasie dieser braven Philister überbot. Da strichen sie vor seinen Augen von seinem Senf auf Wurst und Käse, ahnungslos, was alles in dem scharfen Bärendreck steckte.

Bei Schlee wusste man, dass es Nägeli auf die Kellnerin Adele, oder Delly, abgesehen hatte. Obwohl von der Wirtsfrau gewarnt, liess es sich das Mädchen gern gefallen, wenn seine Äuglein über ihren Busen spielten; es lachte auch hysterisch auf, wenn er ihr eine unzüchtige Zweideutigkeit zuflüsterte oder im Versteckten handgreiflich wurde.

Dieter, der Neuling, schaute an solcher Zudringlichkeit beschämt vorbei, während er sich am Nebentisch von zwei Unbekannten das Kartenspielen beibringen liess. Oft ekelte ihn, wenn die Partner an der Zunge die schwarzen Finger nässten, um die abgespielten, grauenhaft schmutzigen Karten von der klebrigen Tischplatte wegzukriegen. Als zerstreuter und wenig interessierter Lehrbub fand er es in der Ordnung, dass er schmählich angebrüllt wurde. Die Partner schlugen sich die Fäuste kaputt; von anderen Tischen kamen mitleidige Blicke, er selber schimpfte sich einen Idioten. Als er eines Abends eben wieder die 'dümmste' ausspielen wollte, wurde er von hinten liebevoll beraten, unter allen Umständen das Nell zu ziehen. Es war Felix Kummerer, sein ehemaliger Theorielehrer, der sich wieder einmal seiner annahm. Selbstzufrieden an seinem Zigarrenstummel kauend, fragte der Mann nebenbei, wie es um die Symphonien stände, und da Dieter die Achseln zuckte, lächelte er hämisch, das hätte er sich gleich gedacht. So ergehe es tausend anderen auch; begeisterter Anfang und verzweifeltes Ende mit viel, viel Notenpapier. Diese Einordnung, einer von vielen zu sein, berührte schmerzlich.

Der Lederstrumpf, Schwabs Griechische Sagen, die lateinischen Schulbücher, die letzten Bände, mit Ausnahme von Schopenhauer in der Reclamausgabe, waren alle beim Antiquar gegen lausige Fränklein vertauscht; doch auch diese hatten ihm seine Spielgefährten abgenommen. Dem Theorielehrer schuldete er sogar einen kleinen Betrag. Mutter Fischer behielt recht: so konnte es nicht weitergehen.

Dieter trieb sich fortan in den Gassen herum, blieb dort stehen, wo es darnach aussah, dass man rasch eine Aushilfe brauchen könnte. Fand sich gar nichts, dann lungerte er droben beim Kirchhöfli auf einer Bank herum und schrieb Gedichte, weltschmerzliche, gesellschaftswütende, gottvernichtende; alle gleich schlecht. Einzig ihr Rhythmus verriet, dass es gar keine Gedichte sein wollten, sondern verdrängte Musik war; denn in Dieter musizierte es gegen seinen Willen weiter; das brachte schon das Frühjahr mit sich.

Das Zeitungsfalzen bei Buchdrucker Krüsi war ihm verleidet, das Pelzklopfen bei Kürschner Schlimme zu mühsam. Am erträglichsten wäre noch die Schreibarbeit bei Nägeli gewesen, da dieser selber 'eine schlechte Feder führte'; aber das Honorar reichte kaum für die Tranksame bei Schlee. Offenbar brachte es ebenfalls der Frühling mit sich, dass einmal hinter der meterbreiten Güggelallee eine zweite Tür, nicht die von Krebs, offenstand und eine Tapeziererwerkstatt Einblick erlaubte. Dieter schaute, an den Türpfosten gelehnt, zu, wie mit gebogenen Nadeln eine Matratze fertiggenäht wurde, bis ihn der Mann missbilligend über die Brille beäugte und hüstelte: Arbeit macht das Leben süss. Dieter scheine allerdings nicht fürs Süsse zu sein; wenn er aber ein paar Batzen verdienen wolle, gäbe es genug Rosshaar zu zupfen, oder Seegras zu kämmen. Der Anfang sei das Leichteste, hatte der Theorielehrer behauptet. So griff Dieter willig zu, stellte sich fast jeden Tag ein Paar Stunden ein und war als Volontär bald soweit, den einen Matratzenrand zu nähen, während Julius Rolling auf der anderen Seite das seine tat. Dieter erhielt einen zweiten Schlüssel zu der selten benützten Tür und konnte so unauffällig in seinen Straminpantoffeln an der Backstube vorbei zur Werkstatt schleichen.

Damit hatte sich in aller Stille seine Berufswahl vollzogen.

4.

Der Sommer war weniger schlimm gewesen als der vorangehende Winter. Stundenlang konnte man im Schatten zuschauen, wie die Erdarbeiter in der Sonne pickelten, konnte am Markt herumstehen, am Rheinufer angeln, in der Wiese baden, in Gelterkinden heuen, im Herbst frisches Obst von den Bäumen stehlen.

Nun ging es aber wieder grausiger Nässe, scharfen Winden und schmutzigen Schneekrusten entgegen. Störche und Schwalben hielten es mit den Glücklichen dieser Erde: sie zogen nach Süden. Dagegen tauchte ein seltsamer Vogel in Menschengrösse wieder auf: das Frauenzimmer mit dem roten Band am blauen Hut. Sie hatte vor Weihnacht mit zwei anderen Heilsarmeemenschen bei Schlee einfältige Lieder gesungen und dabei den Dieter mit halbgeschlossenen Augendeckeln so durchdringend ins Blickfeld genommen, dass er glaubte, seine Nieren müssten erfrieren. An Zufall war nicht zu denken, dass seither die asketische Gestalt in den abgelegensten Gässlein zu treffen war, immer stehend, auf etwas wartend, wie ein Geheimagent, der die Spur eines Jemand nicht verlieren darf. Ihr Gesicht wie helles Leder mit hohen Brauenbögen über zu grossen Lidern musste einen im Halbschlaf oder wachend auf dunklen Treppen vorkommen.

Am Samstag vor Weihnacht, genau wie vor Jahresfrist, sang sie wieder bei Schlee.

Dort ging es hoch her. Ein missratener Jurist hatte am Stammtisch bereits den sechsten Humpen kreisen lassen. Selbst das 'Gesindel' durfte mithalten, obwohl kein Mensch wusste, wie dieser versimpelte Mensch dazu kam, wildfremde Menschen freizuhalten. Dieter, bezecht, verspielte Geld, das er nicht besass. Am Nachbartisch gröhlten besoffene Kerle ein blödsinniges Lied, ewig den Kehrreim wiederholend:

«Margarethe, Mädchen ohnegleichen,
Margarethe, lasse dich erweichen . . .»

Eine krachende Gelächtersalve setzte dem Gesang ein Ende, da einer sein Glas am Tischrande zersplittert hatte und das Bier seinem Nachbar über die Knie schäumte. Dieser, von ersticktem Lachen geschüttelt, legte seine Stirn an die Tischkante und zertrat herumliegende Kastanienschalen, womit das klatschende Geräusch von Seekranksein so ekelhaft vorgetäuscht wurde, dass das Küchenmädchen mit einem Kübel Wasser heranrückte, wutentbrannt aber wieder abzog, da die ganze Wirtschaft vor Freude an dem gemeinen Scherz tobte. Delly, die Kellnerin, hob, wenn sie über die Bierpfütze schreiten musste, ihre Röcke hoch, jedesmal ein wenig höher, da neben gröbsten Anzüglichkeiten ihre schönen Beine belobt wurden. Dieter, bisher ohne das geringste Interesse für die Schenkmamsell, hatte sich doch öfters den Kopf zerbrochen, wo er diesem Gesicht schon begegnet sei. Wie sich das Mädchen mit frischem Anstich über den Tisch beugte und er ihre weichen Knie an seinem Schenkel spürte, musste irgend etwas geschehen, um einen Anknüpfungspunkt zu finden. In bezechtem, dadaistischem Gelall fragte er das Weib, wo sie früher bedient habe, er müsse sie – und sei es auf dem Mond – schon gesehen haben; im übrigen möchte sie ihm ein paar Fränklein pumpen, da es sonst mit den Spielern elenden Krach gebe. Da steckte sie ihm verstohlen ein Zweifrankenstück zu: er möge das behalten, aber künftig nicht mehr so dumm und vornehm tun, er wisse genau, wer sie sei, die Adelheid von der Sommerau; so wie es mit ihm stehe, hätte er keinen Grund, sie zu verachten. Krampfhaft wühlte er in seinem betäubten Gedächtnis, erinnerte sich aber nur zur Not an die vorspringenden Backenknochen. In den verfetteten Gesichtszügen, dem grobsinnigen Mund, den herausfordernden Augen, umrahmt von stark bemalten Wimpern, in dem zu starken, unten breit auslaufenden Hals mit sichtbaren Schlagadern fand sich auch gar nichts mehr von dem zarten Geschöpf, das auf der 'Sommerau' ihm einmal seine leise Liebessehnsucht entgegengetragen und für die spätere Zukunft seine Frau, die 'Pfarrfrau von Rümlingen:, hatte werden wollen. Ohne Worte, nur aus zaghaften Berührungen und Zärtlichkeiten gab es sich an diesem Abend, dass nun alles eingerenkt und er ihr Liebster bleiben müsse. Beim Aufbruch nach Mitternacht zeigte sich Dieter nicht gerade in verlockender Aufmachung. Er torkelte in blödem Selbstgespräch die Mauern entlang, lallte geistverlassen die Haustüren an, antwortete am Gemsbergbrunnen dem gesprächigen Wasserstrahl mit eigener Bewässerung und schmunzelte in trunkenem Wahne, er sei der glücklichste Mensch auf Erden.

Selbst dem wenig geübten Auge entging nicht, dass dieses Frauengesicht von den Strapazen der Liebe schon ziemlich zerschunden war und nur mit steter Nachhilfe den Schein von Jugendlichkeit vortäuschen konnte. Doch in Dieter war das begehrliche Tier erwacht. Gerade das gemein Animalische lockte. Nicht nur abends, auch bei Tage hockte er bei Schlee und frass das Weib mit seinen Augen auf. Die Geliebte teilte leider ihre Dachkammer mit dem Spülmädchen; auch an seine eigene Bude in der Bäckerei war nicht zu denken. In grösster Ratlosigkeit verfiel Adelheid auf die Idee, dass man sich in Rollings Werkstatt heimlich treffen könnte. Auf Rosshaarballen oder neugenähten Matratzen liess sich zur Not ein Landungsplatz schaffen, um einen Höhenflug in die Gefilde der Seligen zu wagen.

Mit alkoholgeschwächten, zerrütteten Nerven musste Dieter in der nasskalten Güggelallee ihre leisen Tritte vom Heuberg her erhorchen, wobei sich Minuten zu Stunden dehnten. Er hasste das Weib um dieser qualvollen Wartezeit willen. Und war die glühend Ersehnte endlich da, dann ekelten ihn ihre nach Bier und Rauch riechenden Kleider, ihre überarbeitete feuchte Haut, die zu trockenen rissigen Hände, ihr fettes Haar, ihre schamlose Gier, die nach Rattenart nur nach dem Männchen kreischte. Grauenhafter Widerwille, wenn sie nach vollbrachter Tat um Abschiedszärtlichkeit bettelte und bereits auf das Morgen und Übermorgen hinwies.

Das waren nun Himmel und Seligkeit, nach denen alle Kreatur seufzt, um dessenwillen Milliarden Herzen und Füsse sich wund laufen, sich verdrängen, sich peinigen, sich morden oder gar – lächerlichste Komödie – das Maul aufreissen und auf der Bühne stundenlang das hohe Lied der Liebe plärren. Dieter fühlte sich besudelt, krank, dem Verfall geweiht. Am liebsten hätte er mit brutalem Gebrüll das Weib aus der Werkstatt gestossen. Aber die Nähe Rollings, der wohl mit dem schärfsten Handwerkzeug eingeschritten wäre, erlaubte solches nicht. Um den Werkstattschlüssel nicht zu verscherzen, war Dieter genötigt, auch bei Tage am Ort seiner Schandtaten zu verweilen. Da kam er sich recht elend vor.

Abends fand sich bei Schlee seit langem der verwitwete Balduin Finck ein, den Adelheid seit Jahr und Tag in der Hoffnung auf eine baldige Heirat hinhielt. Er lebte im traurigsten Loch eines benachbarten Hinterhauses, wo er als Schachtelmacher in Pappegeruch und Leimgestank erstickte. Als braver Mann zeigte er sich nur wider Willen im Wirtshaus, wo er aus Sparsamkeit sein erstes Glas nie austrank und schweigsam wartete, bis Delly, wie er sie nannte, einmal einen giftig freundlichen Blick für ihn übrig hatte. Wie ein armer Sünder am jüngsten Gerichte erharrte er die grosse Entscheidung, ob Himmel oder Hölle, liess sich alle Demütigungen gefallen und war überglücklich, wenn Delly bei ihm Geld bettelte, um es hinter seinem Rücken dem Dieter zuzustekken. Allerdings wollte sie für ihre Spenden entschädigt sein, und keine Matratze durfte aus Rollings Werkstatt vertragen werden, ohne dass sich erst eine Art jus primae noctis über ihr abgespielt hatte.

War vorübergehend der ärmste Balduin völlig ausgesogen, dann suchte Dolly beim Gewürzmüller ein paar Franken zu ergattern. Nägeli belobte sie dafür an fremden Tischen als das beste Herz, das für einen das Hemd vom Leibe ziehe. –

In der Bäckerei fragte man sich kopfschüttelnd, von was der verkommene Hausgenosse leben mochte. Seit Hermine, aus dem welschen Jura zurück, wieder bei Tische sass, steckte Dieter nur noch verstohlen im Laden etwas Backwerk ein oder stöberte in der Küche nach Fleischresten. Zwar hatte man sich an seine Lebensweise gewöhnt und liess ihn wie einen Geistesarmen oder Gebrechlichen seine Wege gehen. Duchastel steuerte gewohnheitsgemäss das Nötigste bei, so dass es darnach aussah, dass Dieter als ewiger Gast in der alten Judenschule dahinsiechen und dereinst sterben oder sich gelegentlich an einem Dachbalken aufknüpfen werde.

Am Sylvesterabend wurde Dieter von einer Bande Heubergburschen, lauter Bekannte aus der Bubenzeit, abgefangen und nach Kleinhüningen mitgeschleppt, wo er gegen ein üppiges Mahl und das Riesenhonorar von fünf Franken aufspielen sollte. Erst hatte er abgewehrt, auf seine lausige Kleidung hingewiesen; doch die Silberstücke klingelten bereits in seiner Westentasche und hatten allen Widerstand gebrochen. Er merkte bald, dass man sich wohlwollend über ihn, den 'Klimperprofessor', lustig machte, fand aber in seiner geistigen Verwilderung nicht mehr die Kraft zu schlagfertiger Entgegnung. Durch seinen Umgang mit Adelheid fühlte er sich derart versaut, dass jeglicher Spott nur seine Oberfläche traf.

Das Nachtessen in der 'Krone' war weniger auf Kennerzungen, als auf einen nachfolgenden Durst abgestimmt. Dem Dieter wurde auffällig oft zugetrunken, ja beim Nachtisch hielt einer eine Rede auf den früheren Räuberbruder, der nach langen Jahren der Verirrung wieder den Weg zu ihrer Verbrechergemeinde gefunden hätte und als verlorener Sohn einen besonders ehrenvollen Empfang verdiene. Dieter sah es kommen, dass man bloss rohe Spässe im Schilde führte, bei denen er als Strohpuppe in die Luft zu fliegen hatte. Während er am Klavier Gassenhauer und sentimentale Studentenlieder begleitete, entdeckte er im Spiegel, wie man sich grinsend mit seiner Person befasste.

Hatten sie ihm einen beschriebenen Zettel angehängt, oder den Rücken mit Senf beschmiert? Es war ihnen mehreres zuzutrauen, nachdem sie bereits wie die Schweine gehaust. Es lag etwas Bedrohliches in ihren weinglänzenden Augen, etwas Erwartungsvolles; ja sie warteten – auf was? Dieters Suppe war mit Rizinusöl getränkt und sein Gemüse mit Karlsbader Salz gewürzt worden. Man holte die Heilsarmeeleute, die im Nebenzimmer zur Laute sangen, herbei und empfahl ihnen den Klavierspieler als eine zu rettende Seele. Dem Weib mit den zu grossen Augendeckeln und seinen beiden Begleitern war das eben recht. Sie liessen ihre armseligen Stimmlein über den Lärm flattern: 'Nimm uns an, o Jesulein, nimm uns an.' Die Bande brüllte mit, die Endverse ins Unzüchtige verunstaltend. Dieter, von der Naivität des Gesanges ergriffen, verlor sich in Variationen über das Liedthema, spielte weltverloren, bis er im Spiegel den blauen Hut mit dem roten Band hinter seinem Rücken entdeckte. Im Umdrehen fasste er die schmächtige Gestalt um den Leib, zog sie zu sich heran und heulte immerzu: «O du mein gottseliger Schatz, ...» Das erschrockene Frauenzimmer suchte sich zu entwinden, der Hut hing ihr im Genick, Haarsträhnen lösten sich, bis ihre blutjunge Begleiterin des Wahnsinnigen Gesicht mit einem 'Kriegsruf' verdeckte und die beiden Ringenden über den Sessel zu Boden torkelten. Der Besoffene fuchtelte, wie ein Käfer auf dem Rücken liegend, mit allen Gliedern durch die Luft und grölte gänzlich verblödet:

«O Susanne,
Komm zu mir aufs Kana –
Pee – – – ee!
Denn ich lieb dich gar zu se–eh–
R – – – rrrrrr – – – –»

Das gab den Auftakt zu einer Extravorstellung. Die unfreiwilligen Spieler gruppierten sich bühnenmässig. Die 'Dunkelblaue' redete kniend auf dem Haltlosen ein, beschwor ihn, nie mehr anderes als Gott wohlgefällige Weisen zu spielen. Wie ein Hilfesuchender streckte Dieter seine Arme nach der Retterin aus. Diese hielt, eine Sibylle der sixtinischen Decke, das aufgeschlagene Zeitungsblatt, den 'Kriegsruf', über ihrem Haupte ausgebreitet und rief flehentlich: «Das lies, Dieter! Das lies! Das bist du!»

Gespannt warteten die Heubergburschen, selber im Banne des eifrigen Weibes, wie sich das Wunder der Bekehrung vollenden werde, als zum Entsetzen aller die längst vergessenen Laxierungsmittel in unbeschreiblichen Explosionen ihre Wirkung taten. Panikartige Flucht der Heilsarmeekrieger. Wahnwitziges Beifallsgeheul, unerhörtes Gelächter! Um das Stück zu Ende zu führen, trug man den lebenden Leichnam an allen Vieren feierlich davon, die Hinterbliebenen mit dem Hut in der Hand dem Trauerzug folgend. Unter dem Laubengang an der freien Luft überliess man den Besinnungslosen seinem Schicksal.

Dieter lag unbeweglich. Von Zeit zu Zeit spürte er, wie der Wind das von der Dachrinne abströmende Wasser über seine Füsse peitschte. Starr wie ein Scheintoter hörte er alles, was vor sich ging, hörte Gelächter im Saal, hörte ihren Gesang, verfiel schliesslich in ein mildes Dösen, wobei ihm wunderbar wohl zu Mute wurde. Eine Ewigkeit schien verstrichen, als er nochmals fernen Gesang vernahm: rasche Verse mit einem verlangsamten, sentimentalen Endreim:

«Wenn am Waa—ll—lde, wenn am Wall—de
Die Roo—o—oo—sen blühn.»

Das klang wie Engelsstimmen, wie Echo von der hohen Felswand im Alpental.

Und als ausser dem klatschenden Regen ringsum alles verstummte, weinte eine Stimme in ihm: «Hier müssten Rosen stehen.» Er sah Frau Aargast an ihrem Riesenteppich knüpfen und hörte sie aus dem kleinen Büchlein vorlesen: «Hier müssten Rosen stehen - - - Von den grossen, matten, gelben - -» Und in Elend und Seligkeit aufgelöst, schluchzte er und liess den Tränen ihren Lauf. Eben wollte er, völlig umnachtet, jener Frau Aargast als der einzig wahren Freundin und Mutter ein Dank- und Loblied singen, als er sich von weichen Händen und Armen gehoben fühlte und die Welt in Nebel und Nichts zerfloss.

Am Morgen des zweiten Januar 1902 erwachte Dieter nach einunddreissigstündigem Schlaf in einem fremden Bett. Sein müder Blick glitt über einige Möbel, und seine Augendeckel fielen wieder zu. Erst als gegen Mittag eine Frauensperson um ihn besorgt war, wachte er endgültig auf. Sie legte seine gesäubderten Kleider auf die Stuhllehne und hiess ihn aufstehen. Nach einer Weile kam sie wieder mit Suppe und Brot, und wie das verzehrt war, bat sie ihn, er möchte nun heimgehen und versuchen, ob mit stiller Arbeit nicht besser zu leben sei als abseits von Ordnung und Zufriedenheit. Wenn er wieder in Not gerate, sei er in diesem Hause jederzeit willkommen und freundliche Menschen würden ihm zur Seite stehen. Vor dem Ausgang gab sie ihm ihren Segen. Da stand er draussen am Erasmusplatz beim Haus der Heilsarmee und konnte seines Weges gehen.

In der Bäckerei fragte Mutter Fischer, ob er essen möge. Dieter schüttelte bloss den Kopf und legte sich bis zum anderen Morgen wieder schlafen. Erst dann fühlte er sich so weit hergestellt, dass er sich bei Rolling nach neuer Arbeit umsehen mochte. Der Tapezierermeister musterte ihn über die Brille weg, wies auf einen Kleisterkessel mit dem breiten Pinsel. Er selber wickelte

Tapetenrollen, Lineal, Bürste und Schere in seinen Arbeitsschurz. Abends wusste Dieter, wie ein Zimmer mit gemusterten Bahnen sauber zu bekleben sei.

Endlich durfte Frau Fischer aufatmen. Sie verhehlte sich nicht, dass der Umschwung der Dame mit dem roten Band zu verdanken war, dass überhaupt die in den Neunzigerjahren noch schmachvoll befeindete Heilsarmee neben wunderlichem Treiben viel Gutes tat. Dieter fand sich sogar, wenn auch wortkarg, bei den Mahlzeiten ein, setzte sich abends mit Scheffels Ekkehard unter die Lampe des Ladentisches und verzog sich zeitig in seine Kammer.

Zweimal schon hatte die Kellnerin vom Rümelinsplatz nach ihm gefragt, ein drittes Mal voll Erbitterung gezetert, dass Dieter, wenn er schon ein ehrbares Mädchen in Schande sitzen lasse, wenigstens geliehenes Geld zurückerstatten soll. Frau Fischer versuchte ohne Dieters Wissen alles ins reine zu bringen. Ohne Erfolg. Tags darauf polterte der Pintenwirt ins Haus, berichtete, dass Adelheid schwanger gehe und dass die Polizei den Lümmel schon finden werde, wenn er nicht freiwillig wenigstens für das Kind aufkommen wolle.

Frau Fischer hatte den Besuch von Georg Schlee ohne Kritik, ohne Tadel berichtet, aber auch ohne Rat den Sünder seinem Schicksal überlassen. Die Tatsache, dass von seinem eigenen Blut ein Kind unterwegs war, liess sich nicht wie kleinere Sorgen im Alkohol verschwemmen.

Dieter, der sich nach grausigem Schiffbruch schon in einem Rettungsboot geborgen glaubte, spürte sofort, dass dieses nun auch in Brüche gehen werde. Ausreissen, wie es in derselben Lage August Böschenstein getan hatte, erachtete er als zu schnöde Feigheit. Anderseits war auch, besonders mit dieser Adelheid, nimmermehr ans Heiraten zu denken. Ein letzter dunkler Weg zeigte keine Lösung, im Gegenteil, einen Knoten. Der frühere Hausbesitzer, den er leibhaftig am Dachfirst hängen sah, winkte gespenstisch nach einem Zweiten. Ein Advokat hätte gewiss einen rechtlich einwandfreien Ausweg gefunden; doch für Dieter war der Fall so eindeutig, dass er keine Ausflüchte und Spitzfindigkeiten erlaubte. Am Abend schlich sich das Spülmädchen von Schlee in die Bäckerei und eröffnete Dieter, dass es Adelheid bestimmt auch mit Gustav Nägeli, selbst mit Schlee gehabt habe, und dass sie auf Ehr und Treu vor Gericht schwören wolle. Ähnliche und noch schlimmere Gerüchte wurden ihm und Fischers von allen Seiten zugetragen. Dieter hörte kaum hin. Sein Entschluss war gefasst. Mit blutleerem Gesicht hockte er an seinem Hoffenster, grübelte und sann. Und wie alle, die sich den wahren Grund des Zögerns, die Flucht vor dem Tode, nicht eingestehen wollen, klammerte er sich an die Idee, dass er seinem Kinde davonlaufe, er, der die Seelennöte eines Waisen zu kennen glaubte. Nach Tagen, da man ihn bei Schlee kaum mehr erwartete, liess er am frühen Morgen die Adelheid in den Hausgang rufen und eröffnete ihr unvermittelt, dass er wisse, was er ihr schuldig sei und dass er sie heiraten wolle. Das hysterisch verhetzte Weib, in der Meinung, sie werde erneut geschmäht und genarrt, drohte mit geballten Fäusten, und da Dieter nicht abwehrte, schlug sie ihm wütend ins Gesicht und kreischte, er solle sich zum Teufel scheren, und alle anderen sollen ihr künftig . . . eine rasche Drehung ihrer Hüften und ein Hinweis auf ihr Rückenende vollendeten den Satz.

Eines Tages kam Dieter ziemlich verspätet zum Mittagstisch. Im Hotel Euler gab es mit Überstunden eine ganze Flucht Mansarden zu tapezieren. Frau Fischer stellte die nachgewärmten Speisen nochmals auf, setzte sich ebenfalls zu Tisch und berichtete von einer vornehm gekleideten Dame, die sich im Laden als Dieters Mutter vorgestellt habe. Sie sei in zweiter Ehe sehr wohlhabend geworden, lebe nun, verwitwet, mit einem Töchterchen und einer Kusine am Genfersee und sei bereit, den Sohn zu sich aufzunehmen, ihm zu einer schönen Existenz zu verhelfen, und so fort, vorausgesetzt natürlich, dass ihm das zusage.

Dieter schaute, über dem Teller löffelnd, zur Mutter Fischer auf und fragte: «Schwarzer Pelzmantel?»

«Ja, schwarzer Pelzmantel.»

«Schwarze Augen, gepudertes Gesicht?»

«Stimmt . . .»

«Stark. Ja, regelrecht ein dickes Weib? Ist mit dem Nachtzug gereist und . . .?»

«Natürlich. Stimmt, stimmt, aber woher weisst du schon . . .?» Dieter hatte leicht zu erraten. Vor dem Hotel Euler, da sie eben mit dem Handwerkzeug anrückten, hatte der Concièrge, im Gespräch mit dieser Dame, den Meister Rolling nach einer Bäckerei Fischer am Heuberg befragt, für Dieter Grund genug, die Unbekannte neugierig zu begaffen. Nun sei das seine Mutter, die Frau seines längst verstorbenen Vaters Deifel?

Frau Fischer wartete schweigend auf den Eindruck, den diese Offenbarung hinterlasse. Der Pflegesohn gabelte hastig weiter, fing an, von Tapetenbahnen und schlechten Wänden zu reden, bis Frau Fischer erstaunt wissen wollte, welchen Bescheid sie der Dame, die nachmittags wiederkäme, zu geben hätte. Dieter starrte mit gehobenen Augenbrauen über den Tisch weg, fuchtelte mit der Gabel ein Zeichen in die Luft. Da sei gar nichts zu entscheiden. Selbstverständlich bleibe er – wenn man ihn nicht los sein wolle – in diesem Hause. Alles andere sei dummes Zeug, und eine zweite Mutter kenne er nicht.

Mutter Fischer fühlte sich verpflichtet, nochmals auf die in Frage stehenden Glücksgüter hinzuweisen, redete von Wohlstand und Ehre, von weiter Welt, von einem Leben in grossem Stil. Doch Dieter wehrte ab: er habe einmal im Leben den grossen Stil zu schmecken bekommen. Überhaupt . . .

Die Frau hatte verstanden, stellte eiligst Schüsseln und Teller zusammen und zerdrückte in der Küche ein paar Tränen. Etwas nie Ausgesprochenes stand nun unzweideutig, klar vor ihren Augen.

Es wäre falsch zu sagen, Dieter hätte grossmütig verzichtet. Der Gedanke, künftig mit einer zufällig hergelaufenen Mutter, selbst bei einer verlockenden Lebensführung, seine Tage zu verbringen, war in der Luft hängengeblieben, hatte ihn vor kein Besinnen, somit auch vor kein Wählen und Sichentscheidenmüssen gestellt. Erst die folgenden Wochen, da sein ehedem regelloses Zugreifen in ein planmässiges Arbeiten ausartete, und zwar in einer fast unheizbaren, schlecht belichteten Werkstatt, brachten flüchtige Zweifel. Im Halbschlaf verstärkte sich etwa die Plastik jener pelzumhüllten Dame mit den lebhaft spielenden Kirschenaugen im gepuderten, freundlichen Gesicht, jener Dame, die es sich gestatten durfte, in kostspieligen Hotelräumen zu verweilen. Verflüchtigten sich solche Bedenken auch rasch, so hinterliessen sie doch eine müde Traurigkeit, die sich wie ein feiner Nebel auf seine Seele senkte. Während andere Menschen klar umrissene Verhältnisse der Blutsverwandschaft aufzuzeigen hatten, sah er bei sich selber alles gelockert, fragwürdig, verdächtig, ja unrein: Hinter sich eine unbekannte Mutter von seinem Blut, vor sich ein noch ungeborenes Wesen von seinem Blut. Zwischen üppigem Reichtum und schmutziger Armut verkettet, stand er selber, ein Tapezierergeselle, dessen Zukunft keinen anderen Ausblick bot, als lebenslängliche Zwangsarbeit für wenig Lohn. Einsame Spaziergänge führten ihn abends durch schmale Gassen an jahrhundertealten Häusern vorbei, in denen sich unzählige andere Menschen am Leben verblutet hatten, wie er es nun tat. Anfang April, als an warmen Regentagen die Amseln auf schwarzen Schornsteinhüten flöteten, zog es ihn wieder zu den Häusern über dem Rhein, zur Münsterpfalz, zum Kreuzgang, wo er, wie schon oft, auf barock verschnörkelten Grabplatten ein ebenso barokkes Latein zu entziffern suchte. Daneben bedauerte er, dass das dürftig bewachsene, von gotischen Kreuzgangfenstern umrahmte Gärtlein ohne Blumenschmuck und ohne Sitzgelegenheit den Spaziergängern verschlossen blieb. So musste er sich damit begnügen, auf den breiten Gesimsfliesen sitzend, in den nackten Rasen zu staunen.

Einmal wurde er selbst aus diesem anspruchslosen Behagen verscheucht, an einem Sonntagnachmittag, da im Münster unter des Meisters Leitung Verdis Requiem aufgeführt wurde.

5.

Man wusste nicht, ob Dieter nach einem Frauenhaar, nach einem Käfer oder nach einem Hühnerbein fischte. Er hatte aus der Buchstabensuppe bereits ein D, ein I, ein E, ein T und E an den Tellerrand gefergt; nun fehlte ihm noch das R zu DIETER. Die anderen Teller waren schon leer, und Mutter Fischer mahnte zur Eile, da seine Suppe kalt würde. Verdrossen scharrte er die fünf Buchstaben zurück und verschlang sie mit den paar hundert anderen. Das R-lose Dieter erschien ihm als böses Omen, es hiess bloss Diete und reimte sich auf Niete.

Die Buchstabensuppe gab zu denken. Da wimmelten Tausende von Schriftzeichen noch im Chaos, im Urbrei. Man brauchte sie nur herauszufischen, richtig nebeneinanderstellen, da gab es Wörter. Und Wörter gaben Sätze, und Sätze ganze Geschichten.

An einem Samstag, als Dieter hoch oben beim Bruderholz tapeziert hatte, fand er die Welt draussen in flammendem Aufruhr. Das Herbstlaub brannte vor dunklem Föhrenbestand in der Abendsonne. Vom Bord einer neuangelegten Strasse aus bestaunte er das rotgelbe Feuerwerk, in dem drüben am Waldrand ein weisser, heimtrottender Gaul mitglühte. Mangels eines Fetzens Papiers notierte er die Eindrücke auf dem Kleisterkessel und machte sich auf den Heimweg. Das eine

Stunde früher einsetzende Feierabendläuten gemahnte an Winter und lange Nächte. Noch beim Schlafengehen gedachte Dieter des müden, heimkehrenden Pferdes, das nun über dem Stroh liegen mochte.

Nach Mitternacht brauste der erste Herbststurm über die Stadt, fegte lockeren Verputz und zerbrochene Ziegel von den Dächern, riss an Läden und Fenstern herum, bis das erste Scheibenklirren die Schläfer in den Betten aufschreckte. Über den Estrichboden schlurfte ächzend der Geist des erhängten Juden.

Dieter wälzte sich in den zerwühlten Laken, seufzte, pustete, schwitzte im Halbschlaf, fand kein erträgliches Liegen mehr. Vor dem glühenden Auge huschte ein Gedänklein vorbei, machte sich breit, holte andere herbei, bis ein Gedanke daraus wurde. Auch dieser blieb noch ein formloses Knäuel, in dem die Lebensgeschichte 'einer Frau' verwickelt lag. Daraus lösten sich einzelne Fadenenden und ringelten sich eigenmächtig um schlanke Spulen. Diese rollten abseits, lagen in Reih und Glied, rollten weiter, verschwanden, tauchten wieder und waren nun mit dicken Bäuchlein zu Menschen geworden, die lauernd, zankend, liebend Theater spielten.

Wie in kurzem Traum ein Jahrzehnt vorbeifliegen kann, so durchrasten diese Figuren ihr Leben, eine Zeitspanne, die über die Jahrhundertwende hinausflutete. Wie ein schaffender Gott thronte Dieter über dem Volke. Männlein und Weiblein lebten das von ihm Gedachte, erst locker, dann immer strenger, geschlossener, bis der Leidensweg jener 'Frau' nach rückwärts und nach vorne klar zu überblicken war. Drei Marksteine teilten die gewundene Strasse in vier Wegstrecken, die nun nach dem Stimmungsgehalt – da brach der Musiker durch – festgelegt wurden. Merkzeichen wie

Furioso – doloroso – amabile.
Agitato – lamentoso – grave.
Risoluto – appassionato – smanioso.
Lugubre – smorzando – fiero.

bargen weitverzweigte, nur ihm verständliche Vorgänge.

Dieter lag befreit in unsäglichem Glücksgefühl: ein Stern in seiner ersten Drehbewegung hatte sich aus dem Urnebel ausgesondert und strebte nach Verdichtung.

Bei Tagesanbruch zog Dieter sich verstaubtes Notenpapier hervor und beschrieb es quer über das Liniensystem hinweg. Gegen Mittag bedeckte das Gerippe des Erdachten in Hefte verstaut den Klavierdeckel. Ein kühnes, die Seele erfüllendes Arbeitsfeld war gewonnen.

Nach Tisch steckte der Trunkene einige Brötchen ein, wanderte flussaufwärts, verzehrte seinen Vorrat bei neuem Wein, überquerte mit der Fähre den Rhein und überliess sich auf dem Heimweg durch den Hardwald sonnigen Siegerphantasien, sah sich berühmt und geachtet.

Um sein Werk vor aller Welt verborgen zu halten, schloss er sich nachts mit verhängten Fenstern und verstopftem Schlüsselloch ein, füllte selbst die Lampe, kaufte heimlich das Petrol nicht in der Nachbarschaft bei Frau Beil, sondern bei Greifle, mit dem man schlecht stand.

Auf Neujahr erhoffte er von Rolling eine Zulage, die ihm den Erwerb einiger Bände Gotthelf ermöglichen sollte. Am Sylvesterabend steckte ihm der Meister mit dem ewig sauersüssen Faltenmund ausser dem Lohn noch einen kleine Neujahrsüberraschung zu. Schon in der Güggelallee riss Dieter das Päcklein auf, erstarrte aber vor Schreck und Scham, als ihm statt einer Note sein seit Tagen vermisstes Wachstuchheftchen entgegenglänzte. Zwischen zwei Seiten, auf denen Figur und Charakter des Tapezierers unerbittlich scharf und wenig schmeichelhaft aufgezeichnet waren, fand sich ein Zettel, auf dem Dieter empfohlen wurde, sich nach einem neuen Meister umzusehen, da Rolling nichts mehr mit einem Undankbaren zu tun haben wolle, der womöglich noch in Zeitungen schreibe.

Stehlen, Saufen, alle denkbaren Schandtaten wären verzeihlich gewesen. Schreiben aber, besonders wenn sich die tintenvergiftete Stahlspitze gegen den Brotherrn richtete, grenzte an Teufelswerk.

Verheerend für Dieter bei erneuten Versuchen, aus dem Schlamm wieder zu Licht und Sauberkeit zu gelangen, wurde die Erkenntnis, dass immer wieder geringfügige Versehen einen aus dem sicheren Geleise aufs Pflaster werfen können. Eine wahrhafte Schicksalsroheit war es nun, dass er wegen des lachhaften Zufalls bei Rolling dem leibhaftigen Satan verhaftet wurde. Es gab nur noch diesen einen, bei dem er im engeren Stadtbezirk um Arbeit anklopfen konnte, das war Nägeli, der Gewürzmüller.

Trotz gewichtigem, prahlerischem Auftreten nach aussen, zählte sich dieser im stillen zu den Gescheiterten. Man hatte Ende der Achtzigerjahre viel von seiner zeichnerischen Begabung erwartet. Nach einem ruhmlosen Abbruch war er jedoch verlumpt und verseucht von Düsseldorf heimgekehrt, und das einzige, was er in die ererbte Gewürzmühle zu retten vermochte, war seine weite Künstler-Samthose und sein breitrandiger Schlapphut. Merkwürdigerweise bekundete er sich später als ein anfänglich ritterlicher Gatte und braver Familienvater, bis er einmal nach schwülem Fastnachtstollen – kein Mensch wusste warum – in ein Ungeheuer verwandelt war. Von einem Tag zum andern erwies er sich als Bösewicht, der irgendeinen Groll mit satanischem Eifer an Frau und Kind ausliess. Während er selber im Vorderhaus ein Lotterleben führte, das zum Himmel stank, versauerte die Familie in der hinteren Hofbaracke ohne Sonne, ohne Luft. Der Sohn, in ewigem Streit mit dem Vater, überwachte den Gang der Gewürzmühlen, Frau und Tochter waren als Wasch- und Fegweiber einem eleganten Bureaufräulein unterstellt, deren Anmassung täglich zu hässlichen Auftritten führte.

Auf dem Umwege über unverschwiegene Beamte hatte dieser Nägeli erfahren, dass das Niederreissen seiner Liegenschaft binnen Jahresfrist in Aussicht stand. Nun galt es, ohne Mitwissen der Nachbarschaft, vor allem aber ohne Handwerkerkosten, das Wohnhaus von unten bis oben in Stand zu setzen, was bei der kommenden Zwangsenteignung den Kaufpreis wesentlich erhöhen musste.

Als sich der stellenlose Dieter für Aushilfsarbeit meldete, fand er bereits Frau Nägeli und Tochter mit alten Lappen die schwarzverkrusteten Decken waschen, Tapeten aufweichen und abkratzen, den Kitt zerbrochener Scheiben wegmeisseln. Dieter schämte sich elend für die beiden Frauen und anerbot sich, bei den mühsamen Verrichtungen mitzuwirken. Auf das hatte der schlaue Tyrann nur gewartet. Er tat zwar sehr gnädig, redete von Weiberarbeit, wollte aber um alter Beziehungen willen ein Opfer bringen und den jungen Mann gegen kargen Lohn beschäftigen. Dabei hatte der alte Fuchs bereits erwogen, dass Dieter als Fachmann beim Ankauf der Tapeten dreissig Prozent Rabatt fordern durfte, dass er die Kreide-Leimmischung für das Weisseln kannte, dass ein Tapezierer zum Beziehen der Wände erspart werde und dass Dieter gerade noch für das Streichen des Holzwerkes brauchbar sei.

Aus düsterem Hofgewinkel stiess das Vorderhaus unverschämt aus der Strassenflucht hervor und verengte mit seinem vorgebauten Wasserrad die Münz-, ehemalige Kuttelgasse, derart, dass zur Not ein Einspänner durchkam. Doch das stete Rauschen des teilweise offenen Rümelinbaches und das Brausen des eingeschalteten Getriebes erinnerten an die gute alte Zeit, und das Gesamtbild war das Entzücken der Aquarellmaler. Wie meistens hatte die weitere Nachbarschaft kein Auge für solche Pracht, doch seltene Gäste reckten die Hälse, guckten durch Spälte in das Schaufelgesprudel, und taten sie das nicht, dann blieben sie doch unfehlbar stehen, um die gotische Schrift links über dem Toreingang zu lesen:

»Haus zur krummen Aehre«

hätte es heissen sollen. Aber Übelwollende hatten einmal das A überstrichen, und der Hausherr liess es lachend stehen.

Dieter, sonst überempfindlich für alles Sein und Geschehen, liess sich durch das fettige Lächeln seines Arbeitgebers betören, fühlte sich sogar aussergewöhnlich bevorzugt, als ihn der Mann eines Tages in einem abseitigen Raume auf Zuverlass und Treue prüfte, da er an einem geheimen Unternehmen mitarbeiten sollte. Er begriff erst nicht, warum er hatte schwören müssen, in aller Zukunft nie ein Wort von dem zu verraten, was er nun zu sehen bekäme. Denn Nägeli führte ihn bloss in ein leeres Gemach mit zugenagelten Fensterläden und wies auf das weissgetünchte Deckengebälk, das in einer Ecke mit frischgemalten Ornamenten bedeckt war. Dieters Aufgabe sollte nun darin bestehen, schon vorhandene Zeichnungen auf das ganze Balkenwerk zu pausen und mit Farben auszufüllen, bis dann Nägeli dem Ganzen mit kühnen Umrahmungen den letzten Schmiss geben werde.

Nägeli hatte die Arbeit schon seit Wochen vorbereitet, gedachte auch ohne einen Mitwisser zu Ende zu kommen; doch beim Hochhalten des Kopfes auf der Leiter hatte ihn so bedenklicher Schwindel erfasst, dass an ein Fertigmalen nicht zu denken war. Alte Deckenmalereien waren vor kurzem in einem abgebrochenen Haus an der Marktgasse vom historischen Museum aufgekauft worden. So hatte Nägeli, ähnlichen Gewinn erhoffend, halbvergessene Weisheiten aus Düsseldorf zu Rate gezogen und eine technisch wohlüberlegte Fälschung ersonnen.

Die nackten Balken waren gewaschen, geleimt und mit einer Kreideschicht bedeckt worden, worauf schon der erste Kunstgriff zur Anwendung kam. Statt die ganze Fläche mit einem soliden Malgrund für Temperafarben zu bestreichen, wurde sie bloss mit einem groben Schwamme derart betupft, dass später kleine Feldchen der darüber gesetzten Farbe reissen und losblättern mussten.

Nach dem mühseligen Aufpausen setzte für Dieter ein leichtes und fröhliches Schaffen ein. In grellen Tönen leuchtete das zum Teil unverständliche Figuren-

und Rankenwerk. Der ahnungslose Gehilfe merkte nicht, dass alles mit schamlosen Zweideutigkeiten durchflochten war, diese sollten erst später durch Nägelis Nachhilfe zur Geltung kommen. Um jeglichem Verdacht vorzubeugen, musste es wieder Dieter sein, der beim Drogisten Greifle Zündschnur und einen Knäuel Explosivfaden einzukaufen hatte. In der Mitte des Raumes wurde darauf eine Schale mit Terpentin aufgestellt, das bemalte Balkenwerk mit einer leicht klebrigen Flüssigkeit beblasen und nach kluger Sicherung das Feuerwerk so gestellt, dass sich das Terpentin erst nach völliger Abdichtung des Raumes entzünden konnte. Nach zwei Tagen, da man sich die Luft wieder gereinigt dachte, standen die beiden Künstler vor dem fast vollendeten Werke. Der ausgiebige Terpentinruss musste nun mit vielen weichen Bürsten von den Balken gefegt werden, wobei sich richtig unzählige Farbblättchen loslösten, die Gesamtornamentik aber mit einer jahrhundertealten Patina bestehen blieb. Nun galt es nur noch, den Raum mit einem altmodischen Muster zu tapezieren und die Deckenmalereien erschienen als verwitterte Zeugen eines weit zurückliegenden Zeitalters.

Der von Finnland zurückgekehrte Dr. Simeons war beglückt, endlich den längst versprochenen Raum beziehen zu dürfen. Der Besitzer der bedeutendsten pornographischen Privatsammlung, in der sich auch der Hausherr wesentlich besser auskannte als in der öffentlichen Kunstsammlung, stellte seine Regale mit unzähligen Mappen auf und bedeckte auch die Wände mit Schmuckstücken, die sich vor den Symbolen des Balkenwerkes nicht zu schämen brauchten.

Mitte Februar schien der Winter gebrochen. Von zarten Föhnschleiern durchwoben, erstrahlte der Himmel in zarter Bläue. Wenige Tage später fielen anhaltende Regengüsse, so dass man die Arbeiten an der neuen Rheinbrücke einstellen musste, und nach Fastnacht standen die Dächer unter einer fusshohen Schneedecke.

Da fühlte sich Dieter geborgen. Kein Wagengerassel, im Hof kein Holzspalten, kein Kinderlärm, selbst die Amseln schwiegen. Der blendend weisse Tag blieb so still wie die Nacht. Ans Streichen der Fensterrahmen an der Münzgasse war nicht zu denken. War das eine Lust, nach der ewigen Petrolbeleuchtung die leeren Papierbogen in schneeiger Weisse vor sich zu haben. In langen Winternächten stand der Tisch mit der brennenden Lampe dicht ans Bett gerückt, während Einer im Bett zur Decke starrte, oder aus müdem Halbschlaf aufschoss, Formgewordenes aufzuzeichnen, bevor es wieder in Nichts zerstob. Noch so viel Ungezeugtes in seinem Werk wollte schon geboren sein. Unzählige Male war ihm schon der müde Kopf in die Kissen gefallen, doch unter brennenden Lidern spielten ihm allein vertraute Figuren, die in Wahrheit nie gelebt hatten, ihr Stück weiter, liebten, verachteten, tasteten auf tausend Umwegen nach einem bloss eingebildeten Ziel. Und trieben sie es gar zu bunt, stöhnte der Dichter auf und schrieb und schrieb. Doch während des Schreibens drängten sich neue Gestalten herzu, verlangten nach Dieters Blut, nach seines Atems Belebung, denn alle wollten an dem Narrentanz teilhaben. Kaum stand einer lebensfähig auf festen Füssen, schleppte er neue Gäste herbei, bis Dieter unter dem Zudrang erstickte und sich nach der dunklen Wand verkroch. Endlich schlafen! Endlich vergessen, sich allem verschliessen, die Lampe löschen, die ihm so viel Sauerstoff wegfrass. Aus Furcht, eine letzte Wendung, ein Stichwort, das wiederum eine neue Welt gebären sollte, könnte im Schlaf zerstieben, liess er die Lampe weiterbrennen, bis sie in der Winterfrühe russend und schwelend selbst verlosch.

Hundert solcher Nächte lagen zurück. Auf dem Klavier türmten sich die weissen Bogen wie der Schnee auf den Ziegeln. War es denkbar, dass sich solche Geburtswehen im Verborgenen austobten? Hatte sich Dieter nicht zu vertrauensvoll dem Gewürzmüller eröffnet und damit die Frucht schon im Mutterleibe geschändet?

Bereits wurden Anspielungen, Fragen laut. Man wollte wissen, was und wann. Dieter wehrte ab, bezeichnete seinen ungeheuren Seelenverbrauch als Nebenberuf. Ja, wenn er unabhängig wäre! Dr. Simeons kannte eine Dame, die bereit war, ein Jahresgeld auszuwerfen. Dieter verzichtete, sträubte sich gegen irgend welche Fesseln, jeden Zwang. Er müsse so souverän über seinem Werk stehen, dass es jederzeit in Flammen aufgehen möge, wenn es nicht das Gesuchte sei. Dr. Simeons schien zu begreifen. Der dabeistehende Nägeli schüttelte mitleidig den Kopf: Dieter sei ein Halbnarr. Mit dieser Feststellung reiste er, spöttelte in Greifles Laden über den Grössenwähnler. War solches auszudenken? Jahrelange Mühsal, um schliesslich den ganzen Bettel zu verbrennen?

«Das Feuerzeug dazu hat er sich bereits geholt», grinste der Drogist.

Nägeli tat, als lache er über einen Witz und machte sich aus dem Staube.

Zu dieser Zeit, da Dieter seine kostbare Zeit mit elender Halbarbeit vertrödelte, kehrte Renato Gossweiler als fertiger Maschinentechniker aus der Fremde heim.

Nach aussen kühl und bedächtig, innerlich voll Spannung, wie ihn das Wiedersehen mit Freund Dieter beeindrucken werde, klopfte er erst in der Bäckerei an, wurde von dort in die Münzgasse geschickt, wo Dieter ziemlich sicher anzutreffen sei. Er fand das ehemals schmutzige Haus heruntergewaschen, die Fensterbrüstungen rot, leberrot gestrichen.

Vater Nägeli klopfte eigenhändig bei Dr. Simeons an, blieb selber noch unter der Türfüllung stehen, da er bestimmt wusste, dass jeder Eintretende, in erster Linie von der bunten Decke angezogen, irgendwie seine Bewunderung auszusprechen pflegte. Und richtig: vor einer rechtschaffenen Begrüssung streckten alle vier Männer den Hals zur Decke. Da Renato nicht einschnappte, wies man auf das umschnörkelte 1501. Das Holz sei geduldig, meinte er, aber das Ganze verflucht gut nachgemacht. Da nach Sekunden die Türe zukrachte und der Hausherr verschwunden war, hob Dr. Simeons den Warnefinger: Oha, da habe der junge Herr einen wunden Punkt berührt. Renato liess sich nicht aus der Fassung bringen, beschabte, auf einem Sessel stehend, die Malerei und lächelte höhnisch: es sei doch merkwürdig, wie seit dem neuen Bebauungsplan überall Kunstwerke auftauchten, von denen bisher kein Mensch gewusst habe.

Als die beiden Freunde das Haus verliessen, wurde Dieter von Nägeli zurückgerufen: «Nicht wahr, Deifel, Vertrag bleibt Vertrag?» Dieter nickte ehrlich zu: «Unter allen Umständen.»

Freund Renato war nicht ohne Neugier heimgekehrt, was aus dem Musikerfreund geworden wäre.

Dieter stand nicht so schamverloren in der Welt, dass er sich als einen Verkommenen bekennen wollte. Vor diesem Gossweiler, der ihm vor Zeiten als bewundernder Trabant gut genug gewesen, galt es nun, die gescheiterte Musikerlaufbahn zu bemänteln. Mit geheimnisvollem Ernst versuchte er darzulegen, wie ihm die weltumspannende, geistig anregendere Schriftstellerei viel mehr fessle als Klavierklimpern.

Dort drüben, links und rechts vom Münster, die Häuser über dem Rhein seien sein Schicksal geworden. Diese hochragende Stadtsilhouette gelte es mit Phantasiegestalten zu bevölkern. Eine erste Arbeit stehe bereits fertig da, und Renato möge sein Werk durchblättern und rückhaltlos beurteilen.

Auch Renato begeisterte sich für den Strom und die aufstrebende Stadt mit dem alles überragenden Münster. Zürich, wo er zwei Jahre verbracht hatte, sei unstreitig eine schöne Stadt; aber Heimat sei eben Heimat.

Bei Dieters Preisgabe seines Geheimnisses strich bereits ein eisiger Luftzug über seine Seele. Hatte er nicht vielleicht einem zu gestrengen Richter das Tor geöffnet, der ihn aus seinem Paradies zu vertreiben drohte? Wieviel seliger wäre er gewesen, sich ewig in abgeschiedener Traumwelt dem kritischen Auge der Mitmenschen zu entziehen. Doch einmal musste es sein, und wer weiss, ob nicht zu endgültiger Zusicherung von massgebender Seite, dass seine Leidenszeit nicht vergeblich war.

Renato hatte sich an Dieters Schrift die Augen wund gelesen, hatte sich wie im Urwaldgestrüpp durch einen verharkten, umrankten Trümmerhaufen von Wörtern und Buchstaben durchgeschunden. Und was er auf dieser mühsamen Wanderung erlebte, erschien ihm alles fein beobachtet, doch nicht erschaut, alles glaubhaft, doch nicht wahr, alles wohlgefügt und mächtig aufgebaut und dennoch keine Architektur. Edle Frauen, welche in den Sälen der 'Häuser über dem Rhein' gescheit und vornehm taten, trugen Kleider mit einem Faltenwurf aus Blech, redeten wie Professorentöchter, verschmähten bedeutende Männer, weil diesen ein Wappenschild fehlte, verkümmerten hernach an vertrockneten Schleimhäuten und besuchten sämtliche Vorträge über Psychoanalyse.

Dem Dieter sagte er, er sei ein begnadeter Schriftsteller, doch kein Dichter. Die Vorgänge in seinem Buche seien sicherlich passiert, seien psychologisch unanfechtbar, aber zu sehr kunstvolle Chronik. Er solle sich einmal den ursprünglichen Sinn des Zeitworts dichten vorstellen. Das Geschehen im Buche sei zu locker, eben nicht ver-dichtet. Ob er erfasse, was damit gemeint sei?

Dieter hasste den Menschen, der ihm kaltblütig sein Kind erwürgte, ja ihn selber in guten Treuen hinschlachtete. Alle Einwände, alle Rettungsversuche zerschellten an Renatos unerbittlichem Scharfblick.

Nach einer qualvollen Nacht drehte er den Spiess um und legte den Freund auf die Sezierbank, durchstocherte dessen Gehirnfalten, prüfte ihn auf Herz und Leber, zerpflückte dessen Seele und kam zu dem befreienden Endergebnis, dass dieser kalte Mechaniker und Mechanist gar nicht fähig sei, eine ihm völlig entgegengesetzte Welt zu beurteilen. In Einzelheiten möge er recht behalten, aber das wahrhaft Künstlerische blieb ihm verschlossen.

Am hellichten Tag wollte Dieter nochmals sein Werk durchgehen, bei jedem Satze prüfend, was denn zu verdichten wäre. Doch bald ekelte ihn, längst Verdautes nochmals durchzukauen.

Von Neugierigen und Freundlichgesinnten befragt, wie es um sein Buch stehe, blieb es bei ewigem Vertrösten! Bald! Ein letztes Feilen! Äusserste Strenge bis zur Vollendung! Einige wenige glaubten an seine hohe Bestimmung, andere flüsterten sich Worte des Zweifels zu. Dieter wurde des Fragens müde, seine Seele schrumpfte in Kleinmut zusammen, täglich mehr; die Papierstösse auf dem Klavier schimmerten nachts gespenstisch und legten sich wie Schnee auf sein Herz.

Bücher, die von einem klugen Künstlermenschen aus tiefster Seelennot und einem unbändigen Gestaltungswillen geschrieben werden, können – bei kleinen Fehlgriffen und Unbeholfenheiten – niemals wertlos sein. Steckt einer bis zur Nase vergraben noch mitten in seinem Werk, dann fehlt ihm Blick und Über-Blick, ob er Nichtsnutziges oder Gewaltiges geschaffen hat. In solchem Zwiespalt ist bloss von Belang, in wessen Hände das Geschaffene gerät. Auch in diese Lage versetzt, fehlte es Dieter wieder an einer verständigen und verstehenden Umgebung, die sein Buch kritisch gesäubert hätte. Menschen, die das Schicksal so unbarmherzig in den Klauen gehabt hat, wie diesen Dieter, sind notgedrungen zu rasch geneigt, das Üble, das Verächtliche, das über ihr Tun ausgesagt wird, als wahr und unanfechtbar hinzunehmen. In dieser Verfassung vertraute er dem hundeschnäuzigen Mechaniker und brach seiner Erstgeburt und sich selber den Hals.

6.

Verstimmt über die elterliche Mahnung, dass es an der Zeit wäre, entweder heimzukehren oder dann keine Monatsgelder mehr zu beanspruchen, hatte Leo Fischer aus München lange Zeit nichts von sich hören lassen.

Vor drei Jahren war er, einundzwanzigjährig, mit dem Akademiepreis ausgezeichnet worden, hatte aber dem Erfolg die Spitze abgebrochen, indem er zur Feier des seltenen Tages einem armen Modell ein Kind besorgte. Seine Rechtlichkeit verlangte, das Mädel zu heiraten, obschon er voraussah, dass damit sein künstlerisches Vorankommen beschnitten sein werde und ein sorgenvolles Leben vor ihm stehe. Seine Kunst: Radierung als feinste Miniaturarbeit, hatte ihn allein ernährt. Drei Mäuler, später vier, zwangen ihn jedoch, nebenbei in illustrierten Zeitungen zu zeichnen, worauf, wie meistens, das Nebenbei zu einem Hauptsächlich wurde und die Kupferblättlein oft längere Zeit glatt blieben wie die Haut seines Sprösslings. Zum Glück erwies sich das frühere Modell auch im Haushalt als Vorbild, zeigte sich anstellig als Gehilfin beim Beziehen, Ätzen und Drukken der Platten, so dass Leo kaum Grund hatte, den Kopf hängen zu lassen.

Anfangs Mai 1904, als in seiner Behausung über einem Militärstall an der Kurfürstenstrasse doch die Not einkehrte, würgte er seinen Stolz herunter und schrieb nach Hause, dass ihm mit drei- bis viertausend Franken auf weit hinaus geholfen wäre, da sich wegen eines Todesfalles eine seltene Gelegenheit biete, für diese Summe eine kleinere Radierdruckerei zu erwerben, was ihn nicht nur instand setzen würde, ordentlich zu verdienen, sondern auch seine eigenen Blätter kostenlos zu pressen. Er trug das Schreiben eigenhändig zum Postkasten, fest überzeugt, dass nun bessere Zeiten anbrechen würden, und gestattete sich im Vorgenuss der Wandlung einen Vespertrunk.

In derselben Nacht, da sein Brief den Weg über den Bodensee zur alten Heimat machte, war von der Mutter

Fischer ein Brief unterwegs, der dem Sohne mitteilte, dass vor drei Tagen das Haus niedergebrannt und nur der wasserbeschädigte Laden über der Backstube verschont geblieben sei. Sie hoffe, dass es ihm in der Weltstadt besser ergehe, dass er sich ehrlich durchs Leben bringe und wünsche ihm Gottes Segen und gute Gesundheit.

Der Brand war zu einer Zeit, da nicht mehr geheizt wurde, und am hellen Tage, da kein Licht brannte, ausgebrochen, und zwar während Dieters Abwesenheit in dessen Zimmer. Rund vierzehntausend Franken Ersparnisse und ein stets gleichmässiger Geschäftsgang genügten neben Aussagen selbst Übelgesinnter, dass an Brandstiftung nicht zu denken sei. Die erst niedergeschlagenen Bäckersleute fanden sich wieder zurecht, da mit der Versicherungssumme der Hauptschaden zu decken war und nach Aussagen des Baumeisters der Backbetrieb bald wieder einsetzen dürfte, denn der Schornstein und seine nächste Umgebung war unbeschädigt.

Wer am Ende von der Verheerung am ärgsten betroffen schien, war Dr. Simeons. Einige Tage vor dem Brand hatte er von Jena aus berichtet, dass ihm Diederichs, der in die Schweiz reiste, zugesagt hätte, Dieters Manuskript durchzugehen, und dass, falls sich dieses als wertvoll genug erwiese, Dieters Zukunft gesichert sei.

Dr. Simeons, über den Untergang des Schriftstückes belehrt, raste wie besessen im Quartier herum, klärte die lieben Mitbürger über den ungeheuren geistigen Schaden auf, erhob den Verfasser in alle Himmel, als ob die Herausgabe seines Werkes schon abgemachte Sache gewesen wäre. Man fing an, aufzuhorchen. Von allen Seiten, selbst von Unbekannten, trafen Beileidkundgebungen ein, mit denen Dieter nicht viel zu beginnen wusste, bis er vor Selbstmitleid in Tränen ausbrach, als auch von Meister Huber ein Brieflein kam, in dem in überschwenglichen Worten der Verlust der grossen Arbeit beklagt wurde. Dr. Simeons drang in Duchastels Haus und überzeugte den Paten, dass eine Hilfsaktion unter seinem Protektorat den Wiederaufbau des untergegangenen Werkes ermöglichen müsse, ja nicht nur das: es sei auch höchste Zeit, dass der über Zwanzigjährige nicht in seinem Gewinkel versaure, sondern im Ausland, Paris, London und in italienischen Städten neue Eindrücke für seine Höherentwicklung gewinne.

Dieter, der sich alle diese Huldigungen mit betrüblicher Miene, umrahmt vom Heiligenschein des Märtyrers, gefallen liess, sah unversehens einem nie erträumten goldenen Wohlleben entgegen, da er einmal in seiner Kunst ausleben durfte, bis ihn eines Tages ein Aufgebot vor den Untersuchungsrichter mit sichtlichem Unbehagen erfüllte. Man lachte über seine Ängstlichkeit und ermunterte ihn, ohne Bedenken hinzugehen, da ihm auf der Polizei kein Mensch den Kopf abbeissen werde.

Dieter beruhigte sich auch rasch, als er in einem sonnigen Arbeitsraum mit Ausblick auf sein früheres Schulgebäude, von einem freundlichen Mann empfangen wurde, der – wie er sagte – rein um der Form willen noch einige Fragen zu stellen hätte. Die Tage und Stunden vor und während des Brandes wurden nochmals weitschweifig durchgegangen, Dieters Aufenthaltsorte festgestellt, bis der Mann zum Schlusse fragte, ob der Auskunftgeber sich nicht irgendeine Vorstellung über den Ausbruch des Brandes machen könne. Dieter verneinte lächelnd, halb spöttisch, da der Herr doch wissen musste, dass dies unter den eben geschilderten Umständen unmöglich sei. Der freundliche Beamte verlas die aufgezeichneten Aussagen und erhob sich behaglich, als ob der Fall endgültig erledigt sei, hatte aber plötzlich einen Knäuel Explosivfaden und ein Stück Zündschnur auf seiner Hand liegen und fragte wie beiläufig, ob Dieter nicht gelegentlich Solches oder Ähnliches gekauft hätte. Der innerlich zu Tode Erschrockene verneinte auch dies, da er nicht wüsste, was mit diesen Dingen anfangen. Auch als man ihm Zeit lassen wollte, sich nochmals gründlich zu besinnen, beharrte er auf seiner Aussage.

Indessen spürte er, dass er, weiterbefragt, völlig phantasielos dastehen würde, verfolgte daher in grösster Erregung des Mannes Tun, sah das dicke Ende eines Mittelfingers auf einen Knopf drücken, sah zwei forschende Brillengläser über sich weggleiten, sah den Mann aufstehen, durchs Fenster schauen und warten.

In dieser peinlichen Stille knackte die äussere Ledertür, und unvermutet, wie eine Traumfigur, stand Greifle, der Drogist, hinter ihm, liebenswürdig verlegen die Anwesenden grüssend, scheinbar ahnungslos, zu welchem Zwecke er an diesem Ort zu erscheinen habe.

In Gegenwart dieses Mannes war an Entrinnen nicht mehr zu denken, es galt bloss noch, mit Aufbieten aller Geisteskräfte etwas zu ersinnen, was mit Zündmaterial anzustellen wäre; denn die wahre Verwendung bei Nägeli musste unter allen Umständen geheim bleiben.

In höchster Not leugnete Dieter auch vor dem Zeugen Greifle, was in dessen Gesicht ein unsäglich niederträchtiges Lächeln auslöste. Selbst die Warnung des Beamten, dass er unter diesen Umständen als Häftling zurückbehalten werden müsse, fruchtete nichts. Der Beschuldigte erklärte – vielleicht zu theatralisch, um eine Wirkung zu erzielen –, dass er eine Nacht Haft einer wissentlich falschen Aussage vorzöge. Diese überflüssige Bestärkung seiner Aussage war mehr auf Greifle gemünzt. Dem Beamten hätte er am liebsten den wahren Sachverhalt verraten.

Bertold Greifle schwelgte in Feststimmung.

Der brand der Fischerschen Bäckerei hatte in seiner verdorrten Seele einen Jubelschrei ausgelöst. Da er aber viele Menschen hilfreich am Werke sah, ja sich im Geiste schon eine stolze Überbauung der alten Judenschule ausmalte, galt es, mit feinster List dazwischenzutreten. Genügten auch Dieters Einkäufe in seinem Laden nicht ohne weiteres zu einer Verurteilung, dann mussten doch hässliche Verdachtsflecke klebenbleiben, wenn er mit heimlichen Zuträgerdiensten die Polizei zu einer peinlichen Untersuchung zwang.

Nun hatte gleich das erste Verhör herrliche Früchte gezeitigt. Der hochmütige Narr, der seinerzeit Bruder Josephs Entlassung als Orchesterdiener verschuldet hatte, atmete nun Zellenluft. Die Fischers mochten sich vor Scham in Löchern verkriechen, Dieter Deifel hatte sich mit seinem Leugnen eine böse Suppe eingebrockt. Halleluja! –

Zu spät rannte abends Dr. Simeons, von Frau Fischer um Beistand angefleht, zur Polizei. Kein Beamter, selbst in der Privatwohnung telefonisch aufgerufen, war erreichbar. Wutschnaubend machte der Doktor seiner Entrüstung Luft: man sei hier nicht in Preussen, geschweige in Russland, da man den ersten besten vergewaltigen dürfe; er werde anderntags die nötigen Schritte tun . . .

Diese Drohung, mehr noch seine Unhöflichkeit, schon um acht Uhr in der Früh einen Beamten treffen zu wollen, trug ihm eine schlechte Note ein. Länger als eine Stunde durfte er seine Hose auf der Wartebank glänzend reiben, bis er seines Dieters Freilassung, selbst gegen eine ansehnliche Sicherungssumme, fordern konnte. Der Gedanke, dass ein junges Genie, das bereits einen weltbekannten Verleger gefunden habe, sein eigenes Werk verbrennen werde, spreche gegen alle Vernunft.

Es half nichts. Der Beamte blieb freundlich, aber standhaft: Der Häftling wurde nicht freigelassen.

Dieter war überzeugt, dass sich bis zum nächsten Tage eine Verwendungsmöglichkeit für Zündstoff ersinnen lasse; falls man ihn überhaupt zu einem Geständnis zwingen konnte. Gleichzeitig hoffte er, dass sich Nägeli zu seinen Gunsten ins Mittel legen werde. Das Brünnlein seiner Phantasie, sonst mächtig sprudelnd, floss jedoch dünn wie das Abwasser eines Hasen.

Eines begriff er zum voraus, dass es mit seiner Erfindungsgabe vor dem Richter nicht so bequem sein werde wie vor einem eingebildeten Leserkreis. Wer würde ihm Glauben schenken, dass er im Walde feuchtes Holz anstecken wollte, oder dass es sich um einen Fastnachtsscherz gehandelt hätte? War er überhaupt seit Jahren in einem Wald gewesen, und musste er sich nicht jedesmal über die Karnevalstage verkriechen, da ihm das Trommeln Bauchgrimmen und Durchfall verursachte? Die einzige Verwendung blieb immerzu die bei Nägeli stattgehabte, ja sie stand mit ihrer Wirklichkeitswucht der Erfindung eher im Wege.

Am folgenden Morgen, an einem Samstag, geschah nichts. Ein trostlos langer Sonntag wollte kein Ende nehmen. Das zweite Verhör erfolgte erst nach drei Tagen, an einem Dienstag in der Früh. Als weitere belastende Momente, die auf Brandstiftung hinwiesen, waren in Erfahrung gebracht, dass sich Dieter öfters ohne Wissen der Mutter Fischer Petrol verschafft, ferner, dass er seinerzeit von seinem Werke ausgesagt hätte, der ganze Bettel könne einmal in Flammen aufgehen. Beides sei von ihm wohlgesinnten Personen bestätigt worden.

Dieses zu leugnen, wäre sinnlos gewesen. Der Angeschuldigte ersparte sich mit dem raschen Geständnis ein peinliches Zeugenverhör, zu dem Mutter Fischer, Nägeli, Dr. Simeons und drei Glieder der Familie Greifle aufgeboten waren, ohne zwar zu ahnen, dass alles bisher Ermittelte schon zu einer polizeilichen Prozesseinleitung seitens des Staatsanwaltes auf verbrecherische Brandstiftung genügte.

7.

Der Brand war allgemein als eine prachtvolle, unentgeltliche Kinovorstellung gewürdigt worden. Den folgenden Sonntag über mussten sich zwar die Schaulustigen mit dem blossen Anblick der schwarzen Zahnlücke begnügen. Erst werktags, da man bei den Abräumarbeiten wenigstens auf eine verkohlte Katze hoffte, lebten Gaffer und Schadenfrohe wieder auf. Mit Neid folgte man den Bewegungen eines Feuerschaumannes, der mit seinem Amtsstock im schwarzen Dreck herumstochern durfte. In verschiedenen Gruppen standen überhitzte Rechthaber Kinn an Kinn und stachen sich beinahe mit den fuchtelnden Händen die Augen aus, denn jeder wollte am besten wissen, was alles Grausame mit einem geschehen müsste, der leichtfertig . . . Die wenigen Besonnenen, die sich noch nicht an sicherer Zuchthausstrafe erlaben wollten, wurden verächtlich beiseitegeschoben. Besonders Greifle machte eifrig die Runde, lauerte gierig auf übelwollende Bemerkungen und streute nach Möglichkeit Giftkörner, um selbst Harmloseste aufzureizen. Nebenan in der Wirtschaft Bächle, wo sich die Männer einer nach dem andern zum Vespertrunk absonderten, drängte man sich um Greifle, da er bis ins kleinste über die Entstehung des Brandes Bescheid wusste. Durchs offene Fenster suchten auch die Weiber draussen etwas zu erhorchen, darunter die Gosswylerin, Renatos Mutter, die sich, entgegen der strengen Weisung ihres Sohnes, brüstete, dass dieser von Freund Dieter in letzter Stunde vor dem Brand noch schön beschenkt worden sei.

Ihr überflüssiges Wichtigtun hatte zur Folge, dass über weitverzweigte Umwege und Schwätzereien diese unscheinbare Tatsache der Polizei kurz vor der Gerichtsverhandlung zu Ohren kam und das versiegelte Paket mit Dieters Tagebüchern beschlagnahmt wurde.

Aus der Wirtschaft drang Gelächter in die dämmerige Gasse. Greifle hatte die Kleinbürger so weit, dass man sich auf die Gerichtsverhandlung freute wie auf eine Fastnachtshetze. Alle, alle müssten sie zugegen sein. «Ich lad' euch alle ein zum nächsten Stiergefecht», kreischte der Siegestrunkene und bewieherte in einem Hustenanfall seinen eigenen Witz.

Unterdessen munkelte es sich herum, dass beim Trillengässlein Frau Fischer sichtbar werde. Selbst die erwachsenen Männer entblödeten sich nicht, wie Schulbuben an die Fenster zu drängen, um mit den Weibern ihre Glotzaugen auf die vorüberschreitende Frau zu richten. Männlein und Weiblein wollten wissen, wie eine Brandgeschädigte aussehe. An der Ecke beim Schornsteinfeger musste sie umbiegen, sodann zwischen dem Trümmerhaufen und den Herumstehenden spiessrutenlaufen, bis sie neben dem drei Meter breiten Häuslein 'zum Lorbeer' hinter einem ehemaligen Scheunentor Zuflucht fand. Dort war sie bei Maler Vogt einquartiert, der sich des Gastes liebevoll annahm. So entdeckte die Bäckersfrau nach bald dreissigjähriger Nachbarschaft, dass sich hinter dem tiefen Hof über der Malerwerkstatt ein Juwel von einem kleinen Bürgerhaus und nebenan ein reizvolles Altstadtgärtlein mit einer Tropfsteingrotte befand. Herr Grossrat Vogt galt im Heuberggenist schon als vornehmer Herr, der nun wieder mit Vornehmen: mit Käsegrosshändlern, Bankbeamten, sogar mit einem Spediteur verkehrte. Frau Fischer, zum erstenmal 'in der Fremde', kam aus peinlicher Verschämtheit nicht heraus und empfand es als wohlanständig, noch vor der bevorstehenden Gerichtsverhandlung zu elenden Bekannten überzusiedeln, um ja die herrschaftlichen Gastfreunde vor Schande zu bewahren.

Zwar hatte ihr eben Duchastel erklärt, dass, nach den Aussagen seines Anwalts, der zur Zeit Dieters Verteidiger war, an eine Verurteilung nicht zu denken sei. Sie hatte alles mit Zuversicht angehört, doch eine Ahnung liess sie nicht von dem Gedanken loskommen, dass dem schwarzen Elend ein noch viel schwärzeres folge. Aus allen Trostsprüchen, auch seitens des Malermeisters, hörte sie nur Beängstigendes, Drohendes. Jahrelang hatte sie den Glauben an ihren Liebling nicht aufgegeben, ja in den Tagen vor dem Brand schien mit dem Brief Dr. Simeons eine klärende, befreiende Zeit anzubrechen. Aber jetzt fühlte sie sich gebrochen, alt und zerfallen, selbst die Hoffnung, ihren Dieter zurückzubekommen, war erloschen.

So war denn das Gerichtsverhandlungsfest herangerückt. Auf der Tribüne sassen die Heubergleute, auch wohlwollende.

Schon die Aufnahme der Personalien löste Nasenrümpfen aus. Man hatte vergessen oder nie gewusst, dass dieser zweite Bub in der Bäckerei der Sohn eines Kutschers und einer verschollenen Weibsperson war, ja, Dieter selber fiel aus allen Himmeln, als verlesen wurde, dass er Württemberger sei, also nach schweizerischer, nicht immer vorteilhafter Prägung ein 'Schwob'. Vollends verwirrend wurde die Frage bei der Berufsbestimmung. Der Musiker Dieter war tot, als Tapezierer hatte er keine abgeschlossene Lehre hinter sich, wer aber kannte einen Schriftsteller Deifel, ausser den älteren Reporter der National-Zeitung gleichen Namens? Man einigte sich auf Tapezierergeselle, da alles andere gleichsam als dummes Zeug bedeutungslos blieb.

Beim Verlesen der im Verhältnis zu dem bisher gewonnenen Belastungsmaterial etwas schroff verfassten Klageschrift war den Tribünewölfen die Verurteilung schon gewiss. Der Verhandlungsverlauf milderte indessen erste Vorurteile, zerstörte bestimmte Erwartungen.

Geradezu empörend berührte Dieters hartnäckiges Leugnen des Einkaufs von Zündschnur, da dies von Greifle und drei anderen Zeugen hinreichend bewiesen war. Nach seinen Aussagen blinzelte der Drogist triumphierend nach dem Zuschauerraum: den Vogel haben wir!

Dieters zugestandener Einkauf von Petrol beschwerte die Waagschale der Schuldseite kaum, obwohl der Vorsitzende, ein kleines, giftspritzendes Männlein, das nächtelange Brennenlassen der Lampe als unerspriesslich und höchstens gesundheitsschädlich benörgelte.

Dieters ehemalige Aussage in Gegenwart von Dr. Simeons und Nägeli, dass je nachdem sein Werk in Flammen aufgehen werde, schien eher als Belastungshinweis bedenklich. «Verbrennen» hätte sich zu nüchtern ausgenommen; man klammerte sich an das pathetische «in Flammen aufgehen», das klang so gruslig schauervoll wie die Allegorie vom roten Hahn auf dem Dach. Doch Zeuge Simeons, der ehemalige rite doctor juris, setzte erregt auseinander, wie solche Aussprüche nur den Ernst und die Strenge aufzeigten, mit der der junge Schriftsteller sich selbst beurteilt hätte, Aussprüche, die übrigens höchstens zu belächeln seien, nachdem feststehe, dass ein Mann wie Diederichs, einer der grössten Verleger Deutschlands, für Deifels Arbeit das grösste Interesse bekundet habe. Es sei unerfindlich, wie man unter solchen Umständen das Wort Brandstiftung auch nur auszusprechen wage.

Selbst Zeuge Nägeli bezeichnete den Ausspruch als blinden Lärm eines Jugendlichen und fügte bei, wie genau er den liebenswerten Menschen seit langem kenne und wie er felsenfest überzeugt sei, dass man an ein vorsätzliches Verbrechen niemals denken dürfe. Weitere salbungsvolle Sprüche wurden vom Vorsitzenden unterbrochen. In der hochnotpeinlichen Gerichtssaalluft klangen Nägelis Heuchelphrasen wie Worte eines rettenden Verkündigungsengels, dem nur ein grausamer Teufel das Reden verbieten durfte. Ja, warum liess man ihn nicht über das Thema Zündschnur zu Worte kommen, da er allein mit einem Schlag den Riesenirrtum hätte klären können.

Als Dieter hinter sich den schweren Mann wieder absitzen hörte, sah er sich vereinsamt, preisgegeben, umzischt von bösem Getier, das unter allen Umständen sein Verderben plante.

Bevor das Frag- und Antwortgezänk weiterging, eröffnete hier der Vorsitzende, dass in letzter Stunde eine Feststellung betreffend Dieters Alibi zur Zeit des Brandes eingetroffen sei. Ob der Verteidiger eine Unterbrechung oder eine Verschiebung der Verhandlung verlange? Da Dr. Thalmann keine wesentliche Beeinflussung der bisher gewonnenen Lage befürchtete, stimmte er dem Fortgang der Verhandlung bei.

Schon aus der Voruntersuchung hätte sich, wie der Herr Verteidiger bereits wisse, Widersprechendes des Angeklagten betreffend sein Alibi ergeben. Die ersten

Angaben: Münsterturm-Rheinbrückenbau seien nach Überführung des Beschuldigten in die Universitätsbibliothek berichtigt worden.

Was nun endgültig zutreffe, fragte der Vorsitzende.

Dieter: Universitätsbibliothek.

Vorsitzender: Wissen Sie noch den Weg, wie Sie zur Bibliothek gelangten?

Dieter: Wahrscheinlich durchs Tor. Vielleicht auch über den Petersplatz.

Vorsitzender: Ich meine: hatten Sie nicht noch eine Besorgung in der unteren Stadt?

Dieter: Nein, Herr Präsident.

Vorsitzender: Auch bei Frau Gosswyler, der Mutter Ihres Freundes, sind Sie nicht angekehrt?

Dieter: Nein.

Vorsitzender: Besinnen Sie sich genau, hatten Sie dort nicht ein Paket abzugeben?

Dieter: Ich erinnere mich nicht.

Frau Gosswyler wird gerufen. Sie macht genaue Angaben, wie Dieter Deifel in den Laden getreten, ihr das Paket überreicht und empfohlen habe, dasselbe in Renatos Zimmer unterzubringen, er selber käme dann abends vorbei, sei dann aber nicht erschienen.

Vorsitzender: Angeklagter Deifel. Vielleicht erinnern Sie sich jetzt.

Dieter: Mag sein, dass das an jenem Tage . . .

Vorsitzender: Aber Sie wissen wenigstens, was das Paket enthalten hat?

Dieter: Ja, Tagebücher.

Vorsitzender: Warum brachten Sie diese zu Gosswyler?

Dieter: Um sie vor Neugierigen zu versorgen.

Vorsitzender: Glauben Sie, dass Fischers darin gelesen hätten?

Dieter: Ja. Vielleicht auch nicht.

Der Vorsitzende fragt die vorgeladenen Zeugen, Herrn und Frau Fischer, ob sie stenographierte Schrift lesen können, was hilflos lächelnd verneint wird.

Vorsitzender: Wie Sie sehen, war diese Gefahr nicht

vorhanden.

Dieter: Es ist noch eine Tochter da. Die war im Welschland. Da weiss man nie.

Vorsitzender: Gut, nehmen wir an, Fräulein Fischer hätte darin lesen wollen. Aber warum brachten Sie die Tagebücher gerade am Tage vor dem Brand in Sicherheit?

Dieter: Das war Zufall. Ich konnte doch nicht wissen, dass es anderntags brennen werde.

Vorsitzender: Sehr wohl. Aber Ihre letzten Aufzeichnungen könnten auch das Gegenteil vermuten lassen. Erinnern Sie sich noch an diese?

Dieter: Nur verschwommen. Ich schreibe jeden Tag vielerlei. Da kann ich nicht wissen — — —

Vorsitzender: Der Herr Gerichtsschreiber wird Ihnen die letzten Notizen vorlesen: Der Brand hat am 30. April stattgefunden. Also bitte:

19.IV. Renato hat mein Buch gelesen. Höfliche, aber vernichtende Kritik. Hätte ihn umbringen mögen. Aber er hat recht.

21.IV. Fraglich, ob Renato wirklich letzte Instanz sein braucht. Scharfes Auge: So scharf wie seine Zirkel. Er ist doch zu sehr Mechaniker, Ingenieur, zu kalt. Will sehen, was Hesse dazu sagt, wenn er sich die Mühe nehmen will. Ja, Hesse. Wenn er mein Buch verurteilt, dann — —
22.IV. Hab mich nochmals durch mein M.S. durchgeschunden. Renato, das Schwein, hat doch recht. Nicht er ist kalt, mein Buch ist es. Tausendmal recht hat er. Hatte keine Augen, nur Phantasie. Es sind bloss Petrollichtbilder, keine Natur. Habe ich Mut, das Ganze zu verbrennen? Aber was dann? Gott, wenn nur das Haus niederbrennen wollte, dann stände ich als der bedauernswert Geschädigte da. Man hätte wieder Geduld mit mir. Herr Gott, lass Feuer und Schwefel regnen.

24.IV. Furchtbare Nacht. Im Halbschlaf das Haus angezündet. Die M.S.-Blätter flogen turmhoch. Flüchtete, rannte über alle Dächer. Verfolgt von Polizei und Volk, bis ich schwitzend erwachte und entsetzt war über mich selber. Wagte kaum wieder einzuschlafen. Habe ernstlich überlegt, wie sich ein Brand anlegen liesse. Wüsste doch Bescheid. Aber fände ich wirklich den Mut? Das Haus ist versichert. Ich allein wäre geschädigt. Ein Phönix könnte aus der Asche steigen.

25.IV. Laufe herum wie ein Verbrecher. Fahre grundlos zusammen, zittere vor Aufregung. Sehe es meiner Schrift an. Nein, nein. Das wäre nicht auszuhalten. Also weg – weg. Nichts mehr.

27.IV. Brief von Simeons. Der Gute. Reist mit Diederichs. Mein Buch soll gedruckt werden. Nein, erst einmal gelesen. Geht nicht – nie, nie. Muss weg, aus der Welt. Muss in Flammen aufgehen. Ich habe es schon getan. Oder – oder???

29.IV. Alea jacta! Der Jude wird verbrannt.

Präsident: Bestreiten Sie, dass diese Sätze von Ihrer Hand stammen? Oder verlangen Sie ein nochmaliges Vergleichen Ihrer Stenographie mit der bereits gehörten Übertragung?

Dieter: Nein.

Präsident: Nicht. Ich wiederhole: Sie haben das Verlesene geschrieben, haben am Tage vor dem Brand Ihre Tagebücher bei Freund Gosswyler verbergen wollen. Was sagen Sie dazu?

Dieter (verzweifelt lächelnd): Ich sehe ein, dass das alles recht ungeschickt war und durchaus zu meinen Ungunsten auszulegen wäre, aber – – –

Vorsitzender: Aber?

Dieter: Ich weiss nicht, ob mich einer der Herren verstehen wird. Das ist schwierig zu sagen. Das war doch alles, so gut wie Tausende von Notizen und mein Roman, bloss – Geschriebenes, bloss Erdichtetes. Ein Schriftsteller könnte Ihnen das begreiflich machen.

Vorsitzender: Und der wirkliche, am 30. April 1904 stattgehabte Brand? War der auch bloss literarisch gemeint?

Aus der Tribüne hört man Gemurmel: «Oha, sehr gut, sehr gut!»

Dieter: (zieht hilflos die Achseln).

Vorsitzender: Betrachten Sie vielleicht auch die Herren hier und mich selbst auch nur als Romanfiguren? (Gelächter im ganzen Saal.)

Dieter: Ich sehe, dass sich hier zwei Welten begegnen, dass Sie meine Erklärung nicht verstehen oder nicht verstehen wollen.

Verteidiger: Herr Präsident, gestatten Sie, mit der letzten Aussage des Angeklagten ist, wie mir scheint, ein wesentlicher Punkt der Untersuchung berührt worden. Ich möchte bitten, dass mein Klient sich in Ruhe aussprechen darf und nicht mit geistreichen Bemerkungen kopfscheu gemacht wird.

Vorsitzender (zum Angeklagten): Also bitte, wollen Sie sich äussern?

Dieter (abwehrend): Es hat keinen Sinn.

Vorsitzender: Bitte?

Dieter: Niemand hier wird mich verstehen.

Vorsitzender (nach einer Pause): Hat der Herr Verteidiger noch eine Frage? Wenn nicht, dann ist die Untersuchung abgeschlossen.

Den Zeugen wurde freigestellt, ihres Weges zu gehen. Sie blieben aber sitzen, mit Ausnahme der Mutter Fischer, deren Erschütterung alle Neugier überwog. Die vernichtete Frau musste sich aufraffen, um nicht an der Ausgangstür zusammenzubrechen. Greifle, der Drogist, presste sich mit verschränkten Armen gegen die Stuhllehne und streckte die Beine von sich, wie einer, der sich beim Anhören von Kammermusik behaglich einrichten will. Der Angeklagte starrte, ans Pult des Verteidigers gestützt, auf die feinen Spälte des Parkettbodens, drehte nur fast unmerklich den Kopf zur Seite des Staatsanwalts, als dieser begann, die Verhandlungsergebnisse zusammenzufassen. Dieter hörte, wie der Mann das Heubergviertel schilderte, wie für die ineinandergeschachtelten Häuser am Bergabsturz eine ganz ausserordentliche Gefahr bestanden hätte, da ihnen mit den Löschapparaten kaum beizukommen sei, und wie er in Anbetracht dieser besonderen Umstände vier Jahre Zuchthaus beantragen müsse. Während diese Worte die Nerven der neugierigen Zuhörer bis zur Selbstentzündung erhitzten, fühlte sich Dieter kaum mehr berührt, als wenn er solche Neuigkeit in einer Zeitung hätte lesen müssen. Jetzt erschien ihm wirklich alles bloss als Literatur und überdies als schlechte, die ihn einschläferte.

Dass sich daraufhin auch sein Verteidiger die Mühe gab, all diese Geschehnisse durchzukauen und schön zu färben, war unbegreiflich, ja beinahe lächerlich. Seine Worte schallten von den nackten Wänden, räsonierten in dem hohlen Holzwerk so unwahrscheinlich, dass sich Dieter viel mehr dafür interessierte, was wohl der behagliche Herr dort oben mit dem Gerichtsschreiber zu tuscheln hatte. Das erschien ihm sogar unheimlich, da es seine Person betreffen konnte. Mit einemmal musste er doch hinhorchen, was sein Nachbar vorbrachte: es war etwas anderes als nur immerzu Zündschnur, Petroleum und dergleichen abgeschmacktes Zeug. Er redete vom Dichter, fragte nach der Grenze von wirklich und rein phatasiemässig Erlebtem. Die letzte Tagebuchaufzeichnung dürfte niemals als tatsächlicher Entschluss, ein Verbrechen zu begehen, betrachtet werden. Der wahre Psychologe lese das schon aus der pathetischen Fassung: Lateinisches Sprichwort, Lessingzitat. Das klinge viel eher wie ein Kapitelabschluss. Auch die vorangehenden Betrachtungen seien ausgesprochene Innenvorgänge, niemals Wirklichkeitserlebnisse. Ohne irgendeinem der hier versammelten, nach Objektivität strebenden Beurteiler nahetreten zu wollen, müsse er, der Redner, eingestehen, dass der Fall Dieter Deifel von Laien, also Nichtdichtern, niemals restlos zu begreifen sei. Auch dürfe man die besonders zarte Empfindlichkeit eines abseits lebenden Schaffenden nicht ausser acht lassen, weshalb die Furcht, die Tagebücher möchten missverstanden werden, zum plötzlichen Entschluss, dieselben zu verbergen, geführt hätte. In einem gewissen Sinne handle es sich um typisch tragische Verwicklungen, wobei man sogar den Begriff Zufall ausschalten müsse. Jedenfalls sei hier eine vorsätzliche, verbrecherische Brandstiftung kaum denkbar und – vom juristischen

Standpunkt gesprochen – keineswegs erwiesen. Er bitte daher nicht etwa um eine mildere Strafe, sondern einzig und allein um Freisprechung.

Die Zuhörermenge, sonst rasch zu Kundgebungen bereit, blieb regungslos. Auch im richterlichen Halbkreis sah man dummversonnene Augenpaare, hinter denen sich Bedenken sammelten. Ein paar Sekunden verstrichen, in denen jedermann geneigt war, die Möglichkeit eines vielleicht krankhaften Sonderfalles zuzugeben, als die Stille durch ein fragend spöttisches Hüsteln durchbrochen wurde. Es kam von Greifle, fand vereinzeltes Echo, wurde durch viele Nebengeräusche verstärkt, bis die momentanen Zweifel wieder verscheucht und die niedere, nüchterne Geistesverfassung der Masse alle feineren Regungen erstickte. Wie manche menschliche, allzu menschliche Regung: Langeweile, Überdruss, Abneigung, Hunger und unsichtbare Schwingungen halfen in solchen zugespitzten Lagen mit, den Ansatz zu einer wahrhaften Vertiefung des Problems rasch wieder aus der Welt zu schaffen. Man bewunderte wohl die Darstellung des Verteidigers, bewertete sie indessen rasch nur als Geschicklichkeit, als Advokatentechnik, als bezahlten Aufwand von Geist, blieb aber, da man in langer Praxis tausendmal Ähnliches erlebt hatte, stumpf, abgebrüht.

Nach dieser kurzen, zu schweren Belastung des Gemüts wirkte die erneute, grobgefügte Beschuldigung des Staatsanwalts befreiend. Bei seiner Frage, warum denn der Angeklagte seine Manuskripte nicht im Ofen verbrannt habe, atmete man auf. Noch einmal wies er auf eine Tagebuchstelle: «Gott, wenn nur das Haus niederbrennen wollte, dann stünde ich als der bedauernswert Geschädigte da.» So rede nicht ein Träumer, sondern ein abgefeimter Realpolitiker, der sich schon den materiellen Erfolg seiner verbrecherischen Absicht zurechtlege. Im Tonfall seiner Darstellung lag eingeschlossen, dass es sich wahrhaftig nicht verlohne, die unzweideutige Brandstiftung mit psychologischen Floskeln zu umnebeln.

Der Verteidiger hielt in letzten kurzen Worten an seiner Auslegung des Falles fest. Für Dieter selber, der noch zu einem Schlusswort eingeladen wurde, blieb kaum etwas Wesentliches zu sagen übrig. Er winkte geistverlassen ab, hatte bloss den einen Wunsch, sich hinzulegen und zu schlafen, schlafen. Noch eine unendlich qualvolle Zeit, nicht etwa angstvoller Spannung, sondern todmüden Abwartens, bis die Herren Richter von ihrer Beratung zurückkehrten und ihm nach Verlesen des Urteilsspruches endlich erlaubten, den ringsum lauernden Plagegeistern zu entrinnen. Die Erwartungen des Publikums, dass der Sünder vernichtet zusammenknicken werde, erfüllten sich nicht. Die ausgesprochenen drei Jahre Zuchthaus beschäftigten die heimkehrenden Gerechten weit mehr als den Betroffenen.

8.

Drei Jahre. Drei Jahre Freiheitsberaubung!

In einem kleinen, merkwürdigerweise nicht grau, sondern hellblau gestrichenen Aufnahmeraum mit vergittertem Fenster gegen einen Hofschacht ohne Himmel hatte Dieter zu warten. Schon wieder zu warten. Warum das? Gerne hätte er das Peinlichste der Übersiedelung hinter sich gehabt. Dieses musste die Begegnung mit dem Direktor sein. Man kannte sich doch, hatte sich seinerzeit im Büro, felsensicher auf dem Sofa und im Lehnstuhl sitzend, gemeinsam über Anstaltseinrichtung und Sträflinge unterhalten, hatte von oben herab erwogen, ob an humaner Besserstellung nicht schon zuviel des Guten getan sei, hatte gewitzelt, dass es bei dieser tadellosen Sauberkeit und Verpflegung gar nicht übel wäre, sich selbst als Pensionär einschreiben zu lassen, kurz, man war sich als Gentleman begegnet, und nun sollte plötzlich schroffster Gegensatz bestehen: Gerechter und Gerichteter, Herr und Abschaum, Direktor und Nummer Soundso. Natürlich durfte ihn der Mann warten lassen. Dieter stöhnte über die unfeine Ausnützung einer Machtstellung, ohne zu ahnen, dass drüben im bildergeschmückten Direktionszimmer der stattliche Mann in viel ärgeren Nöten stand. Schwerverbrecher und allerhand Galgenvögel hatten ihn noch nie aus der Fassung gebracht. Vorschrift war, jedem Neuling zuzureden, ihm Gehorsam und gutes Betragen zu empfehlen. Schon hatte der Oberwächter zweimal angeklopft. Mit weiterem Hinausschieben war nichts gewonnen; er musste den jungen Verbrecher antreten lassen. Verlegen knisterte er in einem Bündel Akten, als Dieter käsebleich lauernd wieder wartete, ob es dem Profosen bald beliebe.

Wie immer nach blinden Voraussetzungen geschah nichts Besonderes. In sachlicher Kürze folgten sich die unerlässlichen Fragen und Antworten, und Dieter durfte mit dem Oberwächter, dem er noch vor Jahresfrist die Hand geschüttelt und vergeblich ein Führertrinkgeld angeboten hatte, abtreten.

Jenseits der verschlossenen Pforte, der Scheidewand zwischen Gut und Böse, wischte ein Sträfling feuchtes Sägemehl zusammen. Dieter war sofort im Bild. Wieder erinnerten ihn die hohen, strahlenförmig auslaufenden Korridore mit den Geländern der oberen Wandelstege an Bibliotheksräume. Im Kellergeschoss glänzten durch die offene Küchentür blanke Aluminiumkessel. Im Badezimmer rauschte dampfendes Wasser in die Wanne. Alles war sich gleichgeblieben, mit dem winzigen Unterschied, dass diesmal das Bad für seine Haut gerüstet wurde.

Ein anderer Wächter hiess ihn hinsitzen und den Kragen ausziehen. Er klimperte bereits mit dem Haarschneideapparat. An diese Entwürdigung hatte Dieter nicht gedacht. Zwei-, dreimal spürte er das kühle Metall vom Genick zum Ohr gleiten, erst links, dann rechts. Mit jedem Streifen fallenden Haares wuchs seine Empörung über das Ehrenrührige. Bis zu diesem Punkte hatte er sich als Märtyrer jede Vergewaltigung gefallen lassen, hatte trotz Drängen des Anwalts auf die Appellation verzichtet, hatte sich willenlos zur Schlachtbank führen lassen. Doch jetzt, da man ihn schänden, als Verbrecher zeichnen wollte, erwachte sein Grimm.

Zu spät, als er nur noch mit einer lächerlichen Haarraupe bedeckt war, wehrte er plötzlich ab: Warum das alles weg müsse? Das sei unerhört, er wolle den Direktor sprechen. In kurzem stand der Oberwächter da und heftete seine hellbraunen Augen auf den Widerspenstigen: Wenn er sich nicht fügen wolle, werde man auf unbequemere Art mit ihm fertig werden. Hier bleibe keiner ungeschoren.

Dieter, die Nutzlosigkeit seiner Meuterei erkennend, beugte seinen Schädel, der bald weisslich nackt schimmerte. Damit war sein Selbstvertrauen, sein letzter Halt vom Kopfe geschält: nun war er ein vollkommenes Schwein. Die vor vielen Jahren bei Zigarrenhändler Probst ausgestellte Photographie Ochenkowskys, des 'dummen Augusts' im Zirkus Wulff, stand ihm vor Augen. Nun blieb es ohne Belang, sich vor den Wächtern völlig zu entblössen und seinen Körper einer mit Schmierseife getränkten Bürste preiszugeben. So wurden auch andere Hunde gestriegelt. Warum schob man diese Jammergestalt nicht gerade in den Anatomiesaal ab! Messlatte und Waage hatten bereits gezeigt, dass man sich hier nur für wahre, nicht für eingebildete Grösse und Gewichtigkeit interessierte. An Stelle des eigenen Hab und Guts lagen da: ein rauhes Hemd, ein hellkaffeebraunes Tenniskleid mit noch helleren breiten Streifen, eine weisse Pierrotkappe. Einzig die rote Wachsnase und hochgeschnörkelte Augenbrauen fehlten noch zum vollkommenen Zirkusclown. In dieser Aufmachung war er Bürger dieses abseitigen Staates geworden, war er dem Orden der hellgestreiften Schweiger einverleibt. Für das standhafte Ertragen all dieser Demütigungen heftete ihm oben im Glasgehäuse der Oberaufseher den ovalen Verdienstorden mit Nummer 106 an den Brustumschlag. Ausser der 'Zellenordnung' mit den achtzehn Gebots- und Verbotsparagraphen wurde ihm sogar ein Kalender zugesteckt, damit er ja die

Tage vom 2. Juni bis zum Jahre Unendlich abzählen konnte. Kalender! Mit solchen Merkzetteln war es doch vorbei. Was hatte einer mit 'Zeit' zu schaffen, dem beschieden war, dreimal 365 mal 24 mal 60 Minuten zu warten, bis dann erst recht das schwarze Nichts vor ihm stehen werde. Zwar hatte er sich in den letzten fünf Wochen im Warten die Meisterschaft erworben; aber was bedeutete dieser Katzensprung an Zeit im Vergleich zur Ewigkeit?

Die Gepflogenheit, dass man die Eingelieferten während der ersten vierundzwanzig Stunden ihrem Nachdenken überlassen wollte, kam dem erschöpften Dieter wie erwünscht. Er war fest entschlossen, die Galgenfrist zu verschlafen, und wenn man ihn mit glühenden Zangen aus dem Bett reissen sollte. Er erinnerte sich an Träume, in denen er, um Ungemach zu entgehen, sich bewusstlos schlafend gestellt hatte. Solches wollte er wieder tun und im übrigen die Plaggeister und alle Welt verachten.

Und wirklich, in der Frühdämmerung des anderen Tages hörte er nichts, erwachte auch nicht, als ihn der Wächter zur Besinnung rütteln wollte. Wie Sandsäcke fielen seine Glieder auf die Strohmatratze zurück. Man dachte an Erschöpfung nach ausgestandener Pein und liess ihn liegen. Erst gegen Abend sah ihn ein Wächter durchs Guckloch auf dem Bettrand sitzen, die Ellbogen auf die Knie gestützt, den Kopf zwischen den Schultern verloren. Bei einmaligem Klopfen an die Tür fuhr er auf und verkroch sich wieder. Den eingetretenen Mann, der von Abendbrot redete, winkte er ab. Schlafen! Immer noch schlafen. Warum sollte man ihn nicht schlafen lassen? Doch anderntags beginne Zucht und Ordnung. Beim ersten Glockenschlag habe er aufzustehen, sich zu waschen, das Bett aufzuklappen, die Tücher zusammenzulegen, den Topf zu leeren, die Zelle zu reinigen und sich bereit zu halten.

Kaum hatte der Mann die Türe abgeschlossen, war's mit dem Schlafen vorbei. Auf so viele «Sollst du» meldete sich der erste Zuchthaushunger. Durch das hohe Gitterfenster drangen noch Laute des Alltags: fernes Wagengerassel, schreiende Kinder, raufende Spatzen. Rechts am Rande glühte die Abendsonne und zeichnete einzelne Gitterstäbe auf die Wand. Allmählich verblasste die Netzfigur und schlich davon. Die Weltenkörper bewegten sich gelassen nach Gottes weiser Ordnung weiter und schienen von Dieter Deifels Wohnungswechsel unberührt zu bleiben.

Das Aufstehen im Morgengrauen, sozusagen bei Nacht, war Folterung. Die Anstaltsglocke hatte ihn grausam aus einem selten beglückenden Traum aufgescheucht. Es war Frau Professor Aargast gewesen, die – wie seinerzeit in Wahrheit – seinen Kopf zwischen ihren Händen gehalten und ihn so lange und durchdringend angestarrt hatte, dass er sich erheben und sie umklammern musste. Solches vollzog sich aber nicht als freigewollte Bewegung; er fühlte sich einfach vom Kopf bis zu den Knöcheln mit vielen Bändern an ihren Körper gewickelt. Das war wunderbar gewesen und schien ewig dauern zu wollen, bis die Glocke alles zerstört hatte.

Noch unter dem Abendbefehl des Wächters stehend, war Dieter aufgesprungen, hatte die Zelle in Ordnung gebracht und stand nun in einer anderen, der Arbeitszelle, neben einem Männlein in Dienstmütze, der aus rotem Gesicht unterwürfig lächelte und ihm seine Arbeit zuwies. Ein Seegraslindwurm liess sich durch einen an der Decke baumelnden Ring ziehen, musste aufgeflochten und zerzupft sein. Altvertraute Arbeit. Doch wo blieb das Frühstück nach bald sechsunddreissigstündigem Leerlauf der Darmbewegung? Der Morgen nahm kein Ende. Stunden schienen zu verstreichen, während ein Berg von Seegras emporwuchs. Da endlich die verhasste Glocke. Zu allen Seiten sah man helle Gestalten durch schmale Türen verschwinden. Auch Dieter musste, um zu seiner gegenüberliegenden Zelle zu gelangen, auf dem schmalen Zementsteg den Korridor hinunter und auf der anderen Seite zurück. Unterwegs entdeckte er etwas Grauenhaftes, das ihm den Hals zuschnürte, das ihm die Hölle des Zuchthausdaseins erst jetzt eröffnete. Er hatte einen Blick auf die Ganguhr geworfen und in vorangehender Erwartung der Mittagssuppe entdeckt, dass sie sieben Uhr zeigte. Sieben Uhr in der Früh, nachdem doch eine Ewigkeit des Wachseins und trostlose Arbeit hinter ihm lag, eine Zeitspanne von bloss zwei Stunden, die erst in ihrer Verdoppelung den Vormittag vollenden sollte. Solches jahrelang zu ertragen, war nicht auszudenken. In dem Unmöglichen lag sogar etwas wie Zuversicht: irgendein Gott in der Welt musste hier einschreiten.

Die beiden nächsten Vormittage dünkten ihn noch länger, da ihnen der Reiz der Neuheit fehlte und er sich bewusst mit dem langsamen Verstreichen der Zeit beschäftigte. Am Samstag früh erschien aber ein Mann in seiner Arbeitszelle, der ihm einen Gott des Trostes bringen wollte. Es war der protestantische Pfarrer Theophil Preiswerk, der jedem Neuling den tiefen Sinn der Strafe zu erläutern hatte. Anstaltsgeistliche sind bei den Sträflingen in der bevorzugten Lage, neben den notwendigerweise streng auftretenden übrigen Beamten als wohlmeinende Menschen abzustechen. Dieter hörte ihn geduldig an, fand sogar, dass er seine Sache gar nicht übel mache, nur dass sich der Gute in der Zellennummer geirrt habe, denn sein sichtlich abgeschliffenes Schema des Rettungsversuches stiess hier auf ein zu sprödes Material. Dieter, seit Jahren der göttlichen Muttermilch entwöhnt, liess durchblicken, dass er mit dem, der hier heilen sollte, auf Kriegsfuss stehe, dass es daher ein Akt der Höflichkeit sei, dem Wohlmeinenden von ernstlicher Bemühung abzuraten. Herrn Preiswerk, dem alten Praktiker, war diese rebellische Form der Gotteslästerung willkommener, als laue Stumpfheit, da sich ein Saulus eher bekehren lasse als ein Tier. Er fragte vorderhand nach Dieters sonstigen Interessen, legte ihm das Bücherverzeichnis vor und hoffte, bei Gelegenheit eine Angriffsfläche profaner Natur zu gewinnen, um den jungen Mann über unsichtbare Stufen nach 'oben' zu leiten.

Dieter dankte für das Zutrauen, erklärte aber bitter,

dass mit dieser Form der Entwürdigung – er zeigte auf seine äussere Ausstattung – ein übler Anfang für höheres Menschentum gemacht sei. Als wohlerzogener Mann werde er sich nie darauf einlassen, im Kostüm eines Bajazzos beim lieben Gott eine Antrittsvisite zu machen. Hier wurde er liebevoll unterbrochen. Man werde sich schon noch verstehen; alle geistigen Wege – und Dieter scheine wohlausgerüstet – mussten endgültig zum selben Ziele führen.

Doch die pfarrherrlichen Besuche versprachen wenigstens ein paar Viertelstunden Unterbrechung im Seegraszupfen, eine Zerstreuung, so dass einem die Lippen nicht gänzlich einzutrocknen brauchten. Überdies war das einer, an dem von Berufs wegen sarkastische Entladungen nicht unbeachtet abprallen durften.

Abends lag auf der schwärzlichen Tischplatte der Zelle 106 nicht nur die von Dieter erbetene Schrift: Grobholm 'Zur Theorie des Witzes und des Spottes', sondern auch ein Bündel Zeitschriften: 'Der christliche Volksbote', 'Der Nephalit', 'Rettung', 'Kriegsruf' und zu oberst Curlitt: 'Erziehung zur Mannhaftigkeit'.

Nach acht Tagen versuchte der Pfarrer ohne Aufdringlichkeit zu erfahren, ob Dieter diese letzte Schrift beachtet hätte. Der Gefragte wies mit dem Finger auf das Wort 'Erziehung'; das hätte ihn abgeschreckt. An dem habe es bis jetzt gefehlt, und nun sei es zu spät. Solche Gespräche schloss Pfarrer Preiswerk jedesmal mit einem feierlichen: der Herr wird's wohl machen. Was ihn jedoch ernstlich betrübte, war die Hartnäckigkeit, mit der sich Dieter selbst auf herzliche, persönliche Einladung hin dem Sonntags-Gottesdienst fernhielt. Der alte Herr verhehlte sich nicht, dass hier seine 'Technik' nicht ausreichte, dass diesem Menschen mit Gefühlsmomenten nicht beizukommen sei und er zu einer Bekehrung auf dem Wege der logischen Überführung nicht über die geistigen Mittel verfügte. Bald wagte er nicht mehr, von überweltlichen Dingen zu reden, da ihm Dieter mit heilloser Schärfe und unwiderleglich seinen Gott zerpflückte. Dennoch fesselte ihn das Weltbild dieses seltenen Gastes, ja zu seiner Bestürzung hing er etwa in seiner Beamtenstube Aussprüchen nach, die ihm trotz ihrer ketzerischen Färbung des Nachdenkens wert erschienen. Das Verwirrende bei dem im Grunde gefährlichen Umgang war die mehr und mehr sich verdichtende Einsicht, dass Dieter ein durchaus guter Mensch sei, gut, trotz was? Darin lag eben das Beunruhigende: trotz des Fehlens von jenem Hauptsächlichen, ohne das sich der brave Mann bis heute einen Menschen nicht wahrhaft gut denken konnte. Gerade an diesem Gutsein scheiterte sein Rettungsversuch.

Anfangs September, da Dieter nach der gesetzlich vorgeschriebenen Einzelhaft mit andern im Arbeitssaal seine Matratzen stopfen und nähen durfte, war es mit dem Philosophieren in der Arbeitszelle vorbei. Die geistige Betätigung beschränkte sich auf das Ausfüllen der blauen Hefte, die ihm der Direktor zur Aufzeichnung seines Lebens zugestellt hatte. Die Tage wurden zwar merklich kürzer, und mit der abendlichen Vergoldung des Fensterrandes war's vorbei. Eine letzte Ablenkung gab sich noch beim Bekritzeln mancher Bogen Notenpapier. Man hatte ihm solches bewilligt, da im Aufsetzen harmloser Akkordfolgen kein anstaltswidriges Betragen vorlag und überdies die Ausgaben für das aussergewöhnliche Papier vom Paten Duchastel bestritten wurden.

In den blauen Heften rückte die Beschreibung der Vergangenheit immer mehr der wirklichen Gegenwart näher. Ein neues Heft trug die Überschrift: 'Psychologische, *nicht* juristische Begründung meiner unberechtigten Verurteilung — kein Justizmord'.

Was alles hatte Leo Fischer schon als Schulbube um des zugeschneiten Pflegebruders willen ausstehen müssen! Nun mochte Mutter Fischer zu spät einsehen, was für ein Früchtlein sie in Dieter grossgezogen und wie die eigenen Kinder ihre Schwäche zu entgelten hatten. Die Versicherungsgesellschaft — berichtete sie in einem

Antwortschreiben auf Leos Bettelbrief – lehne den Schadenersatz ab, da Brandstiftung vorliege. Somit sei nicht nur alles Ersparte in Rauch aufgegangen, der Weiterbetrieb des Geschäftes verlange sogar neue Anleihen. Leos Künstlerlaufbahn war damit endgültig erledigt. Auf Vermittlung seines einstigen Lehrers, Peter Halm, fand sich in einer Pariser Kunstdruckerei ein Unterkommen, das ihm wenigstens ermöglichen sollte, die auf vier Mitglieder angewachsene Familie zu ernähren. Viel später sollte sich's zwar zeigen, dass er die Übersiedlung nicht zu bereuen hatte. Aber der schmachvolle Wegzug aus der Kurfürstenstrasse, da man ihm beinahe das Hemd vom Leibe zog, die Fahrt vierter Klasse über Strassburg bis zur französischen Grenze, die Ankunft an der Gare de l'Est ohne Geld, ohne ein vernünftiges Wort französisch, mit einem verlotterten Handkoffer, seine Kupferblättchen enthaltend, mit zwei vor Hunger kreischenden Kindern, hatte sich als unvergessliche Qual in seine Seele gebrannt. Als er einmal an der Rue Lepic festen Fuss gefasst hatte, sogar wieder eigene Platten ätzen konnte, gab er gelegentlich im nächsten Bekanntenkreise die Tragödie seines Aufstieges zum Montmartre zum besten, wobei seiner Meistersfrau noch nach Jahren die Tränen in den Augenn standen, so jammervoll erschöpft und zerlumpt war seinerzeit das Auswanderertrüpplein im Werkstatthof gestanden. Wie dann nach den ersten Wochen saurer Arbeit das Gröbste hinter ihm lag, stellte sich's heraus, dass man am Heuberg doch gesonnen war, mit dreitausend Franken einzuspringen, da sich die Drohung der Versicherungsgesellschaft als falscher Alarm erwiesen hatte. Die volle Summe musste ausbezahlt werden, da nach dem Gesetz der Familienvater nicht für den Unfug seiner Kinder in so hohem Masse verantwortlich sei. Leo hatte diesen letzten Brief von Mutters Hand zähneknirschend in eine Ecke geschleudert und nie mehr ein Wort von sich hören lassen, so dass Frau Fischer an der Hoffnung auf ein Sichwiederfinden verzweifelte.

Wohl blieb ihr Hermine, die nach einer aufgelösten

Verlobung mit dem durch den Brand kopfscheu gewordenen Spenglermeister Hug für die Männer nur noch gallige Verachtung kannte. Aber der Glanz früherer Behaglichkeit erlosch mit dem Dunkel ihrer Haare. Nach den Wechseljahren blieb sie eine alte, vergrämte Frau mit zwei scharfen Falten neben dem einstigen Pfeilbogenmund. Einzig die schwarzen Augen verrieten entschwundene bessere Tage.

9.

Jenseits der Zuchthauspforte, in der inneren Stadt, verblieben noch ein paar Getreue, die dem verschwundenen Dieter ein liebevolles Gedenken bewahrten. Da war – ausser der Mutter Fischer – zum Beispiel der Gewürzmüller Nägeli, der nach unerhörten Schlichen und Intrigen die gefälschte Deckenmalerei für achttausend Franken an das Landesmuseum in Zürich verschachert hatte. Als er kurz vor dem Hausabbruch in traulicher Abendstunde seinem Bürofräulein das letzte Hähnlein gebacken, stellte er mit niederträchtig feistem Lächeln fest, dass – entgegen der Meinung mancher Enttäuschten – Tugend immer noch belohnt werde. Mehr noch als an dem Geldgewinn weidete sich der Mensch an der Eselei der gelehrten Gescheitlinge, die sich nach tiefernster Begutachtung so prächtig hatten betrügen lassen. Einzig bedauerlich blieb zwar – wie er spöttisch heuchelte –, dass er seinen einstigen Mitarbeiter, den braven Dieter, nicht entlöhnen könne, da sich dieser in klösterliche Einsamkeit verkrochen hätte.

Eine weitere Figur, die ihn nicht vergessen hatte, war jenes Heilsarmeeweib mit dem roten Band am Hut, die sich eines Tages beim Zuchthausdirektor die Erlaubnis erbat, ihren 'Bruder' Dieter sprechen zu dürfen.

Der herbeigeführte 106 schaute stumpf an dem Besuch vorbei und wunderte sich bloss über die Vertraulichkeit, wie sie ihn beim Vornamen nannte.

Ob er sich an ihre erste Begegnung erinnere?

Dieter nickte müde: Bei Schlee. Und später im Heilsarmeehaus.

«Noch weiter zurück, Dieter. Im Augustinerhof.» Sie sei doch die Annemarie Duchastel, seine Schwester. Ob er die Heilswoche der 'Christlichen Jünglinge' vergessen hätte?

Ein rascher Blick rüttelte Erinnerungen auf. In der Frauensperson fand er wirklich die Verschmelzung jener hochmütigen Dame und der Salutistin. Ein abweisendes Lächeln auf seinen Lippen fragte: «Was nun?» Und ein Blick auf den Gefängniswärter: Wen bringt ihr mir? Was soll das Theater?

«Sie wundern sich, lieber Dieter, und lächeln. Ja, Ihr Lächeln! Es ist furchtbarer als Toben und Fluchen, gefährlicher als Drohen und Dreinschlagen. Dahinter steht die Mauer des Hochmuts, das Misstrauen gegen Gott, gegen sich selbst. Als junges Mädchen wandelte ich dieselbe Strasse, bis mir Gott zeigte, dass Witz und Wissen so wenig taugen wie Geld und Gut. Die wahre Weisheit kommt aus dem Herzen. Gut sein, Dieter, der verstossenen Kreatur helfen! Nun ich meinen Heiland habe . . .»

Der Wächter zog die Uhr, gähnte. Annemarie Duchastel suchte nach einem 'Kriegsruf' in der zerschundenen Mappe. Doch der Ostschweizer-Aufseher stellte sich abwehrend dazwischen:

«Jä halt, söddigs git's da nööd.» Derartiges müsse beim Direktor abgegeben werden. «Überhaupt . . .» Ein nochmaliger Blick auf die Uhr besagte, dass es an der Zeit wäre, unfruchtbares Geschwätz abzubrechen.

Auf das hin ereignete sich etwas Peinliches. Annemarie reichte dem Sträfling die Hand: «Heut noch nicht, lieber Bruder, heut noch nicht!» Und wie Dieter in seinen Bezirk zurückgeführt wurde, faltete die Jungfer die Hände und sang mit lauter Stimme: «Heut noch nicht, mein Bräutigam, heut noch nicht! . . .»

Der herbeigeholte Direktor nahm die 'Kapitänin' freundlich beim Arm und führte sie zum Ausgangsportal. «Alle Achtung, Verehrteste, vor dem Hilfswerk der Heilsarmee. Doch Theaterszenen dürfen wir hier keine dulden. Stellen Sie sich vor ...» Und wie das Frauenzimmer draussen war, gab er Weisung, dass sich künftig alle Besucher erst bei ihm zu zeigen hätten.

Dieter erinnerte sich bis ins einzelne an die Sauferei in Kleinhüningen und an die Hilfeleistung der Heilssoldaten, wusste auch, dass in Not und Schmutz von den Schwärmern ähnlich zugegriffen werde. Darum hasste er sich wegen seines Hohnlächelns. Schliesslich war es doch die Tochter seines Gönners gewesen, die nur sein Bestes wollte. Warum aber stets das Einbeziehen des Religiösen in dieser nackten, aufdringlichen Form. Der Jahrmarktsgeschmack war es, der ihn anwiderte.

Zum zweitenmal ging es dem Winter entgegen. Die Hälfte jener Unendlichkeit, die sich Dieter anfänglich nicht hatte ausdenken können, war – wenigstens zeitlich gedacht – hinter ihm. Im Sinne einer seelischen Verstümmelung gab es zwar keine Hälfte, somit auch kein Vergangen und Vorne, da blieb alles ein dumpfer Klumpen, in dem man einfach wie eine Made im Käse steckte.

Da keine neuen Erlebnisse seinen Geist bereicherten, blieb er immerzu am bisher Erlebten, an der lapidaren Zusammenfassung der letzten zehn Jahre hängen, rannte wie das Eichhörnchen in der Gittertrommel, liess seine Gedanken nach dem Gesetz der Ideenverknüpfung ewig um denselben Inhalt kreisen, bis er schliesslich, des Wiederkäuens müde, soweit verblödete, dass ihn nur noch das Beziehen eines Polstermöbels oder das Umarbeiten einer Matratze fesselte.

Im Sommer hatte der tägliche Spaziergang, ein halbstündiger Marschschritt um eine Hofanlage herum, noch flüchtige Blicke auf farbige Blumenbeete erlaubt, im Herbst war man schon mit dem Geruch des neueingelieferten Spaltholzes zufrieden. Im Winter aber starrte man auf die Zebrajacke seines Vordermannes, der mit zehn andern ebenfalls 'spazieren' musste. Wer je diese trostlosen, verzweifelt einherschreitenden Wanderer beobachten durfte, vermag es nicht zu fassen, dass derart erniedrigte Kreaturen je wieder den Mut finden, sich 'draussen' unter Menschen blicken zu lassen. Bisweilen schossen in Dieter blitzartig bestimmte Daten aus der Vorhaftzeit auf, die tagelang an seiner Stirnwand nagten: so erinnerte er sich unvermittelt, dass er es am Abend vor dem Brand versäumt hatte, bei Renato anzukehren, um ihn über das Versorgen der Tagebücher zu unterrichten, eine Nachlässigkeit, die bei genauer Überlegung seine Verurteilung verschuldet hatte. Ein andermal quälte er sich mit dem Gedanken, was aus seinem Kind geworden, wo es in diesem Moment weilen mochte, ob es überhaupt lebe.

Aber auch solche Verbindungsstege mit der Vergangenheit brachen lautlos zusammen. Bei Tag schlief er mit offenen Augen über seinen Stoffmustern, und nachts wachte er stundenlang in die Dunkelheit hinein, hörte etwa den klagenden Pfiff einer Lokomotive oder das Gegröhl heimkehrender Trunkenbolde.

Einmal, noch vor dem Morgengrauen, verriet ein fernes Brummeln mit rhythmischen Unterbrechungen, dass es Fastnacht sein musste. In dieser Nachtstunde hatte er früher mit Leo und Hermine ganze Waschkörbe voll Zwiebelwähen in die Wirtschaften der untern Stadt tragen helfen. Durch finstere Gässlein war dieses eigenartige Rumpeln und Rurren der Trommeln vernehmbar gewesen; aus schwarzen Haustüren huschten hässlich verkleidete Gestalten mit schauderhaft drohenden Masken und rannten in die untere Stadt, um ja nichts von dem phantastischen 'Morgenstreich' zu versäumen. Fastnacht: Inbegriff ausgelassenen Tumults und schrankenloser Tollheit.

Dieter reckte den Kopf aus dem Kissen, um besser zu hören; das Trommeln machte ihn elend. Draussen die ganze Stadt im Gedränge, er allein in der kahlen Zelle.

Das abgesperrte Alleinsein war zwar nicht das Schlimmste. Nicht die leiseste Sehnsucht nach leiblicher Freiheit regte sich. Das zehrende Geschwür der Einsamkeit war viel tiefer gebettet. Das war ihm klar: nicht das Getrenntsein von der menschlichen Gemeinschaft macht die Einsamkeit aus; die Tragik liegt in der inneren Verkapselung des nie offenbarten, ureigensten Wesens, zeitlebens hinter jener Maske verborgen, die von der Umwelt als das wahre Gesicht genommen wird. Einsam sind darum Menschen, die einzelnes oder vieles zu verbergen haben. Dieter war einmal des Glaubens, man könne es so weit bringen, nichts mehr zu vertuschen zu haben, mit seinen Nächsten Aug in Aug zu stehen, seine Feinde nicht im Bogen zu umgehen. So wäre man frei und – selbst abgeschieden – nie einsam.

Am zweiten Juni 1906 erinnerte sich Dieter, dass er im Kalender des Jahres 1905 neben dasselbe Datum ein kaum sichtbares Kreuzlein gezeichnet hatte, bescheidener Vermerk, dass ein Jahr tiefster Erniedrigung hinter ihm lag. Diesmal blieb das Feld unbeschrieben. Als alter, eingesessener Zuchthäusler durfte er diese Sentimentalität, wie er es nannte, füglich unterlassen. Er fing an, fettleibig zu werden, zu vertieren. Seine stets verschlossenen Lippen waren wie bei Magenkranken merklich nach vorne verschoben. Die Augen blickten aufgerissen, erstaunt; von scheuer Verschämtheit keine Spur mehr. Das beginnende dritte Jahr mochte nun seine verschrumpfte Seele vollends zerbröckeln. Erste Bedenken, was wohl *nach* dem zweiten Juni des nächsten Jahres sein werde, klammerten ihn an seine Zelle wie an eine zweite Heimat. Hier gab's noch festen Grund mit gesicherter Kost und Beschäftigung. Draussen gähnte die Leere. Heuberg, Bäckerei, Fischers, überhaupt Basel: das war zum Lachen. Das gab's nie und nimmermehr. Aber was sonst?

An einem blendendhellen Vormittag wartete der Direktor, bis der Mann 106 im Korridor ein letztes Häuflein Sägemehl aufgeschaufelt hatte, winkte ihn zu sich und stieg mit ihm ins Glashaus des ersten Stocks.

Dieter, dem Frag- und Antwortspiel das Verhassteste war, hörte unlustig hin, was der Herr des Hauses von ihm begehrte, und, weiss Gott, der Mensch kam wieder auf die seinerzeit von Dr. Simeons angezettelte, für ihn längst erledigte Wiederaufnahme des Verfahrens zurück. Das war vor Jahr und Tag gewesen.

Ob sich Dieter erinnere, hörte er fragen, aus welchen Beweggründen heraus er damals die freundlichen Bemühungen seines Paten so schroff von sich gewiesen habe.

106 schielte misstrauisch zu dem Mann und zuckte die Achseln.

«Ich weiss, Dieter Deifel, dass Sie mir keine Rechenschaft schulden. Doch frage ich diesmal nicht als Profos, sondern als Mensch und Freund. Als gebildeter Mann dürfen Sie es mir nicht verübeln, dass mich Zufall oder Geschick gerade an diesen Posten gestellt haben. Also vergessen Sie das. Sie haben mein Wort, dass nie ein Mensch von dem, was Sie mir jetzt antworten, erfahren wird. Wollen Sie mir das glauben? Sie nicken ja. Schön; ich frage Sie ohne Umschweife: Sind Sie schuldlos, oder halten Sie Ihre Internierung für berechtigt?»

Dieter wiederholt zaghaft: « – für berechtigt.»

«Sie wissen, dass ich persönlich Sie stets für schuldig gehalten habe; sonst wären Sie wahrscheinlich nicht mehr hier. Einmal aus der Anstalt entlassen, sind Sie keinem Menschen die geringste Auskunft über Vergangenes schuldig; aber draussen, komme es wie es wolle, wird es Ihnen wohler sein, wenn Sie sich bei irgendeinem Menschen dieser Welt entlastet haben. Sind Sie nicht dieser Meinung?»

«Mag sein.»

«Noch ein letztes, lieber Freund, wie denken Sie jetzt – besonders nach Ihrem Eingestehen – über Ihre Verstocktheit vor dem Urteilsspruch. War das nicht eine Torheit?»

«Ich weiss nicht.»

«Da Sie sich aber als schuldig bekennen?»

«Herr Direktor. Bis zur heutigen Stunde hat überhaupt nie jemand gefragt, ob ich das Vergehen eingestehen wolle. Man hat sich gleich zu Beginn der Voruntersuchung und während der Gerichtsverhandlung gebärdet, als ob meine Schuld eine ausgemachte Sache sei, ohne aber je den wahren Sachverhalt berührt zu haben. Es war eben alles anders. Die erzwungene Darstellung meines Vergehens, die zum Teil erlogenen Zeugenaussagen hatten mich empört; daher die Verstockung. Auf die einfache Frage, ob schuldig oder unschuldig, hätte ich wohl offen bekannt: schuldig.»

«Der wahre Sachverhalt interessiert mich ausserordentlich. Den werden Sie mir einmal erzählen, wenn wir uns als freie Menschen gegenüberstehen. Und nun eine andere Frage: wissen Sie, wann Sie Ihre Strafe angetreten haben? Am zweiten Juni 1904. Das würde nach dem Urteilsspruch heissen, dass Sie noch ein Jahr abzusitzen hätten. Anständiges, stilles Betragen während Ihres Hierseins erlaubt jedoch, dass von der vorgesehenen Haftzeit bis zu einem Drittel abgezogen wird. Demnach sind Sie von Gesetzes wegen seit dem 2. Juni berechtigt, die Freilassung zu erbitten. Wären Sie damit einverstanden, am Montag in acht Tagen von uns Abschied zu nehmen?»

Dieter, über das Unerwartete bestürzt, nicht einmal besonders erfreut, fragt hastig: «Und was dann?»

«EBEN EZER, lieber Freund. Bis hierher hat der Herr geholfen!»

Von Amts wegen hätte Herr Pfarrer Preiswerk eine salbungsvolle Schlussermahnung abspulen müssen. Der bettlägerige Mann war indessen selber trostbedürftig.

Am Tage der Entlassung machte sich die Macht der Gewohnheit bemerkbar. Nach dem Umkleiden kam sich Dieter im bürgerlich braven Anzug ebenso lächerlich vor wie vor zwei Jahren im 'Zirkusclown'. Das kragenlose, überhaupt lose Zuchthausgewand war bequem gewesen; die neue Ausstattung erschien ihm als

Zwangsjacke, die allenorts spannte und die Haut wund rieb. Doch fand sich bis zum Zahnstocher und einer veralteten Tramkarte sein Hab und Gut wieder vor, ja im Direktionszimmer bezog er noch sechsundsiebzig Franken, zwanzig Centimes 'Lohn' für geleistete Tapeziererarbeit.

Sechsundsiebzig Franken reichten nicht für Amerika, höchstens für die Reise ans Meer, wo man sich als blinder Passagier in einen Überseer schmuggeln konnte und 'drüben' sehen, wie weiter durchkommen.

Andere waren besser dran. Mit so vielen Silberstükken konnte man in der nächsten Kneipe grossartig klimpern und einen vollendeten Rausch erkaufen.

Wieder andere schritten hasserfüllt durchs Eisentor, sprungbereit zu neuen Schandtaten, gewillt, den nächsten Hemdwechsel wieder in der Anstalt zu vollziehen, unbezähmbare 'Charaktere', denen mit moralischem Firlefanz nicht beizukommen ist.

Die meisten schleichen davon wie arme Sünder, bedrückt und verärgert, wenn drüben in den Anlagen Frau und Kind oder ein Vater, eine Mutter, eine Schwester auf sie lauern. Am wenigsten verlegen sind Hebels 'Zundelheimer' und der 'Zundelfrieder', gottbegnadete Vagabunden, die schon wissen, aus welchem Schornstein die nächste Speckseite zu erlisten ist.

Es gibt auch solche, die ratlos stehen, wie ein aus dem Käfig entronnener Leu. Was in aller Welt soll indessen ein Mensch beginnen, der sein eigen Nest, in dem er grossgepäppelt wurde, verbrannt hat? Dass man in der Bäckerei nimmermehr auch nur eine Semmel für ihn übrig haben werde, ergab sich für Dieter schon daraus, dass sich Mutter Fischer nie gezeigt hatte. Auch diese Überlegung war falsch. Im Verkaufsladen sass jahraus, jahrein eine verhärmte Frau, die sich nur mit dem einen Gedanken quälte, noch einmal vor ihrem Sterben dem Liebling zu begegnen; ihn aber im Strolchenkittel zu sehen, wäre ihr wie der Anblick eines Toten unmöglich gewesen. Dass äusserlich für das Weiterkommen des Jungen gesorgt sein werde, wusste sie von Duchastel, dessen Tochter Annemarie zu einem ingrimmigen Rettungsfeldzug rüstete. Sie hatte es beim Papa erwirkt, den verlorenen Sohn im Hause aufzunehmen, bis sich eine schickliche Beschäftigung für ihn finden möchte. Mit Hilfe der alten Stubenmagd war ihr ehemaliges Kinderzimmer mit Alkoven in eine Gaststube verwandelt, wo das Patenkind ihres Vaters – dem Fegefeuer entzogen – den Weg der Läuterung und des Heils betreten sollte.

Dieter, niedergeschlagen, willenlos, liess sich treiben.

Als er im Hausflur in Gegenwart des Personals von Jungfer Annemarie stürmisch begrüsst wurde und die Heilsbotschaft vernahm, dass er im Hause Duchastel gastlich erwartet sei, bedeutete ihm dieser Siegesjubel nicht viel anderes als Ausgeliefertsein an die Häuptlingstochter moralischer Menschenfresser.

Das Geleitwort des Direktors endete mit Worten, die man bei anderen Entlassenen geflissentlich vermeidet. Dieter verstand, wie freundschaftlich sie gemeint waren, und wiederholte seinerseits: «Auf Wiedersehen».

Um die düstere Herkunft des seltsamen Gastes zu verschleiern, hatte Jungfer Annemarie den Kutscher abseits bei der Friedensgasse warten lassen. Einzig verdächtig blieb die Anordnung, dass an dem heissen Tage nicht der offene Viktoriawagen, sondern der geschlossene Landauer befohlen war.

So trabten die beiden Füchse bergan, durchs Spalentor und durch verschlafene, besonnte Strassen, zuletzt über den Münsterplatz in die kühle Augustinergasse.

Linkisch war der Verlegene in seiner Polsterecke gesessen und kam auch aus misstrauischem Staunen nicht heraus, als er zwei Treppen aufwärts in ein Gastzimmer mit herrlichen Tapetenmalereien geführt wurde. Noch glaubte sich Dieter träumend auf verbotenem Wege wie der arme Wenzel Strapinsky in 'Kleider machen Leute'. Die allzu plötzliche Wendung zum Glückhaften schien grössere Schwierigkeiten zu bergen als die Zwangsversetzung vor zwei Jahren. Über dem blendend weissen Bett im Alkoven fanden sich umschnörkelt gerahmte Sprüche: 'Wer da suchet, der findet, wer da anklopft, dem wird aufgetan' und über dem Fussende: 'Denn der Vogel hat ein Haus gefunden und die Schwalbe ihr Nest, nämlich Deine Altäre, Herr Zebaoth. –'

Dieter kniff das rechte Auge zu und kratzte verlegen an der linken Augenbraue. Annemarie, eine heidnische Glosse befürchtend, zog den Gottlosen zum offenen Fenster und wies, hoch über dem Rhein, auf die sonnig bestrahlte Stadt. Ob hier nicht gut wohnen sei!

Dieter, über den schwindligen Sims gelehnt, zog seinen Mundwinkel hoch: «Hier verlohnt sich wenigstens ein Salto mortale!»

10.

'Komm, Herr Jesus, sei unser Gast,
Und segne, was Du uns bescheret hast.'

Der Spruch gehörte zur Mahlzeit wie Gabel und Löffel. Nach dem 'Amen' war man stets zur Tagesordnung geschritten und hatte sich weltlichen Gesprächen zugewandt. Nun da ein Dritter bei Tische sass, trat das Tischgebet als ein nicht absolut Selbstverständliches aus dem Rahmen des Alltäglichen, klang anders, fast ein wenig entheiligt. Woran lag's? Ein unmerkliches Lächeln des jungen Mannes, ein Hinüberstreifen mit halbgeschlossenen Augen, weil der Gast die Hände unter dem Tisch oder vielleicht gar nicht gefaltet hatte; ein verlegenes, stummes Löffeln. Dieter bedeutete doch, für den Papa wenigstens, eine Art Fremdkörper in diesem Hauswesen. Wäre das schlichte Sprüchlein wie ein aufgezogenes Spielzeug heruntergehaspelt worden, dann hätte man es kaum beachtet, doch bei Annemarie war es kein Hersagen, vielmehr eine ernstgemeinte, persönliche Einladung in bittendem, fast mädchenhaft verführerischem Tonfall, selbst mit leicht trauernder Entsagung, da man wohl weiss, dass man des gebetenen Gastes ewig unwürdig wäre. Und doch: in der rührenden Hingabe lag der beseligende Glaube an die Möglichkeit, dass der Geladene doch einmal leibhaftig hereintreten könnte. In Gegenwart des Dritten war diese Zuversicht in Zweifel gestellt, die zarte Stimmung des Tischgebetes getrübt. Dieter spürte tatsächlich solchen Argwohn auf sich lasten, da er sich einen Moment ausdachte, was wohl Renato zu seiner Heuchelei sagen würde. In diesem Zusammenhang fragte er sich nach dem Verbleib seiner Tagebücher, wobei ihm ungewollt die Worte: «O Herrgott» entschlüpften. Das klang durchaus nicht im Geiste eines Anrufes, sondern eher wie: «O verflucht noch einmal».

Ein Blick des Vaters zur Tochter sagte: «Da siehst du!» Doch Annemarie liess sich nicht umwerfen und berichtete begeistert, wie am vergangenen Samstag ein ungeschlachter Trunkenbold mit diesen Worten zur Büsserbank getreten sei. Den verwunderten Blick des Betroffenen deutete sie als erstes Wetterleuchten kommender Ereignisse. Doch Dieters Staunen bezog sich auf anderes: ohne die blaue Strohumrandung war Annemarie kaum mehr kenntlich. Zu ihrem Vorteil. Das wunderbar dunkle Haar schnitt eine völlig neue Stirnsilhouette aus. Breite, nach oben ausgeeckte, über der Nase sich fast berührende Augenbrauen wollten ihrem Blick etwas Strenges, Fanatisches geben; doch die Augen überstrahlten in gütiger Lebhaftigkeit die düstere Umrahmung. Die starken Lippen mit dem fein bläulichen Flaum sprühten vor rotem Lebensdrang und verrieten, dass in diesem Menschenkind die treibenden Säfte bloss die Richtung verfehlt hatten, dass des Vaters Vollblütigkeit durch der längst verstorbenen Mutter sanftes, schwärmerisches Wesen nicht gebremst worden war, sich aber in einer unbegreiflichen, abseitigen Form austoben musste. Der Psychiater würde hier von sublimierter Sexualität reden, Kennzeichen auserwählter, vielleicht einsamer Geister, die ihren unbändigen Lebenswillen in höheren Formen ausleben müssen.

Daher bei Annemarie die unversiegliche Kraft, ohne Schwächezustände, ohne Bedenken, selbst ohne Kritik bis zur Geschmacklosigkeit, wenn es ihrer heiligen Mission galt. Während der Vater voll Besorgnis, was nun mit dem schwierigen Gaste zu beginnen sei, dessen Mienen und Bewegungen verfolgte, plätscherte Annemarie in kindlicher Glückseligkeit, felsenfest überzeugt, dass ihr Heiland alles zum besten wenden werde, und dieses Beste war nach ihrem Sinn: Bekehrung des Spötters, Verwandlung der verwahrlosten Tapeziererseele in einen frohen, trompetenblasenden Heilssoldaten.

Nach Tisch, da man das düstere Speisezimmer gegen die Augustinergasse verliess und wieder im Wohnraum über dem Rhein sass, benützte Pate Duchastel die kurze Abwesenheit der Tochter, um das Gespräch auf festen Boden zu lenken. Er fragte den Pflegebefohlenen, ob er sich über sein weiteres Leben irgendwelche Gedanken gemacht hätte und empfahl ihm, in nächster Zeit ohne Hasten folgende Möglichkeiten zu überdenken: Weiterbildung im Tapeziererberuf, später in eigenem Geschäft, oder praktischer Lehrgang in der Bandfabrik mit Aussicht auf eine angesehene Stellung, oder als drittes: Übersiedlung in eine andere Stadt, wo er durch des Paten Vermittlung beispielsweise in einer Bank unterkommen könnte. Den Sommer über bleibe ihm das Haus zu innerer Sammlung und Vergessen alles Vergangenen offen. Duchastel war erst gesonnen, längere Zeit stillschweigend solche Fragen unberührt zu lassen. Nun galt es aber, den phantastischen Plänen der wohlmeinenden Tochter zuvorzukommen. Dass er sich nicht energisch genug gegen ihr absonderliches Treiben verwahrte, entfremdete ihm alte Bekannte, besonders seitens der Brüder-Societät, der er schon als Kind angehört und wo er seine Gattin gefunden hatte. Der Gedanke, auch seinen Schützling ins Kriegslager der Salutisten abschwenken zu sehen, bedrückte ihn; daher sein Bestreben, den jungen Mann nach *seiner* Methode zu retten.

So sah sich Dieter doppelseitig umworben, begriff nicht, mit was er, der entlassene Zuchthäusler, so viel Entgegenkommen verdient hätte, und kam sich abends auf dem weichen Pfühl viel jämmerlicher vor als auf der Strohmatratze in Zelle 106, auf der sich jetzt irgendein anderes räudiges Schaf wälzen mochte. In nächster Nähe, von irgendeinem der vielen Räume her, hörte er die Stubenmagd Psalmen lesen. Als er sie gelegentlich fragte, ob das mit lauter Stimme geschehen müsse, hatte sie bloss über ihre Einfalt gelacht: ohne zu hören, was sie lese, verstehe sie Geschriebenes nicht.

Wie der heilige Antonius von Teufeln, so sah sich Dieter rings von Sprüchen und frommem Gebahren bedroht. Selbst auf dem Nachttisch fand er allabendlich ein sichtlich auf ihn gemünztes Kapitel aufgeschlagen.

An einem stürmischnassen Juliabend, da man sich mit aufgestülptem Mantelkragen und unter dem Regenschirm verbergen konnte, steuerte Dieter gässleinab und jenseits des Stadttals gässleinauf seiner alten Heimat entgegen. Da fand er am Rümelinsplatz die Wirtschaft Georg Schlee unseligen Gedenkens; doch drüben die Münzgasse verbreitert und halb verbaut, keine Gewürzmühle, keinen Nägeli mehr. Was mochte wohl aus den bemalten Balken geworden sein, dachte er; stieg über spitzes Pflaster das Trillengässlein hinauf zum Untern Heuberg, bog nach links ab und stand bald bei Kaminfeger Kupferschmids Haus, der Bäckerei gegenüber. Durchs Ladenfenster sah man zwei Frauen sitzen, eine alte vergrämte, die ein Zeitungsblatt weit von sich weghielt, und eine junge, in einem Buch lesend, deren Gesicht beschattet blieb. Über dem spärlich beleuchteten Fenster ragten neue Stockwerke auf, hässliche, aber sauber verputzt. Doch links, das schmale Haustor zur Güggelallee war vom Brand verschont.

In den nassen Pflastersteinen, selbst in den fallenden Regentropfen glitzerten gelb und orange die Ladenlichter auf. Das einfachste wäre gewesen – und Dieter brannte danach – den tropfenden Schirm in den Hausgang zu stellen, einzutreten und guten Abend zu sagen. Ohne Hermines Gegenwart, meinte er, würde er den Mut gefunden haben. So ging es nicht. Dagegen stellte ein altes Weiblein seinen Schirm in eine Ecke und war in der Ladenhelle als Frau Vonäsch erkennbar, die noch zwei Pfund Brot, einen 'Zweier', kaufte und sich geräuschlos wieder davonmachte. Bei diesem kleinen Handel hatte Dieter Frau Fischer beobachten können. Da sah es schlimm aus: kein bezauberndes Lächeln, kein mildfreundliches Gebärdenspiel mehr. Matte halbgeschlossene Augen, schlaffe Backenmuskeln, freudlose Lippen, müde, unlustige Hände, die nur widerwillig die roten Centimes aus der Blechkasse klaubten. Noch war die Frau nicht tot, aber starr wie ein morscher Baum im Winter, der kaum mehr auf ein Frühjahr hofft.

Dieter schlich zur dunklen Treppe. Oben links hinter der Glastüre, da war seine Heimat, nicht in dem vornehmen Haus an der Augustinergasse. Da oben müssen Papierstösse über dem Klavierdeckel liegen: die Geschichte jener Frau – – –. Aus dem Laden hörte man die Wälderuhr ticken, schwer und schläfrig wie ehedem. Dieter tappte der Wand entlang zurück, fand vor seiner Hand die Hornklinke, doch sein Arm blieb lahm. Er kannte diese Starre seines Körpers, während Wunsch und Wille nach erlösendem, fürs Leben entscheidendem Handeln brannten. Da hätte er bloss auf den schwarzen Griff zu drücken brauchen und die alte Welt wäre zurückerobert, die Mutter würde stillbeglückt die Hand reichen, ohne weiteres Fragen sein Zimmer rüsten und aus ihrem Winterschlaf erwachen. Einzig der Glaube an solche Möglichkeit hielt sie ja am Leben.

Dieter stand wieder drüben am Eckhaus. Der Regen prasselte über seinem Schirm; die schweren Tropfen zerschellten wütend auf den Pflastersteinen. Was wäre es ihm gwesen, einen der braunen Laibe vom Schaft zu nehmen, selber wieder einmal ein Stück 'abzuhauen', statt sich täglich auf dem Servierbrett fertige Schnitten auftragen zu lassen. Herrgott, war er ein Tropf, nicht so viel Mut aufzubringen, wenigstens zum Scherz einen Zweier zu kaufen. Eine lausige Stimme in ihm jammerte: «ein andermal; das nächste Mal, wenn Hermine nicht dabei sitzt, wird's besser gehen.» Beim Abziehen durch die schwarzglitzernde Gasse stöhnte der Jammermensch über seine feige Flucht. Unten in der Grünpfahlgasse gedachte er bei Renato anzukehren, nach seinen Tagebüchern zu fragen, auszuforschen, wie sich der alte Freund zu ihm stellen werde. Dort, wo ihn ein dummes Weib mit Geschwätz zu Fall gebracht hatte, wagte er sich hinein, bekam aber zu seinem Schreck nichts Freundliches zu hören. Der Sohn sei weit weg in einem andern Land; habe sich bessere Gesellschaft gesucht als Schellenhäusler und Heubergler. Schämen solle sich Dieter, ehrbaren Leuten ins Haus zu fallen. Und kaum war noch mehr der schönen Reden in sein Ohr gedrungen, als auch schon die Türe hinter ihm zuschnellte und der Beschimpfte im Regen stand. Nun schämte er sich, nicht seines Eindringens im Gemüseladen, sondern seines Versagens vor der Bäckerei.

Im Alkoven an der Augustinergasse fand er auf dem Nachttisch die aufgeschlagene Bibel, wollte eben die Uhr auf die Platte legen, als er entdeckte, dass es erst halb zehn war, drehte sich um und lief stracks ins Untergeschoss, schlug im Bücherraum das Klavier auf und spielte Motive mit Variationen aus dem Basler Festspiel von 1901. In den einzelnen Betten des Hauses stoben die Schläfer auf: war der Mensch endlich verrückt geworden? Bald spürte er sich an der Schulter berührt, sah den Alten im Schlafrock mit dem Lesezwicker in der Hand hinter sich, spielte leise die Takte zu Ende und fragte dummverlegen, ob es zum Spielen zu spät sei. Ohne die Antwort abzuwarten, klappte er den Deckel zu und wischte sich den Schweiss von der Stirn. Duchastel wollte beschwichtigen: Klavierspielen, überhaupt alles Freudige wäre gewiss erlaubt, aber ob es gerade um diese Zeit sein müsse?

Natürlich sei das unverschämt, er habe weiss Gott am Tag Zeit genug, entschuldigte sich Dieter.

Wer im Hause vermochte diesen plötzlichen Wahnsinn zu fassen? Fünf Jahre lang, die beiden letzten aus guten Gründen, hatte er keine Taste mehr berührt. Da plötzlich, das Schnuppern an der brotduftenden alten Heimat mit aufwühlenden Erinnerungen, Flucht durch nächtlichen Regen und beschämende Zurechtweisung durch eine Gemüsefrau. Wahrlich, nach solchem Erleben stürzt sich ein anständiger Mensch durchs Fenster und spielt nicht Klavier. Statt das alles auszusprechen, hielt er wieder einmal am unrechten Ort das Maul und starrte den Paten bloss an. Dabei sah er aus wie ein unverbesserlicher Flegel, der es verdiente, links und rechts geohrfeigt zu werden. In Wahrheit war er zum Klavier geflüchtet wie ein Verbrecher zum schützenden Altar. Die Beschimpfung seitens der Gosswylerin hatte ihm etwas Eingeschlafenes, Verstocktes ins Bewusstsein gerufen, das bisher in dem 'Zauberschloss', da er wie ein verhexter Prinz weilte, nie an die Oberfläche gewirbelt wurde. Wie hatte er es in wenigen Wochen vergessen können: er war doch ein Gezeichneter, ein Zuchthäusler. Er brauchte sich, selbst bei Dunkelheit, bloss in die Stadt zu wagen, da fanden sich sofort Menschen, die ihm klaren Wein einschenkten. Hätte er diese Schmach nicht ebensogut in der Bäckerei erleben können? An dieser Idee blieb er hängen.

Duchastel war von dem unsäglich verhärmten Gesicht des aufgescheuchten Spielers betroffen. Wie auf plötzliche Eingebung hin hiess er ihn warten, im besten Sessel sitzen und warten. Schliesslich hatte er als Gastgeber seine Höflichkeitspflichten. In Dieter kreisten wieder, eindringlicher denn je, Gedanken wie: fort aus dieser Welt. Nicht überall im Wege stehen. Draussen ein Geächteter, innen ein Geduldeter, ein umlauertes Wild, das man bestenfalls für den Garten Gottes einfangen und zähmen will.

Da geschah etwas für dieses Haus Unerhörtes, etwas Gewichtigeres als bloss Erfüllung von Höflichkeitspflicht: der Pate erschien mit einer verstaubten Flasche, suchte nach einem Korkenzieher und füllte eigenhändig die Gläser über einem Tablett.

«Greif zu, Dieter, zur Gesundheit», und nachdem sie genippt hatten, fragte der Mann, ob Dieter eine Zigarre vertrage.

«Nai, Götti, lieber nicht, seit der Schule hab ich nicht

mehr geraucht.»

«Ist auch nicht nötig. Und heute abend brauchst du es nicht zu lernen. Wie alt bist du jetzt?»

«Im September dreiundzwanzig.»

«Dreiundzwanzig? Das ist viel und wenig. Dreiundzwanzig, da wäre es an der Zeit, Dieter, dass wir mit deinem Leben nocht etwas anfangen. Ich weiss von einem berühmten Bildhauer, der mit dreiundfünfzig Jahren angefangen hat. Du siehst: dreiundzwanzig ist noch jung.»

Dieter merkte auf, da der Herr Pate so wohlgemut war, und vertiefte sich ein wenig aufdringlich in seine Gesichtszüge. Hinter der glatten, zartgelben Stirnkalotte lagen nur noch spärliche Haarsträhnen, kunstvoll die Schädelblösse verbergend; auch die breiten Augenbrauen waren grau, um so dunkler, fast stechend, die Augen. Nach dem Anzünden der Zigarre fuhr der Mann fort: «Neulich hab ich dir drei Vorschläge gemacht und gehe wohl nicht fehl, wenn ich sage: Du hast dich für das 'auswärts' entschieden. Denn bei uns ist dir nicht wohl, sag es offen.»

Dieter, der eben genau studiert hatte, wie sich des Paten Nasenrücken mit herrischem Schwung zwischen die Knorpelzone lagert, dachte, jetzt sei nicht der Moment zu Ausflüchten und antwortete: «Ihr seid alle sehr lieb gegen mich und meint es gut; aber wohl ist mir nicht dabei, weiss zwar, dass es an mir liegt.»

Auf das hin blies der Mann den Rauch aus, dass ein dünnes Fähnlein über die breite Unterlippe strich. Dieter verfolgte dieses Spiel und dachte: o verflucht; jetzt hab ich wieder was angestellt.

«Es liegt nicht an dir, Dieter, es liegt – – – an niemandem. Aber so darf es nicht weitergehen. Du musst unter die Menschen, musst etwas lernen, von Basel fort. Lausanne ist eine schöne, lebhafte Stadt, liegt herrlich über dem See; Genf auch, dort könnte ich dich in einer Bank unterbringen. Trink, Dieter, trink, zur Gesundheit», und da Dieter schwieg, «oder denkst du dir was Besseres?»

«Ich wüsste wohl was Besseres. Nur klingt es ziemlich grob, nachdem ich hier so verwöhnt werde. Am besten wäre ich nie zur Welt gekommen, und am liebsten möchte ich mich wieder davonmachen. Wenn ich es nicht tue, dann ist es bloss aus Angst. Fräulein Annemarie würde jetzt sagen, das sei Sünde vor Gott, und meine Seele sei verloren. Aber das ist es nicht, was mich abhält; ich hab einfach Angst, bin zu feig.»

«Und was denkst du, was nachher sei?»

«Nichts.»

«Da glaubst du also nicht an Gott?»

«Nein.»

«Nicht an ein späteres Leben, an mögliche Verdammnis?»

«Nein.»

«Bist du deiner Sache so gewiss? In jungen Jahren sind Zweifel verzeihlich; doch früher oder später kommt die Einsicht, dass dieses Weltgetriebe nicht so selbstverständlich, nicht ohne Gott denkbar ist. Was dann?»

«Das Weltgetriebe? Mir erscheint es, wenigstens das erdenbedingte, just mit Gott unmöglich.»

«Dann kennst du auch keine Verantwortung, glaubst nicht an das Gebot, Gutes zu wollen und zu tun. So dürfte jedermann treiben, was ihm beliebt.»

Dieter wollte hier einwenden: «zum Beispiel Häuser anzünden», fuhr aber fort: «Damit, Götti, stehen wir bereits auf anderem Boden. – Das Gute? Das hat mich im Leben mehr beschäftigt als irgend etwas. Gut sein, das heisst, jederzeit wissen, was man zu Nutzen und Frommen, nicht bloss der Menschheit, sondern des ganzen Weltgeschehens tun *sollte,* das will auch ich, wollte es stets, wenn es auch öfters übelgeraten ist. Nur bin ich – nicht auf Grund von Nachdenken, sondern Erfahrung – zum Schluss gekommen, dass Gutsein nicht an Glaubenssätze gebunden ist, ja ich bin überzeugt, dass es viel mehr gute Menschen geben würde, wenn man die Begriffe gut und fromm (oder gläubig) säuberlich trennte.» Und nach einer Pause: «Hier, Götti, setzt *mein* Glaube ein. Fehlt mir das Übersinnliche, die Begabung zum Religiösen, so glaube ich doch an das Gute, trotz allem, das heisst, obwohl einem das Welttreiben auf Schritt und Tritt belegen möchte, dass man es mit der Gemeinheit und Niederträchtigkeit weiterbringt.»

«Ich weiss nicht, Dieter, ob du darin recht behältst. Ich denke hier an viele gottesfürchtige Freunde, die um ihrer Rechtlichkeit, ihres reinen Wandels willen mit grossem Reichtum gesegnet wurde.» Kaum war diese Meinung ausgesprochen, als Duchastel auch schon selber daran zweifelte. Er spürte, dass er hier im Begriff war, seine eigenen Erfahrungen zu Gunsten seiner Glaubensbrüder zu fälschen, wenigstens schön zu färben. Er gab darum rasch die Zustimmung, als Dieter bescheiden fragte, ob er sich noch über diesen Zeitpunkt äussern dürfe, ohne dass sich der Pate persönlich betroffen fühle?

«Reich wird man nicht um seiner Gottesfurcht willen; das riecht zu stark nach der materialistischen Weltauffassung des alten Testaments. Eher umgekehrt. Fromm wird man, weil man gesegnet worden ist und sich gern bei einem lieben Gott bedankt, dessen Beistand auch fernerhin, wenn das Vermögen bedroht wird, erwünscht ist. Die Hiobslegende muss bestimmt als Einzelfall bewertet werden. Doch damit bleiben wir immer noch am alten Testament hängen. Wie verträgt sich aber der Begriff 'gesegnet werden' im Sinne von irdischen Reichtum besitzen? Ich weiss von Einem, der die Armut preist und vor dem Reichtum warnt. Hier begegnen wir dem englischen Puritaner, bei dem unsere Basler Herren manches abgeguckt haben: Man will gleichzeitig zwei auseinanderstrebende Wege wandeln, will Christi Nachfolger, aber doch auch recht gern ein 'gesegneter' Mann werden, in welchem Sinn, wissen wir bereits. Diesen Widerspruch klarzustellen, gäbe eine famose Doktorarbeit für einen Theologen, der es ernst meint mit dem Christentum, vielleicht für Fräulein Annemarie.»

Bei dem Namen seiner Tochter stutzte der alte Duchastel wie einer, der sich auf verbotenem Wege ertappt sieht. Zu oft hatte der gestrenge Mann sein verträumtes, bequemes Christentum an der unermüdlichen Hilfsbereitschaft der Salutistin gemessen, wobei ihm das Lächeln über ihre 'Verrücktheit' vergangen war. Von Dieter hatte er überhaupt bloss Spott und Gelächter über das Heilswesen am Erasmusplatz erwartet; nun stellte sich der junge Mann, der ihm eben seine Glaubenswelt zerpflückt hatte, auf Seite seiner Annemarie. Vom Burgunder erhitzt, hatte er kaum beachtet, vor welche Abgründe er durch das Gespräch geführt wurde. Die Wirkung des Weins löste seine Zunge vollends und liess ihn – wie um das Heute begreiflich zu machen – aus seiner Kinderzeit erzählen und aus Jünglingstagen beichten, bis es in bezug auf seine Ehe Dinge auszusprechen galt, die er bis anher mit grösster Scheu sich selbst verschwiegen hatte. Dass sich der verschlossene Dreiundfünfzigjährige, in Wirklichkeit viel älter aussehende Mann dem Jungen eröffnete, war eine Art Verzweiflungsausbruch.

«Wie war es eigentlich jenesmal», redete er vor sich hin, als ob er sich eine noch ungeklärte Sache zurechtlegen wollte, «wie kann es kommen, dass eine herzensgute Frau, die sanfteste Seele, die man bevogten muss, dass sie nicht das letzte Hemd verschenkt, sich plötzlich davonmacht, um sich im Rhein zu ertränken? Verkaufe alles, was du hast, und kaufe den Acker! An dieser unerfüllbaren Forderung war sie nach der Meinung aller verzweifelt. So urteilte man in der Gemeinde, da keiner imstande war, über biblische Sprüche hinweg etwas tiefer zu forschen. Das hätte allerdings zu keinem Ziel geführt, da ich schliesslich der einzige war, der Bescheid wissen konnte. Um zu begreifen, musst du dir vorstellen, dass pietistisch fixierte Eheleute, wie wir es waren, womöglich noch vor der innigsten Umarmung ein Gebetlein lispeln; mag sein, dass dies in jener Nacht auch nicht geschah. Ich erinnere mich bloss, dass sich meine Frau plötzlich erregt loslöste, aufstand, einen Nachtschal um sich warf und aus dem Zimmer eilte. Ich selber, fassungslos, musste mich erst zurechtfinden, bis ich hörte, dass die Geistesverlassene einen ungewohnten Weg einschlug. Blitzartige Erleuchtung: hier passiert etwas.

Ich rase ihr nach, sieben Treppen tief, über eisige Steinfliesen bis zum untern Rheintürlein, über schlammige Steine zum Wasser. Du kannst dir denken, das alles kurz nach Neujahr . . .»

Diese letzten Worte liessen sich gerade noch aussprechen, bevor Annemarie – im Hausflur hörbar – hereingestürmt kam. In grosser Begeisterung wollte sie von acht Rettungen in Birsfelden berichten, als ihr ein Blick auf das Tablett den Atem nahm: Weingelage in später Stunde! Zwei Verbündete! Begriff sie wohl rasch, dass sich die beiden zusammengeschlossen hatten, von denen der eine *ihrem* Bund entrissen war? Da ihr Blick versonnen auf der Flasche haften blieb, war es spürbar, dass sie nicht mehr an das dachte, was sie mitteilen wollte. Es kam zu einem gewaltsamen Aufbruch, bei dem man nur verlegen feststellte, dass es gegen alle Gepflogenheit spät geworden sei. –

Anderntags klang das Tischgebet nicht so zuversichtlich wie sonst. Vertraute Ohren hörten heraus: «Komm Herr Jesus, sei unser Gast und – hilf!»

Er half nicht in ihrem Sinn.

Ende Juli stiegen die beiden Männer in Meiringen aus, schnallten ihre Rucksäcke auf und wanderten trotz bedecktem Himmel und nebligfeuchter Luft über Innertkirchen zum Grimselhospiz hinauf und kamen gerade noch vor dem Niederprasseln neuer Regengüsse unter Dach. In wohliger Müdigkeit, wie man sie im schwülen Basel nicht kennt, sass man in einer geheizten Stube, schaute nach den Scheiben, an denen weissliche Nebelschwaden mit einzelnen Schneeflocken vorbeistoben und stellte sich ein wenig verdrossen darauf ein, ein paar Tage in der verhängten Bergeinsamkeit gefangenzubleiben. Nach dem Abendbrot kamen in einem Zweispänner noch fünf Personen an, der Sprache nach, bis auf eine deutsche Dame, ebenfalls Basler, die sich mit wenig glaubhaften Namen ins Fremdenbuch eintrugen: ein Ehepaar Heine, ein weiteres Mirza-Schaffy und als fünftes Rad am Wagen ein Carolus Heine, zwei Maler, zwei Malerinnen und ein Bildhauer, kommend vom Brienzersee, auf der Reise nach Rom. Im sonst leeren Speisesaal sassen sie an einem Tischende und schienen, da sie nicht aus lautem Lachen herauskamen, sehr guter Dinge zu sein. Duchastel und Dieter begegneten sich mit einem Blick, der etwa sagen mochte: auch Basler, aber eine andere Sorte als unsereiner. Hatte man selber je so gelacht? Konnten sich solche Leute eine Italienreise leisten? War der reiche Herr Bandfabrikant je über Mailand hinausgekommen?

Bei einem letzten Ausblick in dunkler Nacht zum Himmel – der Kutscher hatte schönes Wetter prophezeit – kamen die beiden Schweigsamen vor dem Gasthaus mit den fünf Ausgelassenen flüchtig ins Gespräch, worauf Duchastel zaghaft fragte, ob er die Herrschaften noch zu einem Glas Wein einladen dürfe, da man sich gegen das schlechte Wetter einigermassen schadlos halten müsse. Durch Höhenluft und schäumenden Asti angeregt, tollten sich die Künstler in sprudelnden Erwartungsphantasien, überboten sich in kühnsten Plänen, was sie in der ewigen Stadt schaffen wollten, bis sich aus einem fröhlichen Endgeständnis herausstellte, dass ihre Romreise ein auserlesener Schwindel war und die Gesellschaft anderntags wieder zu Tal fahren müsse, da, ausser der deutschen Dame, keiner mehr auch nur so viel Geld bei sich trug, um die Hotelrechnung zu bezahlen.

Der Kutscher hatte recht behalten. Am folgenden Morgen wurden letzte Nebelballen von den feuchten Berghängen aufgefressen. In unerhörter Klarheit stand rings ein tausendfältig gezacktes Gebirge in der strahlenden Morgensonne. Die beiden Fussgänger hatten bereits die Passhöhe erreicht, als tief unten der Künstlerwagen bespannt wurde.

«Hast du gestern abend beachtet, Götti, wie einer der Herren Maler ausser dem zerfransten Kragen auch bedenklich aufgerissenes Schuhwerk trug?»

«Darum müssen sie eben in einer Kalesche fahren»,

meinte der Pate, «wenn wir es in unseren ganzen Stiefeln nur so weit brächten wie diese Leichtsinnigen.»

Sie sassen auf Bordsteinen. In der Tiefe der formlose, hässliche Rhonegletscher, von dem sich der Blick gerne loslöste, um sich über die Berge weg gegen Süden zu verlieren, wo der blaue Himmel des unbekannten Landes lockte. Duchastel empfand es beglückend, dass das neue Leben, das er dem 'verlorenen Sohne' schaffen wollte, zu seinem eigenen Gedeihen anschlug. Er erzählte, wie er in seiner Jugend mit Freunden dieselbe Wanderung hatte machen dürfen, wie zwei davon dasselbe Mädchen, eben seine nachmalige Frau, geliebt hätten, wie er sich später als Sieger und Schicksalsbegünstigter vorgekommen und wenige Jahre ein scheinbar glücklicher Ehemann gewesen sei. Scheinbar, denn nach dem, was er seither, besonders in den letzten Tagen innerlich erlebt hätte, zwinge es ihn zu einer 'Revision' seines Lebensverlaufes. Beim Abwärtsschreiten – sie hielten gemächlich die Landstrasse inne, während andere über die Abkürzungen wegstürmen – fanden sie die Worte müheloser, und bis Gletsch hatte er ziemlich alles mitgeteilt, was ihm über seine Frau, eine geborene Raillard, noch lebendig vor Augen stand. Ferner wären in jenen Jahren gewichtige Summen für zwei neue Kapellen, für die Erneuerung des Dachstuhls und eine neue Orgel im Saal an der Ringgasse abgeflossen. Sein Vater hatte von 1838 bis 1862 über eine Million für Stiftungen ausgeworfen. Im letzten Jahrhundert hatte man für christliche Neugründungen unendliche Gelder gespendet und darüber vergessen, dass die Fabrikarbeiterinnen so jämmerlich bezahlt waren, dass sie, um sich ehrlich durchzubringen, genötigt waren, bis in alle Nacht mit Plüschschneiden und Litzenbinden nachzuhelfen.

«Heute», meinte der zu früh gealterte Duchastel, «gibt es nur *eine* Entschuldigung für die damalige Auffassung in sozialen Dingen: unsere eigene Sparsamkeit, die für die persönlichen Bedürfnisse nicht selten in Geiz ausartete.»

Als die Wanderer vom Oberalppass her einen Kartengruss nach Basel schickten, war die Adressatin nicht mehr erreichbar. In London-Hoxton wurde auf die Zeit der grossen Hopfenernte ein Heilsarmee-Feldzug vorbereitet, zu dem Hilfskräfte vom Festland her aufgeboten waren. Annemarie, mit dem grausigen Dienst in dem schmutzigen Slumviertel vertraut, fühlte sich geehrt, als Kapitänin mitwirken zu dürfen. Da sie als Sprachfremde leicht zum Gespött des Pöbels werden konnte, barg ihre Mission besondere Gefahr in sich. Sie hatte die Adresse des Hauptquartiers hinterlassen und beigefügt, dass sie kaum vor Ende November zurück sein werde.

So fanden die beiden Männer bei ihrer Heimkehr in der verödeten Stadt auch ein leeres Haus, dagegen den Briefkasten mit Post überfüllt. Duchastel zog aus dem unförmigen Bündel einen steifen, gelben Umschlag, für dessen Inhalt er ein fast fieberndes Interesse bekundete. Schon vor Wochen hatte er sich mit den Behörden wegen einer von ihm verfassten Bittschrift herumgezankt, sogar in Einzelaudienzen gedroht, er werde, falls man ihn um bürokratischer Knorzigkeit willen abweise, mit Hab und Gut ins benachbarte Arlesheim wegziehen, was einen bedeutenden Steuerverlust, im äussersten Fall die Arbeitslosigkeit von einigen hundert Angestellten bedeutet hätte. In Kirchenbüchern aus dem vierzehnten Jahrhundert liess sich nämlich der Name Deifel in allen möglichen Schreibarten nachweisen: Teufel, Teufell, Tüfel, Düfel, Duvel usw. Duchastel hatte darauf Bezug genommen und die Umänderung von Deifel in Düvel erbeten.

Das amtliche Schreiben brachte nicht das Gewünschte. Die Behörde erklärte sich für die Namensänderung nicht zuständig; diese müsse in Marbach, in des verstorbenen Christian Deifel Heimatgemeinde, nachgesucht werden.

Da aber Dieters Übersiedlung nach Genf so gut wie ausgemacht war, schritt man über die Bürokratenausflucht hemmungslos zur Tagesordnung. Duchastel zeigte wenig Lust, sich mit 'Schwobe', mit Pickelhaubenbeamten herumzustreiten und empfahl, Dieter möge künftig ohne Bedenken seinen Vornamen ins französische 'Thierry' übersetzen, das Düvel ungefragt dahinterschreiben, das sich in welschen Landen ohne sein Zutun in ein Duvel verwandeln werde.

Baaseldytschi Biecher im GS-Verlaag Baasel

Hans Räber
Mummeschanz und Dootedanz
48 Seiten, farbiger Umschlag und 14 Abbildungen nach Bleistiftzeichnungen von Kurt Pauletto, geb. Fr. 19.–

Hans Räber, alias Meier III, der Autor der jedes Jahr vor dem Moorgestraich im Blettli erscheinenden Hyylgschicht, und der Basler Maler und Grafiker Kurt Pauletto, der sich auch als Ladäärnemooler einen Namen gemacht hat, haben dieses Bändchen zu einem heerligen Bhaltis für Fasnachtsfühlige gemacht.

Beat Trachsler
Hymnen und Helge vom Ryy
Der Rhein bei Basel im Künstlerbild und Dichterwort seit Johann Peter Hebel.
ca. 240 Seiten, ca. 80 ganzseitige Farb- und 30 Schwarzweissabbildungen, gebunden, ca. Fr. 60.–

Der Basler Kunsthistoriker Beat Trachsler hat Bilder vom Basler Rhein zwischen dem Hörnlifelsen und der Schusterinsel aus dem 19. und 20. Jahrhundert zusammengetragen und mit Gedichten und Prosatexten vereint, die seit Johann Peter Hebels 'Z Basel an mim Rhy' auf Baseldeutsch zum höheren Lobe des Rheins verfasst wurden.

Beat Trachsler
Z Baasel under em Wienachtsbaum
Poesie und Prosa zur Weihnachtszeit
199 Seiten, 40 ganzseitige Abbildungen, 30 davon farbig, broschiert, Fr. 28.–
NEU: Kassette Fr. 22.–

Eine Sammlung von Texten, welche die stimmungsvollen Stunden vor und während der Bescherung in den Basler Weihnachtsstuben seit Johann Peter Hebel festhalten.
Die dreissig Farb- und die zehn Schwarzweiss-Abbildungen mit weihnächtlichen Motiven, die den Text begleiten, geben dem Geschenkband eine äusserst attraktive optische Note.

Beat Trachsler
Basel im Schnee
180 Seiten, 105 ganzseitige Schwarzweiss-Fotos, gebunden, Fr. 38.–

Mit seinem Foto-Essay dokumentiert der Autor, dass auch in Basel zuweilen Schnee fällt, der die Stadt – für kurze Zeit wenigstens – dem Alltag entrückt.
Dialektgedichte sowie historische Bild- und Textdokumente ergänzen das Bild des Basler Winters.

David Wolf
Was blybt?
Gidicht und Gidanggen uff Baaseldytsch
98 Seiten, 20 Schwarzweiss-Fotos von Beat Trachsler, broschiert, Fr. 16.80

David Wolf
Der Mentsch isch wien e Kiiselstai
Gidicht uff Baaseldytsch
98 Seiten, 20 Schwarzweiss-Fotos von Beat Trachsler, broschiert, Fr. 16.80
NEU: 1 Kassette zu beiden Bändchen Fr. 20.–

Gegenwärtiges und Nostalgisches bringen die Gedichte von David Wolf in seinen beiden baseldeutschen Gedichtbändchen. David Wolf handhabt das Baseldeutsche unverkrampft – das macht es wohl aus, dass seine Verse, unabhängig von der Thematik, echt wirken, ohne dass dabei die Poesie zu kurz kommt.

Walter Jost
Der Alybaaba – baaseldytsch
80 Seiten mit vielen phantasievollen Illustrationen nach Bleistiftzeichnungen von Kurt Pauletto, broschiert, Fr. 19.–
Buch mit 2 Kassetten Fr. 39.50

Die lautgetreue Schreibweise der seit Generationen beliebten Tausendundeinenacht-Geschichte – dem ersten grösseren Vers-Epos in der baselstädtischen Dialektliteratur – besorgte Dr. Rudolf Suter, der Verfasser der richtungsweisenden 'Baseldeutsch-Grammatik' (1976) und des praktischen 'Baseldeutsch-Wörterbuchs' (1984).

Gygampfi-Wasserstampfi
80 Seiten mit Holzschnittillustrationen von Hanns Studer, 4. Aufl., broschiert, Fr. 9.50

Basler Kinderreime aus alter und neuer Zeit. Gesammelt von Oswald Frey.